能十番

新しい能の読み方

いとうせいこう
ジェイ・ルービン

新潮社

序

「謡の読者として」

いとうせいこう

とにかく少しでも足を踏み入れたらうるさ型が山ほどいる。それでも侵入していく者はいるが、物書きであるような場合はそこが「あがり」という感覚が強い。

能は到達である、というイメージが私をしてそれを避けしめてきたのだ。

これはジャズを避けてきたのに近い。

能を避けてきた。

で、むしろ歌舞伎や人形浄瑠璃《じょうるり》ばかり観てきた。それは武士の芸能ではなく、あくまでも庶民のものであった。かつて浅草に長く住み始める当初、私は知りあった花柳界の姐さんに浄瑠璃を習いたいと言い、のどを潰すから最初は小唄でもどうですかと答えられて、そのまま三十

年弱お稽古を続けた。実は私はすでに「春日豊菊《かすがとよぎく》せい」という名取りであり、時々誘われて三越劇場の小唄会などに出演したりもしている。

お師匠さんはやはり地方《じかた》の浅草芸者で数年前に引退された。小唄の世界では春日とよ喜菊《きぎく》とおっしゃったが、例えば最近の小唄会で男性方がよく明るい色の紋付きはかまを着ることを、ここだけの話、陰で嫌っている方であった。

「武張《ぶば》っててイヤねえ」と私にだけささやくのである。「やっぱり着流しでないと無粋《ぶいき》よ」とも何度か言った。それで私は間《あいだ》を取って、会ではスーツで出たものだ。

この「武張る」という言葉は浅草でだけ聞いた。いい言葉である。小唄を習っていて少しでもいい声を張ろうとすると、お師匠さんは軽い調子で「もっと力を抜いて。お座敷のものだからね。武張っちゃダメよ」と言うのである。それで私は自分の中のこわばりに何度も気づかされた。

のちに憧れであった浄瑠璃、つまり義太夫節《ぎだゆうぶし》を習うことにもなった。師匠は今の竹本織太夫《おりたゆう》、当時は豊竹咲甫《さきほ》太夫《だゆう》といった。正式に師匠弟子の関係にはなれないから、私は取材のような名目でしょっちゅう大阪の師匠のお宅へうかがい、また東京では国立劇場の会議室をお借りした。ここで教わったことは多すぎて書けない。ともかく私は三百年続いてきた日本語の表現技術を口移しで習い、今に活かす方法を考えた。それでラップが上手くなったと思う。私はラッパーでもあったから。そこにも庶民の心意気というものがあった。

正直に書くと、狂言もずっと観ている。ほとんど和泉《いずみ》流であるが、若い頃のまだ野村萬斎《まんさい》になる前の野村武司君と知りあい、以来彼の会によく出かけている。新作を書いて野村万作《まんさく》、野村萬斎の二人に演じてもらったりもしているし、今でも狂言をコントに移せないか度々考える。笑いとして狂言はきわめて好みで、人物の適度な距離感、ナンセンスが見事だと思う。ほとんど武家の話だが、主役は太郎冠者といった使用人である。

ということで、私はうまく能だけを迂回して日本の古典芸能に親しんできたのだけれど、何年前だったかあり得ない角度から能にえぐられた。なぜだったか思い出せないが、私は謡《うたい》をスマートフォンに入れ、寝る時に必ず聴くようになったのである。小さく鳴る低い声、それも時にそれぞれがそれぞれで唸るコーラスになる歌。呼吸は深く、後ろで笛が不協和音のように響き、乾いた鼓《つづみ》に後押しされる。

睡眠薬なしに眠れなかった私は、その謡だけで眠れることがあった。それは不思議な現象で、おそらく科学的に分析すればテンポの問題や私の好きな音域の問題になるだろう。しかし私はそれより何より、と思った。

この人たちは何を言っているのだろう。

それですぐ『謡曲《ようきょく》百番』（西野春雄校注、岩波書店）を買った。一日に何話かずつ楽しみに読んだ。読み終えると別の謡全集を買った。舞台を観ると大変に長いのが能である。がしかし、読めば時間は私次第となる。そこでむしろ私は、引き伸ばされた言葉の中でこそ掛詞が二重三重の映像を引き連れてくることを体感したし、シテやワキの言葉が互いに重なったり、地謡《じうたい》に奪い取られたりする「文体」に自由間接話法のような感触を得たりした。

私は能好きの中でも珍しい、ブッキッシュなファンであった。

謡が面白い。

そして謡は読むのが面白い。

そう思いながらも同時に私は、すぐに習ってみたいと思い始めていた。読書中に幾つも仮説が出てくるが、私には誰かに確かめるすべもなく、しかもそれらの多くは体感で実証されねばならないことばかりだった。

そうした折、もし自分が能を習うならこの師匠しかいないという人がいた。下掛宝生《しもがかりほうしょう》流の安田登さんである。私が私淑《ししゅく》し続けている松岡正剛さんのイベントでお会いしたはずで、その話の範囲の広さや深さは並みいる知識人の中でも群を抜いていた。日本をただ漫然と誉め称える人でなく、中国には中国の、イランにはイランのという風に深い見識で核心を見ていられた。つまり武張ることのない能が、そこにはあった。

これまた不思議な縁だが、私が習いたがっているということが伝わったのか（当時私はやりたいことはなんでもＳＮＳに書いていた）、まったくの偶然か、仲介にまだ知人ではなかった日本美術評論家の橋本麻里さんが立ち、弟子入り可の連絡があったのは間もなくのことであった。

それで念願のお稽古が始まった。東京っ子漱石も習っていたという下掛宝生流の数少ない弟子の一人が私で、会の名を「流れの会」と付けたのも私である。なんだか流れで始まったから。

さて、もうひとつ書いておかねばいけない出会いがある。この連載を共に続けてきたジェイ・ルービンさんとは、宝生流の若き宗家《そうけ》・宝生和英《かずふさ》氏の企画で初めて顔を合わせた。舞台前面に特殊な薄い紗幕をおろし、そこに『羽衣《はごろも》』現代語訳と英訳の中から印象的なフレーズを引用して映す。同時に風や波などの抽象的なパターンも投影される。その向こうで宗家が舞うというプロジェクトである。

ジェイさんは日本文学翻訳で大変に高名な方だが、話してみると私と仲よくなるべき重要な共通点を持っていた。

彼もまた、能を読むのが面白いと考える少数派の一人だったのである（七・二二六頁参照）。

そのうちジェイさんが毎年日本にいらっしゃる際の気の置けないホームパーティなどにお呼ばれし、ほんの少しの間ずつしゃべってみたりするうち、好きな能の演目を二人で翻訳してみようということになった。あくまでも互いの趣味、遊びとしてだからプレッシャーはゼロ。むしろそういう原稿こそはかどるのは物書きの常で、始めてから一年半ほどで五つくらいの能が訳された。

さて、しかしその訳が合っているのかどうか、私は気になってきた。私の訳をジェイさんが英訳しているので、責任は重大である。

となれば新潮社の校閲だろう、と私は思った。もともとこれは共同作業だから、是非とも校閲の皆さんの力をお借りしよう、と。

しかも話を持っていった先の新潮社足立真穂さんは「流れの会」の創設メンバーであり、橋本麻里さんと二人で会の間口をガシガシ広げてきた女性だった。

ということで自然なネットワークとして始まったこの翻訳プロジェクトによって、「能は読むのが面白い」と思う少数派が増加することを願っている。これは能を平たい議論のプロセスに置く方法としても有効だと思う。

なお以下開始される訳において、基本は『謡曲集』（小学館）、同タイトル（岩波書店）、同タイトル（新潮社）、『謡曲百番』（岩波書店）においている。その上でワキのセリフのみワキ方専

門の下掛宝生流の資料を安田登さんのご尽力で使用した（十頁参照）。それ以外とシテの部分では最大流派である観世流の資料を使用する。様々な方法があることは承知しているが、これはかつて野上豊一郎《のがみとよいちろう》氏（一八八三〜一九五〇）などがとったスタイルの踏襲でもある。

追記　私が古典を翻訳するとき、「形式ごと訳す」ことを常に絶対のルールとしている。そうでないと古典はわからないと思うから。例えば掛詞があればすべて同じような韻が踏まれている（ただし二重三重に文が増えます）、などなど。

いとうせいこう
１９６１年東京都生まれ。作家、クリエイター。早稲田大学法学部卒業後、出版社の編集を経て、音楽や舞台、テレビなどの分野でも活躍。１９８８年、小説『ノーライフキング』でデビュー。１９９９年、『ボタニカル・ライフ』で第15回講談社エッセイ賞受賞。他の著書に『ワールズ・エンド・ガーデン』『解体屋外伝』『ゴドーは待たれながら』（戯曲）、『文芸漫談』（奥泉光との共著、文庫化にあたり『小説の聖典《バイブル》』と改題）、『BACK 2 BACK』（佐々木中との共著）など。２０１３年３月に刊行した16年ぶりの小説『想像ラジオ』は第35回野間文芸新人賞を受賞するなど大きな反響を集めた。古典芸能に造詣が深く、『曾根崎心中』の現代語訳や文楽、狂言の創作も手掛けている。能については習って11年ほど。

「能舞台の彼方へ」

ジェイ・ルービン

私のことを近代・現代文学の翻訳者と思う人に日本の中世の能楽にも興味があると言ったら、大抵の人は意外に思って、どうしてそんな退屈なものに興味を持っているのかと聞く。そんな人に「能を観たことがあるか」と聞くと、「ない」と答える人が多い。「観たことがある」と答える人は普通「叔母がどうしても一緒に行こうと言ったから、しょうがなく観に行ったが、あまりに退屈だったから眠ってしまった」と言う。そんな人に「行く前に謡曲を読んだか」と聞くと、必ず「読まなかった」と答える。「じゃ、今度叔母さんが無理矢理に連れていくとき、是非謡曲を読みなさい」と勧める。後でそんな人に会って能の話をすると、「読んでおいて観に行ったからものすごく面白かった」と言う。能のセリフも分らず、能のストーリーも知らず観に行っても、のろいダンスに過ぎないから、眠ってしまうのも当たり前である。能の文学的要素を無視しては能を理解することはできない。

＊　＊　＊

能はあくまで舞台芸術である。大正・昭和期の能楽研究の第一人者の野上豊一郎によれば、

舞台抜きで謡曲を読む時でも舞台芸術であると言う。「謡曲を正しく読むには能の脚本として読むべきである。言い換えれば、能が舞台の上で演出される場合を実感しながら、その台帳として読むべきである」（「謡曲の構成」、『能楽全書』［全六巻、創元社、昭和17〜19年版］第三巻：一頁）。しかし、アーサー・ウェイリーのように、一度も舞台を観ていなくても謡曲を美しい英詩に翻訳した人も居るし、日本のことを丸っきり知らないのに、その訳文を読んで感動する人も居る。無論、そういう人達が「正しく」読んでいないと言えばそれまでだが、私に言わせると、いくら具体的に舞台の「場合」を頭の中で想像しながら読んでも野上氏の言う読み方が「正しい」とは言えない。能の世界は舞台で終わる筈がないからである。能楽堂の見所（客席）に座って舞台を目の前に観ている時でも、謡曲の言葉の力で舞台の彼方にある世界を想像しないとその「場合」を「正しく」鑑賞することが出来たとは、私にはどうしても思えない。となると、謡曲を文学的に理解することも能鑑賞の不可欠な要素であると思う。

「能」と、一口に言っても、能には色々な種類がある。便宜上、実演で使われる五番立ての方式によって分類すると、一つ一つの謡曲の文学的な内容に取り組む大きな手助けになる。大体において、五番立てには次のような「様式」がある。

初番目《しょばんめ》物《もの》（脇能物、神能物）：感歎様式（Exclamatory Mode）
二番目物（修羅《しゅら》物）：叙事様式（Narrative Mode）
三番目物（鬘《かずら》物、女物）：叙情様式（Lyrical Mode）
四番目物（狂乱物、遊楽物、遊楽執心物、人情物、現在物、怨霊物などを含むいわゆる雑能物）：演

劇様式（Dramatic Mode）

五番目物（切能物《きりのう》）：スペクタクル様式（Spectacular Mode）

例えば、この世のありがたさを祝う神能物や、武士の惨たらしい最期を述べる修羅物や、平安時代の女詩人の恋慕のポエトリーを謡う鬘物や、普通の人の色濃い情緒のドラマを演じる雑能物や、怖い怪物の退治を見世物にする切能物を読者は同じ気持ちでは読まないだろう。そうなると読む前に、作品がどの分類に入っているかを見ておいた方が文学的鑑賞の良いヒントになる。そして舞台の彼方にある、想像の世界に入る第一歩にもなるのではないだろうか。

ジェイ・ルービン
1941年ワシントンD.C.生まれ。ハーバード大学名誉教授、翻訳家、作家。シカゴ大学で博士課程修了ののち、ワシントン大学教授、ハーバード大学教授を歴任。芥川龍之介、夏目漱石など日本を代表する作家の翻訳多数。特に村上春樹作品の翻訳者として世界的に知られる。著書に『風俗壊乱：明治国家と文芸の検閲』『ハルキ・ムラカミと言葉の音楽』『村上春樹と私』、小説作品『日々の光』、編著『芥川龍之介短篇集』がある。英訳書に、夏目漱石『三四郎』『坑夫』、村上春樹『ノルウェイの森』『ねじまき鳥クロニクル』『神の子どもたちはみな踊る』『アフターダーク』『1Q84』など。京都留学時代に、日文研で能楽研究会を主宰し、能楽について造詣が深い。

詞章については、『新編　日本古典文学全集　謡曲集』（小山弘志・佐藤健一郎校注・訳、小学館）に準拠し、その他に『日本古典文学大系　新装版　謡曲集』（横道萬里雄・表章校注、岩波書店）、『新潮日本古典集成〈新装版〉謡曲集』（伊藤正義校注、新潮社）、『新日本古典文学大系　謡曲百番』（西野春雄校注、岩波書店）に準拠して詞章を掲出し、解説も含め参考にした。

ただし、詞章については、本書が「読むための能」をテーマとするため、それに必要と思われるまとめをした。コトバの部分は「で示し、フシの部分は何も付していない。

また、ワキ方の詞章は、下掛宝生流のものとし、能楽師の安田登氏に監修いただいた。

能十番　新しい能の読み方

目次

序

能十番

新しい能の読み方

謡曲の構造を示す用語のうち、本書で記した囃子事と舞事などについて、掲出のものを五十音順に簡単に説明する。

【一声《いっせい》】 主に化身、霊、精、物狂いなどの登場に奏する囃子事。用途が広く、役柄によりテンポに差があるが、リズミカルで高潮感がある。

【楽《がく》】 唐人や異国の老体の神や天仙などが舞楽を模して舞う舞事。

【カケリ】 武士の霊や物狂いの女性、妄執にとらわれた人物などの、興奮状態を表す所作および囃子事。

【神舞《かみまい》】 男性の神が力強く明るく舞う舞事。

【次第】 男女、貴賤、僧俗を問わず、幅広い役の登場に奏する囃子事。

【序ノ舞】 女性や老人などが、物静かに舞う舞事。

【真ノ一声】 神能の前シテ・ツレの登場に奏する囃子事。

【真ノ次第】 公家や神職など神能のワキやワキツレが颯爽と登場する囃子事。

【真ノ来序】 「来序」は囃子事のひとつで、「真ノ来序」は、唐の帝王が威容を誇って登場する際などに奏される。

【立回り】 舞台を静かに動き回る、特定の意味を持つ働き事。

【出端《では》】 神や鬼などの後シテ（後場のシテ）や後ツレの登場に奏する囃子事。役柄により速さが異なる。

【中入】 前場《まえば》と後場《のちば》から成る能で、登場人物、多くはシテが面や装束などを替えるために、幕や作り物の中に入ること。間《あい》狂言がその間に物語の説明をすることが多い。

【名ノリ笛】 人物の登場に笛が奏する静かな囃子事。

【破《は》ノ舞】 「序ノ舞」などのあとに軽やかに舞う短い舞。

【早舞】 貴人の霊や女の霊が楽しげにのびやかに舞う舞事。

【物着《ものぎ》】 曲の途中、舞台上で装束を替えたり、冠などをつけること。

その一　『高砂《たかさご》』

【解説】　初番目物（脇能物）　世阿弥作

阿蘇の宮の神主が都へのぼる途中で、播州高砂の浦に立ち寄ると、松を讃えながら落ち葉を掃き清める老夫婦に出会う。老人はこの松の木が有名な高砂の松であると言祝ぎ、自分は住吉、妻は高砂の地のものだと語る。夫婦なのになぜ住吉と高砂に隔てて住むのかと神主が問うと、老夫婦は隔てて住もうと心は通い合っており、二つの地の松は万葉集と古今和歌集の二集に喩えられ、相生《あいおい》の松だと答える。松とは言の葉なのだと。やがて自分たちが高砂と住吉の松の精だと語り、海へと去る。詳細を土地の男に聞いた神主が舟で住吉に着くと、住吉の神が月光の中で舞い奏でながら、天下泰平と寿福増長を祝福する。

かつて結婚式の余興の第一であったのがこの『高砂』の有名な上歌《あげうた》（高音域の旋律で始まる定型の歌）だが、演目全体が示すのはきわめて特異な神秘主義である。

高砂と住吉それぞれにある老いた松の精が、時間を大きく超え、空間も無化して夫婦として睦みあっている。

しかも松自体は言葉そのものの無限を示す植物とされるから、その交合は永遠に「歌」を生み出し続ける。そうやってまるで松の葉のごとく常に生まれ散る「言葉」の姿こそがめでたい、と精は言うのである。奇怪な「言葉の神秘主義」。

同時に、末尾近くにふたつのシンプルな身体の動きが強調される。

「**腕を差し出**」し、「**内に戻す**」。

その繰り返しはまさに能の舞のすべてと言ってよい。

単純な反復であらゆる事象をあらわしてしまう身体と、アヤを生み続ける言語。

そのふたつの原理のあり得ない「相生」（共生）を暗示するのもまた、『高砂』である。

なお、今回のアイ狂言は物語の推移上必要で、作り手もその前提だったろうと思われる。

（いとうせいこう）

この世の現実性を疑うのが仏教だとすれば、五つの感覚で経験できるこの世の有難さを祝うのが、神道である。神能はいずれも、歌舞劇の歌と舞を駆使して人生の善さを祝っているが、

『高砂』は五つの感覚の中でも聴覚を特に賛美する、神道的なポエムである。終始一貫して『高砂』の詞章は音のイメージを強調する。尾上《おのえ》の鐘を響かせる一方で、磯の波については、目で見るものでなく、霞が掛かっているから音で聴くことしかできないと主張する。神々が囁《ささや》きあっているから、音そのものがあらたかでさえある。松風には生き物の「心」がこめられ、既に一種の歌になっている。大自然の心と歌の心が重なり合って、区別できないほどである。こう見ると自然現象の「音」から人間の創作物である「歌」までが一つの大きな地球の賛歌にもなっている。その歌で、友亡き後生き残った老人が孤独を克服することもできる。自然の音と歌で表される心の通い合いこそが、場所的に遠く離れた住吉の老人と高砂の老女の相生の結婚を可能にするものである。

曲の後半は歌と舞のデモンストレーションとなり、風雅でありながら、御みこしを担いで街中をわいわい走り回るようなエネルギー溢れる空気を醸し出す。最後には、「さまざまの舞姫までが(謡の言葉で)出てきて、若々しい住吉の神といっしょに踊ったり、歌ったりする。そして、「風は相生の松に吹き、袖がひるがえるような爽やかな音を立てている、その楽しさよ。人々はこの爽やかな音を楽しむのだ」と、地球の歌の一節で締めくくられていく。

(ジェイ・ルービン)

『高砂』

［真ノ次第］

ワキ、ワキツレ　今を始めの旅衣、今を始めの旅衣、日も行末ぞ久しき。

ワキ　「そもそもこれは九州肥後の国、阿蘇の宮の神主友成とはわが事なり。われいまだ都を見ず候ふほどに、この春思ひ立ち都に上り候。またよきついでなれば、播州高砂の浦をも一見せばやと存じ候。

ワキ、ワキツレ　旅衣、末はるばるの都路を、末はるばるの都路を、今日思ひ立つ浦の波、船路のどけき春風も、幾日《いくか》来ぬらん跡末も。いさ白雲のはるばると、さしも思ひし播磨潟、高砂の浦に着きにけり、高砂の浦に着きにけり。

ワキ　「急ぎ候ふほどに、播州高砂の浦に着きて候。人来つて松の謂れを尋ねうずる

【現代語訳】

さあ出かけよう、旅装の紐をゆわえて、ゆく日にちも果てしないことだ。

「かく言う私は肥後の阿蘇神社で神主をする友成《ともなり》というものです。これまで都を見たことがありませんので、この春思い立って上京しようと考えた次第です。また、よいついでなので播州高砂の海も一見したいと思っております」

旅装の先をぴんと張る、はるかな行き先である都へ向って、はるばる遠いこの道を発《た》つ。衣の布を裁つように今日すっぱり思い立ち、服の裏というのではなく浦から舟を出して。おだやかな航路にはのどかな春風が張りめぐらされ、何日来たか旅衣を着たか知らぬうち、白雲のはるか彼方とあれほど思っていた播磨潟の高砂に着いたのである、高砂の浦に。

友成は言う。

「急ぎましたので播州高砂の浦へ着きました。人が通り

にて候。
ワキツレ「しかるべう候。
［真ノ一声］
シテ、ツレ　高砂の、松の春風吹き暮れて、尾上の鐘も、響くなり。
ツレ　波は霞の磯がくれ、
シテ、ツレ　音こそ潮の、満干なれ。
シテ　誰をかも知る人にせん高砂の、松も昔の友ならで、
シテ、ツレ　過ぎ来し世々は白雪の、積り積りて老の鶴の、ねぐらに残る有明の、春の霜夜の起居《おきゐ》にも、松風をのみ聞き馴れて、心を友と菅筵《すがむしろ》の、思ひを述ぶるばかりなり。
シテ、ツレ　おとづれは、松に言問ふ浦風の、落葉衣の袖添へて、木蔭の塵を掻かうよ、木蔭の塵を掻かうよ。
シテ、ツレ　所は高砂の、所は高砂の、尾上の松も年ふりて、老の波も寄り来るや、木《こ》の下蔭の落葉かく、なるまで命ながらへ

かかったら、有名な松のいわれを聞きたいもの」

従者も言う。

「そういたしましょう」

すると、二人の老いた者の声がする。

「高砂の日暮れ、松に春風が吹き、あの尾上《おのえ》の鐘も響く」

磯に霞が立って波は見えず。

声は続く。

「音で潮の満ち干を知るのみだ」

「誰かわたくしたちを知る者がいればいいのだが、長寿の松さえ若い頃からの友ではなく」

過ぎてきた月日も知れず、白い雪が頭に降り積もるように白髪になり、まるで老いた鶴がねぐらに残っているようだ。有明の月が空に残る春の霜降る夜に起き出しては、鶴らしく松風の音ばかりを聞く日々で、自分の心だけを友としてきた思いを、スゲで編んだ筵《むしろ》を伸ばすように述べるばかりなのだ。

人の訪れを待つけれど、音といえば松に問いかける海風だけ。さて落ち葉のかかる衣の袖を箒や熊手に添えて、

て、なほいつまでか生きの松、それも久しき名所かな、それも久しき名所かな。

ワキ「いかにこれなる老人に尋ぬべき事の候。

シテ「こなたの事にて候ふか、何事にて候ふぞ。

ワキ「この所において、高砂の松とはいづれの木を申し候ふぞ。

シテ「ただいま木蔭を清め候ふこそ高砂の松にて候へ。

ワキ「さてさて高砂住の江の松に相生の名あり。当所と住吉とは国を隔てたるに、何とて相生の松とは申し候ふぞ。

シテ「仰せのごとく古今の序に、高砂住の江の松も、相生のやうに覚えとあり、さりながら、この尉《じょう》はあの津の国住吉の者、これなる姥《んば》こそ当所の人なれ、知ることあらば申さ給へ。

ワキ 不思議や見れば老人の、夫婦一所に

木陰の塵をかき寄せよう。高砂の松の落ち葉を。

　と声は重なり続ける。

「ここ高砂、ここ高砂の尾上の松も年月《としつき》を経て老いの波が押し寄せ、ずいぶん皺寄ったものだ。木陰で落ち葉をかき寄せるわたくしたちも、これほどまでに年老いて、いつまで生きるというのだろう。そういえば『生きの松』も久しい名所、昔からの名所だったことよ」

　神主友成は言う。

「おお、そこにおられるご老人、尋ねたいことがございます」

「わたくしのことですか。なんでしょう」

「このあたりで、高砂の松とはどの木のことでありましょうか」

「今、わたくしどもが木陰を掃いているのがそれですが」

「高砂と住の江の松は相生で名高い。相生とはひとつの根から二本の木が生えること。がしかしここ高砂と住吉とは国さえ違うほど遠い。なのにどうして相生の松などと申すので」

ありながら、遠き住の江高砂の、浦山国《うらやまくに》を隔てて住むと、言ふはいかなる事やらん。

ツレ　うたての仰せ候ふや、山川万里《さんせんばんり》を隔つれども、互ひに通ふ心づかひの、妹背の道は遠からず。

シテ　「まづ案じても御覧ぜよ。

シテ、ツレ　高砂住の江の、松は非情の物だにも、相生の名はあるぞかし、ましてや生《しやう》ある人として、年久しくも住吉より、通ひ馴れたる尉と姥は、松もろともにこの年まで、相生の夫婦となるものを。

ワキ　謂れを聞けば面白や、さてさて先に聞えつる、相生の松の物語を、所に聞き置く謂れはなきか。

シテ　「昔の人の申ししは、これはめでたき世の例《ためし》なり。

ツレ　高砂といふは上代の、万葉集のいにしへの義、

シテ　「住吉と申すは、今この御代に住み

「おっしゃる通り、古今集の序に『高砂住の江の松も相生のようにおぼえ』とある。がしかし、わたくしは摂津の国の住吉の者。そしてこちらの婆さんはここ高砂の人。婆さん、知っていることがあれば申し上げなさい」

神主はつくづく言う。

「不思議なこと。見れば老いた二人は夫婦一緒にいるのに、浦や山や国を隔てて遠い住の江と高砂に離れて住むという。一体どういうことだ」

すると老婆は答える。

「つまらないことをおっしゃる。山も川も万里も離れているけれど、お互いに通い合い、心を通わせているからには夫婦の仲はちっとも遠くない」

「まず考えてもごらんなさい」

高砂、住の江の松は心のない木。それでも相生、共に生きると言われるではないか。まして情のある人間であるから、長い年月のあいだ住む住吉からここ高砂へと通い馴れたこの老人、慣れ親しんだ老婆は、松と共にこの年まで相生と言われる夫婦なのだ。

「いわれを聞けば味わい深いこと。さてそこで、さきほ

給ふ延喜の御事《おんこと》、
ツレ　松とは尽きぬ言の葉の、
シテ　「栄えは古今相同じと、
シテ、ツレ　御代を崇《あが》むるたとへなり。
ワキ　よくよく聞けばありがたや、今こそ不審春の日の、
シテ　光和らぐ西の海の、
ワキ　かしこは住の江、
シテ　ここは高砂、
ワキ　松も色添ひ、
シテ　春も、
シテ、ワキ　のどかに、
地謡　四海《しかい》波静かにて、国も治まる時つ風、枝を鳴らさぬ御代なれや、逢ひに相生の、松こそめでたかりけれ。げにや仰ぎても、言も愚かやかかる世に、住める民とて豊かなる、君の恵みぞありがたき、君の恵みぞありがたき。
ワキ　「なほなほ、高砂の松の謂れねんご

どお尋ねした相生の松の物語、この土地で他に何か聞いているいわれなどないだろうか」

と神主が問えば、老夫婦は答える。

「昔の人が申したのは、これはめでたい世のあかしだということ」

「高砂とは上代の、万葉集の編まれた古い時代のこと」

「住吉とは今この御代にいらっしゃる延喜帝の時を示す」

そして松とは尽きない言の葉であり、その和歌の繁栄に昔も今もないと御代《みよ》を誉め称えるたとえなのである、と。

「よくよく聞くほどにありがたい。今こそ不審が晴れ、この晴れた春の日に」

「仏があらわれるように、光和らぐ西の海の」

「かなたは住の江」

「ここは高砂」

「松も色鮮やかで」

「春は」

のどかであらゆる海はなぎ、国も治まって季節ならで

ろに語られ候へ。

地謡　それ草木心なしとは申せども花実《くわじつ》の時を違へず、陽春の徳を備へて南枝《なんし》花始めて開く。

シテ　しかれどもこの松は、その気色とこしなへにして花葉《くわえふ》時を分《わ》かず、

地謡　四《よ》つの時至りても、一千年の色雪のうちに深く、または松花《しようくわ》の色十廻《とかへ》りとも言へり。

シテ　かかるたよりを松が枝の、

地謡　言の葉草の露の玉、心をみがく種となりて、

シテ　生きとし生けるものごとに、

地謡　敷島の蔭に寄るとかや。

地謡　しかるに長能《ちやうのう》が言葉にも、有情非情のその声、皆歌に漏るる事なし。草木土沙《どしや》、風声水音《ふうせいすいおん》まで、万物のこもる心あり。春の林の、東風《とうふう》に動き秋の虫の、北露《ほくろ》に鳴くも、皆和歌の姿ならずや。なかにもこの松は、

はの風が吹き、枝も静かな御代である。こんな治世に出会えることも、相生の松も、実にめでたい。いやまことに、どれほど称えたとしても言うも愚かなほど素晴らしい世にこうして生きている民は満ち足り、満ちる君のご恩恵のありがたさ、そのお恵みのありがたさよ。

竹箒など持って落ち葉を掃く夫婦に、なおも神主は願う。

「まだまだ高砂の松のいわれを心をこめて語ってください」

すると老人は答える。

草木に心はないと申しながら、花の咲く時、実の生る時を間違えることなく、暖かな春がくれば徳を蓄えた南側の枝から花が開くもの。

しかしながらこの松は様子を変えることなく、いつまでも葉を緑に繁らせる。

四季がめぐったとて、一千年を超えて続く色は雪のなかでもむしろ深々と緑。そもそも松の花は千年に一度だけ咲き、それを十回繰り返すと言う。

「そうした機縁を待つ松の枝の」

万木《ばんぼく》にすぐれて、十八公《しふはつこう》のよそほひ、千秋《せんしう》の緑をなして、古今の色を見ず、始皇の御《おん》爵《しやく》に、あづかるほどの木なりとて、異国にも、本朝にも、万民これを賞翫《しやうくわん》す。

シテ　高砂の、尾上の鐘の音すなり、

地謡　暁かけて、霜は置けども松が枝の、葉色は同じ深緑、立ち寄る蔭の朝夕に、掻けども落葉の尽きせぬは、まことなり松の葉の、散り失せずして色はなほ、まさきの葛《かづら》永き世の、たとへなりける常磐木《ときはぎ》の、なかにも名は高砂の、末代の例《ためし》にも、相生の松ぞめでたき。

地謡　げに名を得たる松が枝の、げに名を得たる松が枝の、老木の昔あらはして、その名を名のり給へや。

シテ、ツレ　今は何をかつつむべき、これは高砂住の江の、相生の松の精、夫婦と現《げん》じ来《き》たり。

地謡　不思議やさては名所《などころ》の、松の奇特《きどく》を

言の葉のような葉に露が玉となって集まっては、心をみがくための種となり。

「生きとし生ける者それぞれが」

我が国の和歌の道に添うと聞いている。

老人は続ける。

藤原長能《ちょうのう》はこう言っている。情あるものもないものも、その声はみな歌なのだ、と。草木にも土にも砂にも風の声にも水の音にも、万物に心がこもっている。したがって、春の林が東風で動き、秋の虫が北風によって結ばれる露のなかで鳴くのも、すべて和歌の姿ではないか、と。なかでもこの松はあらゆる木に優れ、文字を見れば十に八に公で十八公とまるで貴人と呼ばれるにふさわしい様子。千年も緑で、過去も今も変わることがない。秦の始皇帝から爵位をいただいたほどの樹木である、と異国でも我が国でもみなこれを誉め称えるのだ。

老人はまた言う。

「高砂の、尾上の鐘の音がする」

明け方に霜が降っても、どれほど年が古びても、松の葉は変わらず深緑である。この木陰に朝な夕な立ち寄っ

あらはして、
シテ、ツレ　草木心なけれども、
地謡　かしこき代《よ》とて、
シテ、ツレ　土も木も、
地謡　わが大君の国なれば、いつまでも君が代に、住吉にまづ行きて、あれにて待ち申さんと、夕波の汀《みぎは》なる、あまの小舟にうち乗りて、追風にまかせつつ、沖の方《かた》に出でにけりや、沖の方に出でにけり。

［中入］

ワキ　「いかに誰かある。
ワキツレ　「御前に候。
ワキ　「当浦の者を呼びて来り候へ。
ワキツレ　「畏つて候。当浦の人のわたり候ふか。
アイ　「当浦の者とお尋ねある。まかり出で御用を承らばやと存ずる。当浦の者とお

て落ち葉を掃くけれど、葉の尽きることはなく、いやまことに古今集に『松の葉は散り失せない』とある通り、失せるどころか色もますます映える。その後に続く『まさきの葛《かずら》』とともに、永い世のたとえとして用いられるのはもっともだ。そうした常緑樹のうちで、なかでも名高い高砂の、末代までのたとえとなる松、この相生の松のめでたさといったら。

友成は二人に呼びかける。

「それほど名のある松、たたえられた松の枝が長い時をあらわすように、あなたがたの正体をあらわしてお名乗りくださいませ」

すると老夫婦は答える。

「こうなれば何を隠そう。わたくしたちは高砂と住の江の相生の松の精。夫婦の姿であらわれたのである」

不思議なこと、さては名所の松が奇瑞を示したのだ。

「草木に心はないけれど」

と夫婦は共に言う。

ありがたい御代であるからには。

「土も木も」

尋ねは、いかやうなる御用にて候ふぞ。
ワキツレ 「ちと物を尋ねたきよし仰せ候。近う来つて賜り候へ。
アイ 「畏つて候。
ワキツレ 「当浦の者を召して参りて候。
アイ 「当浦の者御前に候。
ワキ 「これは九州肥後の国、阿蘇の宮の神主友成にて候。当浦初めて一見の事にて候。この所において高砂の松の謂れ、語つて聞かされ候へ。
アイ 「これは思ひも寄らぬ事を御諚《ごぢやう》候ふものかな。われらも当浦に住まひ仕り候へども、さやうの事は上つ方に御沙汰ある御事なれば詳しくは存ぜず候さりながら、当浦の者と召し出だされ、存ぜぬと申すもいかがに候へば、およそ承り及びたる通り、物語り申し上げうずるにて候。
ワキ 「やがて語られ候へ。
アイ 「まづ当浦において高砂の松と申す

我が大君の国では、いつまでも住みよいことだ。

「その住吉にわたくしはまず戻り、あちらでお待ちしよう」

　と言うと、夕波の岸辺にある漁の舟にさっと乗って追い風にまかせつつ、沖の方に出て行った、老人たちは行ってしまったのである。


　神主友成は従者を呼ぶ。

「誰かいるか」

「お前におります」

「この浦の者を呼んできてくれ」

「かしこまりました。この浦の人はおられますか」

　それに応える者がある。

「この浦の者を、とのこと。まかり出て御用をうかがいましょう。さて、浦の者にお尋ねとは、どんな御用でしょう」

「少々聞きたいことがあるとおっしゃる。近くへ来て下され」

「承知しました」

は、とりわけこれなる松を申しならはし候。また相生と申す子細は、古今集の序に、高砂住の江の松も、相生のやうにおぼえと記し置かれたると申す。諸木《しよぼく》多き中に、松は常磐木にて、栄え久しきものなれば、和歌の道栄ゆる事も、この高砂住の江の、松の葉のごとくなるべき事を、たとへ置かれたると申す。また一説には、当社と住吉の明神とは、夫婦の御神にてござあると申す。さあるによつて当社明神、住吉へ御影向《ごやうがう》の御時は、これなる松にて神がたらひをなさるると申す。また住吉の明神、当社へ御影向の御時も、これなる松にて神がたらひをなされ、昔より今に至るまで、幾久しく逢ひ来り給ふにより、相生の松と、これはこの所において、われらごときの者の申しならはしたる事にてござありげに候。総じて当社と住吉とは、一体分身《ふんじん》の御神にて、和歌の道栄《さか》ゆく事も、また男女《なんによ》夫婦の末栄え

「友成さま、浦の者を連れてまいりました」

「お前に参りました」

「私は九州肥後の国は阿蘇神社の神主、友成という者。この浦には初めて来ました。ここにある高砂の松のいわれ、語って聞かせていただきたい」

「それは思いも寄らないことをおっしゃる。私どももこの浦に住んでおりますが、そのようなことは身分の高い方々が語られることで、くわしくは存じ上げません。が、この場所の者として呼び出されて知らないと言うのもいかがかと思いますので、なんとはなしに承っております通りに語って申し上げましょう」

「お願いいたします」

「まずこの浦で高砂の松とは、特にここにある松をそう言い習わしております。また相生、と同じ根から二本の木が生えているように言われるわけは、古今集の序文に『高砂住の江の松も相生のようにおぼえ』と書かれているからだそうで。数ある木の中でも、松は常緑樹であり、栄え続けること久しいものですから、和歌の道もこの高砂住の江の松の葉のようにとたとえられたのだそうです。

めでたき事も、ひとへに両社の御神徳なると申す。和歌の言葉にも、砂《いさご》長じて巌《いはほ》となり、塵積りて山となる、浜の真砂は尽くるとも、詠む言の葉は尽きまじいなどと、このごとく承りては候へども、真実の相生と申す事は存ぜず候。松のめでたきと申す子細は、一寸《いつすん》延ぶれば色とこしなへにして、定《ぢやう》千年万年の齢《よはひ》を保ち、松に上越《うへこ》しめでたきものはあるまじいとて、両神もろとも植ゑ給ふにより、相植の松とも申し候。わがこの所をば五十六億、七千万歳までも、守り給はうずるとの御事と、承り及びて候。

アイ「まづわれらの承りたるはかくのごとくにて候ふが、ただいまのお尋ね不審に存じ候。

ワキ「ねんごろに語られ候ふものかな。方々《かたがた》以前に老人夫婦来《きた》られ候ふほどに、高砂の松の子細尋ねて候へば、ただいまのごとくねんごろに語り、住吉にて待たうずる

また一説には、高砂の神と住吉明神とは夫婦の神でございまして。ですから当社の神が住吉におでましの時は、あちらの松のもとでお話しされるそうですし、住吉明神がこちらへいらっしゃる時もこの松の根元で語らわれます。昔から今に至るまで、長い年月ずっとお逢いになり続けておられますので相生の松と、これはこの浦で私どものような賤しい者たちが言い習わしたことであるようですが。

ともかく当社と住吉とは一体の神ですので、和歌の道の栄え続けることも、また夫婦が末まで仲睦まじいことも、ひとえに両社の神さまの徳だと申します。和歌の言葉にもあるように、砂が育って巌となり、塵が積もって山となり、浜の真砂《まさご》が尽きたとしても、詠む言の葉の尽きるはずがないなどと承っておりますけれど、相生と言うのが本当にはどんなわけなのか私どもは存じ上げません。

ただ松については、一寸も伸びればその緑は永遠となり、必ず千年万年も生き、これ以上めでたいものはなかろうと両方の神さまが植えられましたので、相植《あいうえ》の松と

よし申され、汀《みぎは》なる小船《せうせん》にとり乗り、沖をさして出で給ふと見て姿を見失うて候ふよ。

アイ「これは言語道断、奇特なる事を御諚候ふものかな。さては某《それがし》ただいま物語り申したるごとく、住吉の明神当社へ御影向あつて、当社ともろとも松の木蔭を清め給ふ折節、御言葉を交されたると推量仕りて候。ことに住吉にて待たうずると仰せられ、汀なる小船に召され、沖の方へ御出でと承り候へば、片時《へんし》も疾《と》く住吉へ御参詣あつて然るべう候。某このほど小船一艘作り持ちて候ふが、未だ乗り初め仕らず候。いかやうなる御方にてもあれ、めでたき御方を乗せ始め申さうずると存ずるところに、阿蘇の宮の御神職と申し、ことに当社と住吉の明神に御言葉を交されたるほどの、神慮めでたき御方を乗せ始め申すならば、船路の行末までも千秋万歳《ばんぜい》めでたからうずる間、われらが新艘《しんざう》に召され候へ。某楫取《かんどり》仕り、

も申します。五十六億七千万年のち、弥勒菩薩さまが救いにいらっしゃる時まで我が地をお守り下さることと承っております。

　とりあえず私どもがうかがっているのはこんなことですが、しかしなぜそのいわれをお知りになりたいのでしょうか」

「丁寧にお語り下さった。我々はあなたにお会いする前に老夫婦に出会い、高砂の松のくわしいことをお尋ねしたところ、今のように隅々まで教えてくれ、住吉で待っているぞとおっしゃって岸にあった小舟に飛び乗って沖へと出ていかれたまま、姿を見失ってしまったのです」

「なんということ、不思議なことをおっしゃる。それでは私がさきほど語りましたように、住吉明神が当社へおでましになり、高砂の神と一緒に松の木陰をお清めになられているちょうどその時に、御言葉をくださったのだと思いますぞ」

　浦の者は続ける。

「その上、住吉で待とうとおっしゃられ、岸の小舟に乗り、沖の方へおいでになられたと承れば、一刻も早く住

住吉へ御供申さうずるにて候。
ワキ 「さあらば方々《かたがた》の船に乗り、住吉へ参らうずるにて候。
アイ 「いや御覧候へ、神慮の奇特に一段の追風《おひて》が吹き来りて候。急ぎお船に召され候へ。
ワキ 「心得て候。
ワキ、ワキツレ 高砂や、この浦舟に帆をあげて、この浦舟に帆をあげて、月もろともに出で潮の、波の淡路の島影や、遠く鳴《なる》尾《を》の沖過ぎて、はや住の江に着きにけり、はや住の江に着きにけり。
［出端《では》］
シテ われ見ても久しくなりぬ住吉の、岸の姫松《ひめまつ》幾代経ぬらん。睦ましと君は知らずや瑞垣《みづがき》の、久しき代々の神かぐら、夜の鼓の拍子を揃へて、すずしめ給へ宮つこたち。
地謡 西の海、あをきが原の波間より、

吉神社へご参詣なされねばならないと思います。私、近頃小舟を一艘作って持っておりますが、まだ乗り初《ぞ》めをしておりません。どのような方だとしても初めに立派な方を乗せたいものだと思っておりましたところに、阿蘇神社の御神職、それもこの高砂の神と住吉明神とお言葉を交わされたほどの神慮にかなった方をお乗せするならば、船路の末まで千秋万歳喜ばしいことでありましょう。ですから私どもの新しい舟にお乗り下さい。私が櫂を取り、住吉までお供しようと思います」

「それならばあなたたちの舟に乗って住吉へ」

「あれ、ご覧なさい。神の御配慮、不思議なことにいちだんと強く追い風が吹いて来ました。急いで舟にお乗りください」

「承知しました」


こうしてめでたく舟は出る。

この高砂の浦から、舟に帆を上げて、この帆を上げて、月と一緒に旅に出れば潮は満ち、波は泡立ち、淡路の島影を通り過ぎ、やがてそれは遠くなる、鳴尾の沖を過ぎ、

シテ　あらはれ出でし神松の、春なれや、残《のこ》んの雪の浅香潟。
地謡　玉藻刈るなる岸蔭の、
シテ　松根《しようこん》に倚つて腰を摩《す》れば、
地謡　千年の翠《みどり》、手に満てり。
シテ　梅花《ばいくわ》を折つて頭《かうべ》に挿せば、
地謡　二月《じげつ》の雪、衣に落つ。
［神舞《かみまい》］
地謡　ありがたの影向や、ありがたの影向や。月住吉の神遊び、御影《みかげ》を拝むあらたさよ。
シテ　げにさまざまの舞姫の、声も澄むなり住の江の、松影も映るなる、青海波とはこれやらん。
地謡　神と君との道直《みちすぐ》に、都の春に行くべくは、
シテ　それぞ還城楽の舞。
地謡　さて万歳の、
シテ　小忌衣《をみごろも》、

早くも住の江に着いたことだ、早くも住の江に着いたのである。

　すると、住吉明神があらわれて歌い、舞い始める。

『朕《ちん》から見ても久しい年を経た住吉の岸辺の姫松は、一体どれほどの御代を生きてきたのだろう』とは帝の歌。『姫松と私の仲が睦まじいことをあなたは御存じないのか、代々ずっと昔からのこと』とはわたくし住吉明神の返す歌。

　さあ神官たち、夜神楽の鼓の拍子を揃えて神々を鎮めなさい。

　そこで神官たちは囃し立てる。

西の方の海の、あおきが原の波間から。

明神は歌う。

「あらわれた神の松よ。春になったからか、浅香《あさか》潟《がた》の残り雪も浅い」

　その岸辺で美しい藻を刈り。

「松の根元によりかかって腰をさすれば」

　永遠の緑が手に満ちる。

「梅の花を折って頭にさせば」

地謡　さす腕《かひな》には、悪魔を払ひ、納むる手には、寿福を抱き、千秋楽は民を撫で、万歳楽には命を延ぶ、相生の松風、颯々《さつさつ》の声ぞ楽しむ、颯々の声ぞ楽しむ。

春の雪が衣に落ちるよう。

ありがたい御出現、神の顕現。月は澄み、住吉の神の舞姿を拝む尊さよ。

「まことにさまざまの舞姫があらわれ、歌声も澄み、住の江の松の影が波に映る。青海波《せいがいは》の舞とはこのことでしょう」

また、神と君の道がまっすぐにつながり、すぐに都の春へおもむくことが出来るならば。

「それこそが『還城楽《げんじょうらく》』の舞」

さて君の永遠を願って。

「神を祭る衣を着て」

舞う腕を差し出せば悪魔を払い、内に戻す手には福徳を抱き寄せ、『千秋楽』を奏して民を癒し、『万歳楽』を舞って君の長命を念ずる。風は相生の松に吹き、袖がひるがえるような爽やかな音を立てている、その楽しさよ。

人々はこの爽やかな音を楽しむのだ。

"And donning the robes to worship the god,"

We dance with arms waving outward to sweep away demons, then draw arms inward to embrace good fortune. Playing "Music of a Thousand Autumns," we heal the people, and dancing to the "Music of Ten Thousand Years," we pray for His Majesty's longevity. The wind sweeps through the twin pines, rustling the branches with a joyful, refreshing sound like that of dancers' sleeves brushing against each other.

How much we enjoy this refreshing sound!

（英語訳は42頁からです）

イタリック部分は間狂言であることを示す。その中で下線を引いた単語は訳者の原文でイタリックを使用していたもの。以下同様

"Oh, see what is happening! Thanks to the will of the gods, a following wind of added strength has miraculously sprung up! Please hurry and board, everyone!"

"Yes, let us do so."

And so their craft makes its propitious departure.

From this Takasago shore, we raise our sail, yes raise our sail, and journey with the rising moon, the tide rising, the waves all foaming as we pass the foam-flecked isle of Awaji looming in the distance, distant Naruo too goes by, and speedily have we arrived in Suminoe, yes here we are in Suminoe already.

Whereupon the god of Sumiyoshi appears and begins to sing and dance.

His Majesty the Emperor once sang, "Long years have passed since we first saw the princess pine on Sumiyoshi shore: indeed, how many ages has she lived through?"

To which I, the god of Sumiyoshi, sang in reply, "That princess pine and I are a loving couple, did you not know? Age after age from long ago."

Oh, priests of the shrine, play your sacred night music, striking your drums in time to comfort all the gods!

The priestly musicians increase the fervor of their playing.

From the waves of Aoki-ga-hara in the western sea,

sings the god,

"The godly pine has risen! Perhaps because spring has come, the remaining snows lie thin upon Asakagata beach."

On the shore we harvest beautiful seaweed,

"And if we brush our hips against the pine tree's roots,"

Eternal green fills our hands.

"If I break off a spray of plum and tuck it in my hair,"

Spring snow seems to fall upon my robe.

O blessed revelation! O blessed advent of the god! How precious to worship this vision of the dancing Sumiyoshi god beneath the *sumi*/clear full moon!

"Truly many dancing maidens appear with him, their voices *sumi*/clear as the waves reflect the Suminoe pine. Surely this is what is known as the Dance of the Blue Ocean Waves."

Straight, too, is the Way of both god and emperor, and if we can go straight to spring in the capital,

"That, indeed, is the dance known as Return to the Palace."

Now hoping for His Majesty to be with us always,

they have been visiting each other like that, and so it has apparently long been said among us lowly inhabitants of this shore that the pines of Takasago and Sumiyoshi are twins.

In any case, the gods of this shrine and Sumiyoshi are but one god incarnate, and thus we say it is entirely due to the spiritual power of the two shrines' gods that the Way of Poetry continues to flourish and husbands and wives remain close to the end. As the words of the poems themselves tell us, even if grains of sand were to grow into massive boulders and dust were to pile up into mountains and the numberless sands of the beach were to run out, the words we recite in poetry will never run out—or so I have been told, though in fact I do not know the meaning of the "twin" in "twin pines."

Regarding pines, however, they say that once a pine grows but a single inch, its greenery becomes eternal. It will live a thousand—nay, ten thousand years—than which there is nothing more auspicious. And because the two gods are said to have planted the two trees, the twin pines are also called the pines planted together. I have heard, too, that they will protect this land of ours for another 5,670,000,000 years until the Bodhisattva Maitreya comes to save the world.

This, then, is all that I have heard, but tell me, please, why do you wish to know the story of the twin pines?"

"Thank you for your painstaking account. Before meeting you, we encountered an aged couple, and when we asked them about the Takasago pine, they told us in great detail much as you have done, after which they said they would wait for us in Sumiyoshi and leaped aboard a skiff that was anchored by the shore, sailing out to sea until we lost sight of them."

"How amazing to hear you say that! I do believe that the god of Sumiyoshi must have come to visit this shrine as I mentioned earlier, and he must have spoken to you while he and the god of Takasago were together sweeping needles beneath the tree."

The man of the shore continues—

"And if, in addition, they said they would wait for you in Sumiyoshi as they boarded a skiff on the shore and sailed out to sea, then I believe you must make a pilgrimage to the Sumiyoshi Shrine without delay. I happen to have a skiff that I recently finished building but have not yet taken on its maiden voyage. For such an event, I was hoping to have a worthy passenger, and now if I can welcome aboard one who is not only the chief priest of the Aso Shrine but who is so blessed as to have exchanged words with the gods of Takasago and Sumiyoshi themselves, then I will be able to look forward to many years of fortunate sailing. So please now board my brand-new boat. I shall ply the oar and accompany you to Sumiyoshi myself."

"So, then, everyone, let us climb aboard and sail to Sumiyoshi."

evening waves on shore. Letting a tailwind propel the craft, they head out to sea, the old ones have gone out to sea.

The priest calls to his attendants.

"Is someone present?"

"I am here before you, Your Reverence."

"Go bring someone who lives on this shore."

"Yes, Your Reverence. Is there someone here who lives on this shore?"

To which a person responds—

"I hear he is asking for someone who lives here. I think I'll go and find out what he wants. Well, then, I understand you are looking for someone who lives on this shore. How can I be of service?"

"My master says he has a little something he wants to ask you. Please come with me."

"I understand."

"Your Reverence, I have brought along someone who lives on this shore."

"I am here in your presence, Your Reverence."

"I am Tomonari, chief priest of the Aso Shrine in Kyushu's Higo Province, having come to this shore for the very first time. Please tell me what you know about this Takasago pine."

"This is a truly unexpected request. I do live here, but I have no detailed knowledge of what you ask, which is better known to high-ranking people. Still, having been summoned as a resident of the area, it would be unseemly of me to reply that I know nothing, and so I will do my best to tell you everything that I have heard."

"Yes, please do so."

"First of all, let me say that, on this shore, we have long referred to this pine tree as the Takasago pine. Now, as to the 'twin' part about two trees growing from the same root: that has been said, I have heard, because in the preface of the Kokinshū *it is written: 'The Takasago and Suminoe pines seem to be twins.' Among the many kinds of trees, the pine is an evergreen that retains its glory for many years, and thus the Way of Poetry is said to have been likened to the Takasago and Suminoe pines, the words of song as numberless as the two trees' needles.*

One view holds that the deity of Takasago and the deity of Sumiyoshi are husband and wife divinities. Thus, when the god of this shrine visits Sumiyoshi, the couple engage in conversation at the base of the pine tree there, and likewise when the god of Sumiyoshi visits here, they converse at the base of this pine. From long ago through our present day,

We hear, follows our land's way of poetry.

The old man continues.

As Fujiwara no Chōnō has said, the voices of all things on earth, both animate and inanimate, are themselves poems. Grass and trees, soil and sand, voice of wind and sound of water: there is a heart that each and every one of them contains. Both the spring forest stirring in the eastern breeze and the autumn insects crying in the north wind's dew: are they not in form already poems? he asks. Of all trees, the pine is noblest, for its name is written with a character composed of three elements meaning "ten," "eight," and "lord." Ever brimming with greenness, its color has remained unchanged from antiquity to our own day, and it has been praised by all at home and abroad from the time it was granted court rank by China's First Emperor.

The old man also says:

"High on the hill, the bell of Takasago now tolls."

Though frost forms on them in the morning, however many years pass by, the needles of the pine remain deep green. Morning and evening we sweep needles beneath the tree, but they are inexhaustible. For truly, as the *Kokinshū* tells us, "The needles of the pine do not scatter until all are gone." Their color continues on and on, increasing. How natural that the pine should be seen as a metaphor for a long reign along with the *masaki* vine cited in the *Kokinshū* preface! Among the evergreens that tell of such longlastingness, the Takasago pine is famous as a symbol of ages to come, the twin pines auspicious!

Tomonari calls out to the aged couple—

"This famous pine, the branches of this much-praised pine reveal the ages through which it has lived. So, too, I ask you to reveal your true selves and speak your names to me."

To which they reply—

"What, then, should we conceal? We are the spirits of the twin pines of Takasago and Suminoe revealed in human form as man and wife."

How marvelous! The noted pines have shown us an omen.

"Plants and trees have no heart," the couple say together.

But insofar as this is an auspicious reign,

"Both earth and trees"

Belong to our great lord's country, where it will always be *sumiyoshi* / good to live.

"We shall go ahead to Sumiyoshi and wait for you there,"

Says the old man, and they hasten aboard a fishing boat anchored in the

has anything about them been handed down in this place?" the priest asks.

"The people of long ago called them a symbol of an auspicious reign," the aged couple say.

"Takasago stood for that ancient age when the oldest collection of Japanese poetry, the *Man'yōshū*, was compiled," says the wife.

"And Sumiyoshi signifies the present Engi age ruled over by His Majesty ……"

…… while the pines tell of the inexhaustible leaves of words, flourishing equally now and of old in praise of the reign.

"The more I hear, the more welcome are your words. Now all my doubts have cleared on this clear spring day."

"Like the Buddha's own appearance, the light is soft that bathes the western sea."

"Over there in Suminoe,"

"And here in Takasago,"

"The pines are vivid in their hue."

"The spring"

So tranquil, the seas calm all around us, the realm at peace, the breezes—gentle as the season—stir not the boughs under this, His Majesty's reign. How blessed are we and blessed, too, the twin pines, to have lived in such a reign. Yes, truly, the folk are fortunate who live in an age so marvelous that no praise can ever do it full justice. Oh, how great the favor bestowed on us by His Majesty! How great his sheer beneficence!

The priest Tomonari asks the old couple raking pine needles,

"Please be so good as to tell me more about the Takasago pine."

The old man replies,

People say that plants and trees have no heart, but still they never fail to flower and bear fruit at the correct times, and blossoms naturally open first from branches on the south side of the tree when the warmth of spring arrives.

And yet this pine's appearance remains forever unchanged, forever green.

Though the four seasons may come in turn, the color of the pine lasts beyond a thousand years, its green only deepening amid the snow. And in that thousand years, the pine blooms only once, they say, flowering ten times altogether.

"Pining for this opportunity, the branches of the pine"

…… are bejeweled with dew drops gathered on the countless leaves of words, which give polish to the hearts of all.

"Yes, every living thing,"

the pines. Let us press our sleeves, flecked with fallen pine needles, against our rake and broom and sweep away the needles that litter the ground beneath the Takasago pine.

Their voices continue to blend:

"The Onoe pine, here in Takasago, has seen the passage of many years, and we have become deeply wrinkled as the waves of age wash over us. Old as we are, how long can we go on living as we rake and sweep the needles beneath the trees? The Iki Living Pine is yet another tree that has been famous here since ages past."

The Shintō priest Tomonari says:

"You, aged sir, may I ask you a question?"

"Are you speaking to me? What question do you have for me?"

"Which of these trees might be the Takasago Pine?"

"It is this one beneath which we are now sweeping the needles."

"The Takasago and Suminoe Pines are famous as the 'Twin Pines,' which usually means that two trees have grown up from a single root. But Takasago and Sumiyoshi are so far apart they are in different provinces. How can two such widely separated trees possibly be known as the Twin Pines?"

"Yes, you are right, the preface to Japan's first imperially commissioned poetry anthology, the *Kokinshū* says clearly that 'The pines of Takasago and Suminoe seem to be twins.' I, however, live in Sumiyoshi in the Province of Settsu, while this old woman is from here in Takasago. Tell him what you know about this, Old Girl."

The priest says with feeling,

"How mysterious! This aged couple look to be together as man and wife, and yet, he says, they live a province apart, separated by shore and mountain, he in Suminoe, she in Takasago. How can this be?"

To which the old woman replies.

"What a foolish thing to say! A man and wife may be separated by 10,000 leagues of rivers and mountains, but there is no distance between them when their hearts are truly in touch."

"Just think about it," the old man says.

The pines of Takasago and Suminoe are trees devoid of hearts, and yet are they not said to live together as twins? How much more so should it be true of human beings with feelings! This old man has made his way here to Takasago daily, year after year, from distant Sumiyoshi, growing closer all the while to his old wife until, along with the pines, this married couple are said to be twins.

"How engrossing your words are! And the twin pines I asked about earlier:

Takasago: The Song of the Earth

Come, let us go now, binding the cords of our travel cloaks, cords as long as the endless days ahead of us.

I who speak these words am Tomonari, chief priest of the Aso Shrine in Higo. Never having seen the imperial capital, Kyoto, it dawned on me this spring to travel there. And, since it is on the way, I wish to have a look at the Takasago shore in Harima.

Preparing for our spring journey, we proceed with spring in our steps down the road that stretches like a length of fabric toward the distant capital. Decisively cutting cloth for our travel robes, we make up our minds to leave on our long trip today, launching our boat from the shore. With soft spring ocean breezes sweeping all around us, how many days have we come on our tranquil sea route dressed in travel robes? Before we know it we have reached our destination, which had once seemed to be so far beyond the clouds, yes here we are at Takasago on Harima's shore, the bay of Takasago.

Tomonari says,

"We have traveled so swiftly that we have already arrived in Takasago. If a local person should happen by, I wish to ask him the story of the famous pine."

His attendant replies,

"Yes, let us do so, Your Reverence."

At which point they hear two aged voices:

"The sun goes down in Takasago, the spring breeze whispers in the pines, and the bell on the hill resounds."

Mist rises on the shore, and we can no longer see the waves.

"Only by their sound can we tell the ebb and flow of the tide."

The voice continues,

"We wish there were someone left alive who knows us well, but not even the long-lived pine of Takasago is a friend from our youth."

Countless months and days have passed, and now our hair has turned white as if snow had piled upon our heads. Like ancient cranes left alone in their nest, we wake on frosty spring nights to see the moon lingering in the dawn sky, hearing nothing day after day but the wind in the pines, our hearts our only friends as we lay out our loneliness in poetry as if spreading a mat of woven sedge.

We pine for someone to visit us, but all we hear is the sea breeze whispering in

その二　『忠度《ただのり》』

【解説】　二番目物　世阿弥作

藤原俊成《ふじわらのしゅんぜい》（歌人、『千載和歌集』の撰者）に仕え、主亡きあと出家した旅の僧が、須磨の浦で老人に出会う。宿を頼む僧に、老人は平忠度の墓標である若木の桜の木陰に宿れと言い、回向を頼み、自分が忠度の霊の仮の姿だと名を暗示して消える。浦の男から忠度の最期を聞いた僧の夢に、忠度が昔の姿で現れる。そして、自らの歌が千載和歌集に選ばれたものの、詠み人知らずとされたことを嘆き、俊成の跡継ぎの定家《ていか》に歌の作者の名を記すよう伝えてほしいと頼む。そして、自分が岡部の六弥《ろくや》太《た》と戦って討死にしたことを語り、花の陰に消える。

文学に関わる者の、名声への妄執。

そう要約してしまえば、『忠度《ただのり》』はまるで私小説世界のように見えてくる。太宰が先輩作家に賞をくれと手紙を書いた話のように。

ただし私がこの作品に魅了されるのはそういったスキャンダルを扱っているからではない。

本書の訳の中でも、登場人物シテとワキのセリフを、コロスである地謡の面々が奪い取るように語る場面が何度もある。

通常はその地謡の言葉までをシテなりワキのセリフとして訳すのだろうが、それでは能の惑乱性が伝わらないと考え、むしろより忠実にそれを地の文へと引き継いできた。

むろん中にはシテのセリフの途中を、そこで初めて出会ったはずのワキが引き取る場合もあり、リアリズムからすればおかしな話なのだが、それを分裂のまま提示することこそ、この芸能の真骨頂を味わう方法だとさえ私は感じてきたのである。師である安田登はこれを「共話」と言う。

この『忠度』では、シテや地謡が複数の人物の内側に入り込んで、我も我もと描写に参加する。したがって、いったい誰が語り手なのかわからなくなる。いや舞台ではすべての者が語り手だからそれでいいのだ。

今回はその混乱を、アメリカSFホラーの傑作『遊星からの物体X』方式でしのいでみた。原題が『The Thing』である。まさしく「**それ**」としか言いようのないものが舞台をよぎる。

語る主体の分裂の隙間にこそ、その「ＩＴ」はぼんやりと姿をあらわす。
　そしてどこにともなく消えていく。ひょっとすると、同じように語る主体であるあなたの中にかもしれない。
　それが能というものの幽玄ではないか。

（いとうせいこう）

『忠度』を読むと私は三島由紀夫のことを思い出さないではいられない。三島の作品が格別に好きなわけではないが、一九七〇年十一月二五日の新聞に載った、切断された三島の首の写真を見た肉体的な衝撃は一生忘れないと思う。実感したのだ、『金閣寺』も『仮面の告白』もあの肉の塊の中から生まれてきたのだと。世阿弥はもちろん三島の存在を知らなかったが、三島のグロテスクな最期を知っている人が『忠度』を読むと、世阿弥が『忠度』で言おうとしていたことが一層明らかになってくると思う。忠度は武士らしく戦場で惨たらしい最期と相成った。しかし、忠度の幽霊が永遠にこの世に執着して離れないのは、酷い殺され方に対しての恨みからではなく、自分の歌が『千載集』に「**詠み人知らずと書かれた**」からだと訴える。「**忠度さまは文武両道で、世に高い評価を得ておられる方**」であったが、結局、「**和歌をたしなむ家に生まれ、その道に入り、我が国古来からの世界に心を寄せたのは、人として最もよろしいことである**」。
　忠度も三島由紀夫もせっかく「歌」をあふれんばかりに満たした頭を刀に任せて、死んだ。世阿弥の目にも現代の目にも、その行為は栄光よりも、酷い才能の浪費に映る。

（ジェイ・ルービン）

『忠度』

［次第］

ワキ、ワキツレ　花をも憂しと捨つる身の、花をも憂しと捨つる身の、月にも雲は厭はじ。

ワキ　「これは俊成《しゅんぜい》の卿の御内《みうち》にありし者にて候。俊成《としなり》なくならせ給ひて後、元結切りかやうの姿とまかりなりて候。我未だ西国を見ず候ふほどに、この春思ひ立ち西国行脚と志し候。

ワキ　城南の離宮に赴き、都を隔つる山崎や、関戸の宿《しゅく》は名のみして、泊りも果てぬ旅のならひ、憂き身はいつも交はりの、塵の憂き世の芥川、猪名の小笹を分け過ぎて、

ワキ、ワキツレ　月も宿借る昆陽《こや》の池、水底清く澄みなして。

ワキ、ワキツレ　蘆の葉分けの風の音、蘆

【現代語訳】

花さえ物憂いと捨て、出家の身となった。

花さえ憂鬱で現世を捨てたのだ。

月に黒雲がかかろうとなんでもない。

そう言いながら旅僧たちがあらわれ、中の一人が口をひらく。

「わたくしは藤原俊成卿に仕えていた者であります。俊成さまがお亡くなりなさいましてのち、髪を束ねる紐を切ってこのような姿になりました。わたくし、まだ西国を見たことがありませんので、この春思い立ち、西国行脚をしようと志したのです」

　旅僧は旅の様子を歌う。

「我らは鳥羽にある城南《せいなん》の離宮に向かい、山が都との隔てになる山崎を過ぎ、関戸の宿と言っても名前しか残っていないので関所を通ることもなく、やすらぐことのなさは旅の常、つらい身の上でいつも現実に交わることが積もり、塵芥《ちりあくた》の浮くような現世で芥川を行き、猪名《いな》の有

の葉分けの風の音、聞かじとすれど憂き事の、捨つる身までも有馬山、隠れかねたる世の中の、憂きに心はあだ夢の、覚むる枕に鐘遠き、難波はあとに鳴尾潟、沖波遠き小舟かな、沖波遠き小舟かな。

ワキ　「やうやう急ぎ候ふほどに、これははや津の国須磨の浦とかや申し候。またこれなる磯辺に一木《ひとき》の花の見えて候。承り及びたる若木の桜にてもや候ふらん。立ち寄り眺めばやと思ひ候。

ワキツレ　「もつともにて候。

［一声］

シテ　げに世を渡るならひとて、かく憂き業にもこりずまの、汲まぬ時だに塩木を運べば、干せども隙《ひま》は馴《な》れ衣《ごろも》の、浦山かけて須磨の海、

シテ　海人《あま》の呼び声隙なきに、しば鳴く千鳥、音《ね》ぞ遠き。

シテ　そもそもこの須磨の浦と申すは、さ

名な笹をかきわけ」

月が小屋にとどまるかのように映り込む昆陽《こや》の池は、水底まで綺麗に澄んで月光が住みつき、蘆《あし》の葉を吹き分ける風の音、その蘆の葉を分けて過ぎる風の音は、その音も世のことも聞くまいとする出家の身の前にあり、有馬山をやがて越え、逃れられない現実のうっとうしさに心は浮ついた夢を見て、覚めれば枕元に遠く難波四天王寺の鐘。そこも過ぎてあとになる鳴尾《なるお》潟《がた》、沖の遠い波に小舟が見える、沖波の遠くに小舟が見えるではないか。

「こうして急ぎましたので、ここは早くも津の国は須磨の浦とか申します。またこの磯に一本の桜が見えております。聞き及んでいる若木の桜でありましょうか。立ち寄って眺めたいと思いますが」

他の旅僧も言う。

「そういたしましょう」

そこに一人の老いた漁師があらわれる。

「ああまったく、世を生きていくために、こんなつらい仕事にもこりず、まあ、須磨にいて潮を汲み、汲まない時にも塩焼きのための薪を運ぶのだから、衣は干す暇も

びしき故にその名を得る、わくらはに問ふ人あらば須磨の浦に、藻塩垂れつつ侘ぶと答へよ、げにや漁《いさ》りの海人小舟、藻塩の煙松の風、いづれかさびしからずといふ事なき。「またこの須磨の山蔭に一木の桜の候。これはある人の亡き跡のしるしの木なり。ことさら時しも春の花、手向のために逆縁ながら、

シテ　足引の、山より帰る折ごとに、薪《たきぎ》に花を折り添へて、手向をなして帰らん、手向をなして帰らん。

ワキ　「いかにこれなる尉殿《じょうどの》、御身はこの里人にてましますか。

シテ　「さん候この浦の海人にて候。

ワキ　海人ならば浦にこそ住むべけれ、山ある方に通はんをば、山人とこそ申すべけれ。

シテ　「そも海人びとの汲む汐をば、焼かでそのまま置き候ふべきか。

なく着慣れたまんまで、その衣の裏でもないが浦も山も行き来して住むのが須磨のこの海」

さらに老人はつぶやく。

「漁師たちが呼び交わす声は絶え間なく、しきりに鳴く千鳥の声も遠くかすんでおる」

言葉は続く。

「そもそもこの須磨の浦は寂しいことで有名だ。『私がどうしているか聞く人がもしもあれば、藻塩を焼き出すために潮水を垂らし、涙に濡れながら侘びしく過ごしていると答えてくれ』と在原行平が歌った通り、まさに漁をする者たちの小舟、藻塩を焼く煙、松に吹く風、どれか寂しくないことなどあろうか」

そして老人は桜のことを語り出す。

「また、この須磨の山かげに一本の桜がありますが、これはある方が亡くなったしるし。ちょうど今は春の花の咲く時節、手向けのために通りすがりとはいうものの」

足を引きずって山から帰る折ごとに、花を折り取って薪に添え、桜へお供えをして帰ろうではないか。手向けて帰るのだ。

ワキ げにげにこれは理《ことわり》なり、藻塩焚くなる夕煙、
シテ 絶え間を遅しと塩木取る、
ワキ 道こそ変れ里離れの、
シテ 人音稀《ひとおとまれ》に須磨の浦、
ワキ 近き後《うしろ》の山里に、
シテ 柴といふものの候へば、
地謡 柴といふものの候へば、塩木のために通ひ来る、
シテ あまりにおろかなる、お僧の御諚《ごぢやう》かなやな。
地謡 げにや須磨の浦、余《よ》の所にや変るらん。それ花につらきは、嶺の嵐や山おろしの、音をこそ厭ひしに、須磨の若木の桜は、海少しだにも隔てねば、通ふ浦風に、山の桜も散るものを。
ワキ 「はや日の暮れて候 一夜の宿《やど》を御貸し候へ。
シテ 「うたてやなこの花の蔭ほどのお宿

そこで旅僧は老人に話しかける。

「もし、そこのご老人、あなたはこのあたりの里の方ですか？」

「その通りです。この浦の漁師でして」

「漁師ならば浦に住むだろうに、あなたは山のある方に出かけているのだから山人と言うものでは？」

「しかし汲んだ潮を、漁師が焼かずにそのままに置いておくものでしょうかな」

「いやいやそれは確かに。夕方の浜辺では藻塩を焼く煙が立ち」

「火の絶え間がないように、急いで塩焼きのための木を取りに山へ行く」

「海も山もそれぞれ道は違うが里を離れ」

「人の声はまれにだけする、須磨の浦」

「その浦近くの後ろ側の山里に」

「柴木というものがありますので」

「柴木がありますから、塩焼きをするための木を取りに通って来るのが」

「漁師というわけだ。あまりに愚かなお坊さまのお言葉

の候ふべきか。
ワキ 「げにげに花の宿なれども、誰を主と定むべき。
シテ 「行き暮れて木《こ》の下蔭を宿とせば、花や今宵の主ならましと、詠《なが》めし人はこの苔の下、痛《いた》はしやわれらがやうなる海人だにも、常は立ち寄り弔ひ申すに、お僧たちはなど逆縁ながら弔ひ給はぬ、おろかにまします人々かな。
ワキ 「行き暮れて木の下蔭を宿とせば、花や今宵の主ならましと、詠めし人は薩摩守、
シテ 「忠度と申しし人は、この一の谷の合戦《かせん》に討たれぬ。ゆかりの人の植ゑ置きたる、しるしの木にて候ふなり。
ワキ こはそも不思議の値遇《ちぐ》の縁、さしもさばかり俊成の、
シテ 和歌の友とて浅からぬ、
ワキ 宿は今宵の、

であること」

老人は歌うように続ける。

まことに須磨の浦は他と違っている。というのも、花にとってつらいのは峰を吹く強い風や山から下りる風で、その音を嫌うものだが、須磨の若木の桜は少しも海との隔てがなく、浦風が届いて山の桜も散ってしまうのだ。

そこで旅僧は言う。

「早くも日が暮れてしまいましたな。一晩宿をお貸しください」

「風情のない方だ。この花の陰ほどのお宿があるでしょうか」

「まさに花の宿というものでしょうが、そうなると誰が主人というわけかな」

「『行き暮れて木の下の陰を宿とすれば、桜が今宵の主なのだろう』と平家物語にあるけれど、そう詠んだ人はこの苔の下。不憫のあまり、わたしらのような漁師でさえいつも立ち寄ってお弔いをするのに、お坊さま方はなぜ行きずりとはいえお弔いなさらないのか。いい加減な方々だこと」

シテ　主の人、

地謡　名もただ法の声聞きて、花の台に座し給へ。

シテ　ありがたや今よりは、かくとむらひの声聞きて、仏果を得んぞうれしき。

地謡　不思議や今の老人の、手向の声を身に受けて、喜ぶ気色見えたるは、何の故にてあるやらん。

シテ　お僧に弔《と》はれ申さんとて、これまで来《きた》れりと、

地謡　夕べの花の蔭に寝て、夢の告《つげ》をも待ち給へ、都へ言伝申さんとて、花の蔭に宿り木の、行く方《かた》知らずなりにけり、行く方知らずなりにけり。

［中入］

アイ　「かやうに候ふ者は、津の国須磨の浦に住まひする者にて候。この間は久しく

「『行き暮れて木の下の陰を宿とすれば、桜が今宵の主なのだろう』と詠んだのは、確か薩摩守」

「忠度と申し、ここ一の谷の合戦で討たれた。それで、ゆかりのある人が桜を植え、しるしの木としたのです」

「それはなんと奇遇な因縁。そうするとそれほどにも、俊成の」

「和歌の友として浅からぬ間柄の人が」

「今夜泊まる」

「宿の主で」

その名も忠度なのだから、ただ法《のり》の声を聞き、浄土の花、蓮の台《うてな》にお座りなさいまし。

老人はこう答える。

「ありがたい。これから回向の声を聞き、成仏が出来る。うれしいこと」

旅僧は思う。

不思議だ。この老人は回向をその身に受け、喜ぶ様子である。どういうことだろうか。すると老人は言う。

「わたしはお坊さまにお弔いいただこうと、ここまで来たのです」

いづかたへも出で申さず候ふ間、今日はまかり出で、若木の桜をも眺め、心を慰まばやと存ずる。いや、これに見馴れ申さぬお僧の御座候ふが、いづくよりいづかたへ御通り候へば、これにはやすらうて御座候ふぞ。
ワキ「これは都方より出でたる僧にて候。御身はこのあたりの人にてわたり候ふか。
アイ「なかなか、このあたりの者にて候。
ワキ「さやうに候はば、まづ近う御入り候へ、尋ねたき事の候。
アイ「畏つて候。さてお尋ねありたきとは、いかやうなる御用にて候ふぞ。
ワキ「思ひも寄らぬ申し事にて候へども、若木の桜の謂れ、また忠度の果て給ひたる様体、ご存じにおいては語つて御聞かせ候へ。
アイ「これは思ひも寄らぬ事をお尋ね候ふものかな。われらもこのあたりに住まひ

夕刻の花の陰に寝て、夢のお告げをお待ちなさい。都へことづてを申しましょう、とも。

そして花の陰に宿るように、またヤドリギが移っていくように行方が知れなくなった、行方知れずになったのである。


と、そこに須磨の浦の者があらわれる。

「このように出てきましたのは、津の国須磨の浦に住まいを持つ者であります。このところ長くどこへも出かけませんでしたので、今日は外出して若木の桜でも眺め、心を慰めようと思います。おお、ここに見慣れないお坊さまがいらっしゃる。どこからどちらへ行かれるために、ここで休んでおられるのでしょうかな」

「わたくしどもは都の方から来た僧侶です。あなたはこのあたりの人でいらっしゃいますか」

「ええ、あたりの者です」

「それならば、まあ近くへいらっしゃってください。うかがいたいことがあります」

「承知しました」

いたせども、さやうの事詳しくは存ぜず候、さりながら、およそ承り及びたる通り、物語り申さうずるにて候。

ワキ「ちかごろにて候。

アイ「さるほどに、薩摩守忠度と申したる御方は、平家の御一門の中にも、文武《ぶんぷ》二道にすぐれ、よき大将にてござありたると申す。さあるによつて忠度、俊成の卿に仰せられけるは、千載集を撰ばれ給はば、忠度もとより、和歌の道を御嗜みある御事なれば、御歌の御人数《ごにんじゅ》に、入らせられたきよしのたまひけれども、そのころ平家勅勘《ちよつかん》の御事なれば、叶ふまじきよし仰せ候。しかれども、忠度ぜひともと御歎きあつて、この所へ御下りの折節、また山崎辺より御馬を引き返され、俊成のもとへ御出であり、いろいろ詠み置かせられたる御歌ども参らせられ、この内に然るべき歌もあらば、御入れ候ひて賜《た》び給へと仰せられ、そのまま

男は近くへ行って座る。

「さてお尋ねとは、どういうご用でしょうか」

「思いも寄らない話でしょうが、若木の桜のいわれ、また忠度のお亡くなりになった様子、もしご存じならお話ししてお聞かせください」

「確かに思いも寄らないことをお尋ねになりますな。わたしどももこのあたりに住んではいるものの、くわしくは存じません。とはいえ、おおよそうかがったことのある通り、お話し申しあげましょう」

「ありがたいことです」

「さて、薩摩守忠度と申したお方は平家のご一門の中でも文武両道に優れ、素晴らしい大将であったという。ですので忠度さまはこう俊成卿におおせになったそうです。千載集の歌をお選びになるなら、忠度さまはもともと和歌の道をたしなんでおられますので歌人の中にお入りになりたいと。そうはおっしゃったものの、その頃帝のご命令で勘当をお受けになったので、願いは叶わないだろうとおっしゃったとのこと」

男は続ける。

御下りなされたると申す。さあるによつて後白河の院の御宇《ぎょう》に、千載集を撰はれ候ふほどに、忠度の御歌を一首入れ給へども、作者をば読人知らずと書かれたると申す。さるほどにこの所において、御果てなされたる様体は、平家はこの所に御座を構へ、東は生田の森を大手と号し、搦め手は西一の谷を限つて、その間《あひ》三里が程を、多勢をもつて固められ候ふところに、源氏は六万余騎を二手に分け、大手搦め手より押し寄せ、左右《さう》なう打ち破り、平家の御一門の人々も、数多討死なされ、あるいは御船に召して、われ先にと落ち給ふ。しかるところに忠度は、西の手の大将にてござありたるが、はや御本陣より破れしかば、是非に及ばず雑兵の落つるにうち紛れ、しづしづと御落ちありしに、武蔵の国の住人、岡部の六弥太忠澄、よき敵《かたき》と目を付け追つ掛け申し、二《に》人《にん》して忠度を討ち奉りて候へば、

「けれど忠度さまは是非にとお望みになり、このへんへお下りになった折、山崎あたりからお馬を引き返され、俊成卿のもとへお出でになると、色々と詠みおかれた歌をお見せになり、この中にしかるべき歌などあればお選びくださいとおっしゃられ、そのまま去られたという」

旅僧はひたすら聞いている。

「そんなことがあったので後白河院の御代、千載集をお選びになられる折、忠度さまの歌を一首お入れになったけれど、作者を詠み人知らずと書いたといいます」

続いて、男は戦さの様子を話し始める。

「さてそのお方がこの場所でお果てになった様子はといえば、平家はこちらに陣を構え、東は生田の森を守る城の正面とし、背面は西一の谷に定めて、その間の三里ほどを大勢で守備なさる中、源氏は六万余騎を二手に分け、城郭の両面から押し寄せてたやすく打ち破り、平家の御一門もたくさん討ち死になさり、あるいは御船に乗って我れ先に落ち延びられたのです」

さらに話は忠度自身のことになる。

「そうした中、忠度さまは西の方面の大将であられたが、

敵《てき》も味方もこれを見て、「忠度は討たれさせ給ひぬ。まことに文武二道にすぐれ、よき大将なるを、痛《いた》はしき御事かな」とて、皆涙を流したると申す。また若木の桜と申すは、忠度の御旧跡に植ゑ置かせられたるとも申し、また昔よりありたるとも申せども、詳しき子細は存ぜず候。

アイ「まづわれらの承りたるはかくのごとくにて候ふが、ただいまのお尋ね不審に存じ候。

ワキ「ねんごろに御物語り候ふものかな。尋ね申すも余の儀にあらず、これは俊成の卿の御内にありし者にて候ふが、俊成なくならせ給ひて後、かやうの姿とまかりなりて候。御身以前に、老人一人《いちにん》来られ候ふほどに、すなはち言葉を交して候へば、若木の桜の謂れ、ただいま御物語のごとくねんごろに語り、忠度の事を身の上のやうに申され、都へ言伝せんと言ひもあへず、花の

早くも御本陣が崩れてしまったので是非もなく、雑兵が逃げるのにまぎれて静かに敗走されていると、武蔵の国の住人である岡部の六弥《ろくや》太《た》忠澄《ただずみ》が位の高い敵将と目をつけて追いかけ申し、二人がかりで忠度さまを討ち申し上げましたところ、敵も味方もこれを見て、『忠度さまがお討たれになった、まことに文武両道に優れた素晴らしい大将であったのに、いたわしいことだ』とみな涙を流したという。そして若木の桜というのは、忠度さまの亡くなった跡に植え置かれたともいうし、また昔からあったともいうのだが、詳しいことは存じておらないのです」

男はそこまで言って旅僧の方へ向く。

「まずはわたしどもが承っている話はこうしたものですが、なぜゆかりなどお尋ねになったかが不審でありますな」

「丁寧にお語りくださった。尋ねるのは他でもない。わたくしは俊成卿に仕えていた者ですが、俊成卿がお亡くなりになってのち、こうして僧侶となったのです。あなたが来る前に老人が一人おいでになり、そこで言葉をか

蔭にて姿を見失うて候ふよ。
アイ「これは言語道断、不思議なる事を承り候ふものかな。総じてこのあたりにさやうの老人は覚え申さず候ふが、それは疑ふところもなく、忠度の御《ご》亡心《ぼうしん》にてござあらうずると存じ候。それをいかにと申すに、御身は俊成の御内にござありたると承り候へば、さやうの御縁をもつて、あらはれ給ひ御言葉を交されたると存じ候。さやうにおぼしめさば、しばらくこの所に御逗留なされ、ありがたき御経をも御《ご》読誦《どくじゅ》あつて、かの御跡をねんごろに御弔ひあれかしと存じ候。
ワキ「しばらく逗留申し、ありがたき御経を読誦し、かの御跡をねんごろに弔ひ申さうずるにて候。
アイ「御用のこと候はば、重ねて仰せ候へ。
ワキ「頼み候ふべし。

わしたのですが、若木の桜のいわれをただ今の物語のようにじっくりと語り、忠度のことをご本人の身の上のように申され、都へ伝えてほしいことがあると言うか言わぬかのうちに、花の陰に姿を消してしまったのです」

　男は返答する。

「それはなんという、不思議なことをおっしゃいます。まずこのあたりにそのような老人がいるとは思えず、それは間違いなく、忠度さまの御霊でございましょう。なぜかといえば、あなたは俊成卿にお仕えだったとのこと。そのような御縁で忠度さまはあらわれ、言葉をお交わしになったのだと思います。あなたもそう思われるならば、しばらくここにおとどまりになり、ありがたいお経をお読みになって、亡くなった跡をねんごろにお弔い願います」

　旅僧は答える。

「しばらくここにとどまり、ありがたいお経を読み、この跡を丁寧に弔い申し上げましょう」

「御用があれば、おっしゃってください」

「お願いいたします」

アイ　「心得申して候。

ワキ、ワキツレ　袖を片敷く草枕、袖を片敷く草枕、夢路もさぞな入る月の、あと見えぬ磯山の、夜の花に旅寝して、心もともにふけゆくや、嵐はげしき気色かな、嵐はげしき気色かな。

［一声］

シテ　恥づかしや亡き跡に、姿を返す夢のうち、覚むる心は古《いにしへ》に、迷ふ雨夜の物語、申さんために魂魄に、うつりかはりて来りたり。さなきだに妄執多き娑婆なるに、なになかなかの千載集の、歌の品《しな》には入りたれども、勅勘の身の悲しさは、読人知らずと書かれし事、妄執の中の第一なり。されどもそれを撰じ給ひし、俊成さへ空しくなり給へば、御身は御内にありし人なれば、今の定家《ていか》君《きみ》に申し、しかるべくは作者を付けて賜び給へと、夢物語申すに須磨の、浦

「承知しました」

旅僧はそこで眠りにつく。

片袖を敷く旅寝の枕、片方の袖を敷いて草枕とする。夢の旅路もさぞ侘びしかろう。山に入った月のあとも見えないこの磯山で夜桜のもと、旅の眠りにつくのだ。心も夜と一緒にふけてゆき、嵐の激しい様子が見える、嵐が激しい。

するとそこに現れる者がある。

「恥ずかしいことだ。討ち死にした場所へ帰り、あなたの夢に姿を見せている。あの世の眠りから覚めたが、心はまだいにしえの中に迷うあまり、雨夜につらつら語る源氏物語の一場面のようにお話し申し上げようと、幽霊になりかわって現れたのだが。ただでさえ妄執の多い現世だというのに、なまじ千載集の中に歌が選ばれ、けれど帝のおとがめを受けた身のつらさ、詠み人知らずと書かれたのが執着の第一だ。であるがそれを選んだ俊成どのまで亡くなられ、あなたはお仕えしていた人だというから跡継ぎの定家さまに申し上げ、出来ることなら作者

風も心せよ。
地謡　げにや和歌の家に生れ、その道を嗜み、敷島の蔭に寄つし事、人倫において専らなり。
ワキ　なかにもかの忠度は、文武二道を受け給ひて世上に眼《まなこ》高し。
地謡　そもそも後白河の院の御宇に、千載集を撰はる。五条の三位俊成の卿、承つてこれを撰ず。
地謡　年は寿永の秋の頃、都を出でし時なれば。
地謡　さも忙《いそが》はしかりし身の、さも忙はしかりし身の、心の花か蘭菊の、狐川より引き返し、俊成の家に行き、歌の望みを歎きしに、望み足りぬれば、また弓箭《きうせん》にたづさはりて、西海の波の上、しばしと頼む須磨の浦、源氏の住み所、平家のためはよしなしと、知らざりけるぞはかなき。
地謡　さるほどに一の谷の合戦、今はかう

の名を付けてくださいませと、こうして夢の中でお坊さまに語りかけているのだから、須磨の浦風も夢が覚めないよう心して吹いてくれ」

　いやまさしく、と旅僧は夢の中で答える。

　和歌をたしなむ家に生まれ、その道に入り、我が国古来からの世界に心を寄せたのは、人として最もよろしいことである。

「中でも忠度さまは文武両道で、世に高い評価を得ておられる方」

　そもそも後白河院の御代、千載集を編むようにとご沙汰があり、五条の三位藤原俊成卿が選を承ったのである。

　すると忠度は伝える。

「寿永《じゅえい》の年の秋頃、平家が都を出た時であったので、わたしはまことに忙しい身で、まさに忙しい身ではあったのだが、心には歌という花があり、花なら蘭や菊、蘭菊といえば狐がつきもので漢詩に歌われるものだが、こちらは狐川《きつねがわ》から引き返し、俊成卿の家へ行って自分の歌を選んで欲しいとこいねがったのである。望みは叶えられたので、また弓矢の道にたずさわって西海道つまり九州

よと見えしほどに、皆々舟に取り乗つて海上に浮ぶ。

シテ「われも舟に乗らんとて、汀《みぎは》の方《かた》にうち出でしに、後《うしろ》を見れば、武蔵の国の住人に、岡部の六弥太忠澄と名のつて、六七騎にて追つかけたり、これこそ望むところよと思ひ、駒の手綱を引つ返せば、六弥太やがてむずと組み、両馬が間《あひ》にどうと落ち、かの六弥太を取つて押へ、すでに刀に手をかけしに、

地謡 六弥太が郎等、おん後より立ち回り、上にまします忠度の、右の腕《かひな》を打ち落せば、左のおん手にて、六弥太を取つて投げのけ、今はかなはじと思《おぼ》しめして、そこ退《の》き給へ人々よ、西拝まんと宣《のたま》ひて、光明遍照十方世界、念仏衆生摂取不捨と宣ひし、おん声の下よりも、痛《いた》はしやあへなくも、六弥太太刀を抜き持ち、終《つひ》におん首を打ち落す。

シテ 六弥太心に思ふやう、

の波の上へいったん行き、しばらくはこちらにと頼りにして戻ったのが須磨の浦だったが、須磨は光源氏の蟄居したような場所、平家にとってはよろしくないと知らなかったのは愚かなことであった」

　というわけで一の谷の合戦も今はこれまでと思われ、誰もが舟に乗って海上に浮かぶ。

「自分も舟に乗ろうとして渚に出て行き、後ろを振り返ると『我こそ武蔵の国の住人、岡部の六弥太忠澄』と名乗る者が六、七騎で追いかけてきている。これこそ望むところと馬の手綱を取って引き返せば、六弥太はそこでむんずと組みついてくる。二人ともに馬の間にどんと落ちたので六弥太を取り押さえ、さあ刀に手をかけたという時だ」

　六弥太の手下が後ろへ回り込み、上に乗っている忠度さまの右腕を斬り落とす。忠度さまは左手で六弥太をつかんで放り投げられ、もはやこれまでとお思いになって、「そこをおどきなさい、皆々よ。西方浄土を拝もう」とおっしゃり、「光明遍照十方世界《こうみょうへんじょうじっぽうせかい》、念仏衆生摂取不捨《ねんぶつしゅじょうせっしゅふしゃ》」――阿弥陀仏の光はあまねくすべての方向を照らし、念

地謡　痛《いた》はしやかの人の、おん死骸を見奉れば、その年もまだしき、長月頃の薄曇り、降りみ降らずみ定めなき、時雨ぞ通ふむら紅葉の、錦の直垂は、ただ世の常によもあらじ、いかさまこれは公達の、おん中にこそあるらめと、おん名ゆかしきところに、箙を見ればふしぎやな、短冊《たんじやく》を付けられたり、見れば旅宿の題を据ゑ、

地謡　行き暮れて、木の下蔭を宿とせば。

［立回り］

シテ　花や今宵の、主ならまし、忠度と書かれたり。

地謡　さては疑ひ嵐の音に、聞えし薩摩の、守にてますぞ痛《いた》はしき。

地謡　おん身この花の、蔭に立ち寄り給ひしを、かく物語り申さんとて、日をくらし留《とど》めしなり。今は疑ひよもあらじ、花は根に帰るなり、わが跡弔《と》ひて賜び給へ、木蔭を旅の宿とせば、花こそ主なりけれ。

仏する者を見捨てることなし」とお唱えになる。

その声が続くか否かのうちに、おいたわしいこと、あっけなくも六弥太は太刀を抜き持ち、ついに忠度さまのお首を打ち落とした。

「六弥太はその時こう思ったのだ」

と、その存在は今度は六弥太の心を語る。

いたわしい、この御遺骸を拝見すれば、年もまだ若く、長く命がお残りだったろうに長月の頃のこの薄曇りの、降ったり降らなかったりと定めのない時雨が林の紅葉をまだらに染めて通る日、その紅葉のような錦の直垂《ひたたれ》を召されて、とても普通のお方ではあるまい。きっとこれは公達《きんだち》のお一人であられるだろう。お名前を知りたいと思っていると、矢を入れた箙《えびら》に不思議にも短冊を付けておられ、見れば旅宿《りょしゅく》という題を前にお置きになった一首が書かれている。

『行き暮れて木の下の陰を宿とすれば』

と、その存在は舞いながら物語を語り続ける。

『桜が今宵の主なのだろう』

そして最後に「忠度」と、詠み手の名が……。

さては疑いあるものか、嵐のように名を轟かせた薩摩守であられた、おいたわしいこと。

と、そこまで言って存在は僧侶に向かう。

「あなた、お坊さまがこの桜花のかげに立ち寄られたので、こうして物語をお聞かせしようと日を暮れさせて引きとどめたのだ。今はわたしの話に疑いなどあるまい。花は根に帰るという。わたしもだ。どうかわたしが絶えた跡を弔ってくださいませ」

そしてこうひとことを残すのだ。

木陰を旅の宿とすれば、花こそ主、それがわたしである。

And below the verse, the poet's signature: Tadanori.

So, then, there can be no doubt: he was the Lord of Satsuma whose name the storm winds cried aloud: Tadanori! How heartbreaking!

Having said this much, the being turns to the priest.

"Because you came beneath the blossoms of this cherry tree, o priest, I made the sun go down and kept you here in order to tell you my story this way. Surely you can have no doubt now that this has been my story. They say the flower returns to its root. It is the same with me. Please pray for me when I am gone."

And he leaves behind only these few words:

You lodged beneath this tree on your journey, and the blossoms have, indeed, been your host.

（英語訳は69頁からです）

"It was autumn in the second year of Juei when the Heike withdrew from the capital and I had much to do, so much to do, but in my heart there bloomed the flower of poetry, and so when we came to the Fox River, all I could think of were the orchids and chrysanthemums that Chinese poetry associates with foxes. There I turned back toward the capital and went to the home of Lord Toshinari, whom I begged to choose my poems. My hope fulfilled, I returned to the Way of the Bow and Arrow, sailing first to Kyushu in the west, then back here to the Suma shore, where the shining Prince Genji had lived in exile. How foolish of me not to realize that a Genji base could not be good for the Heike!"

Here was fought the battle of Ichi-no-tani, and when it seemed that our time had come, we all boarded our ships and put out to sea.

"I, too, galloped to the water's edge, thinking I would board a ship, but I looked back to see six or seven mounted warriors pursuing me, their leader proclaiming, 'I am none other than Okabe no Rokuyata Tadazumi, man of Musashi Province!' Exactly what I was hoping for. I yanked on my horse's reins and turned back, grappling immediately with Rokuyata. We crashed to the ground between our horses and I held Rokuyata down, drawing my blade, when—"

One of Rokuyata's men circled around behind Tadanori, who was on top, and hacked off his right arm. Tadanori grabbed Rokuyata with his left hand and thrust him away. Knowing his time had come, he said, "Stand back, everyone! I shall pray toward the Pure Land in the west," and he intoned, "KŌMYŌ HENJŌ JIPPŌ SEKAI, NENBUTSU SHUJŌ SESSHU FUSHA / The light of Amida Buddha illuminates all things everywhere; He will abandon none who call His name."

These words of prayer were hardly out of Tadanori's mouth when Rokuyata drew his sword and mercilessly cut Tadanori's head off.

"At that moment, Rokuyata thought in his heart—"

Oh, how pitiful to look upon his corpse! Still young, he would surely have had many long years left before him, and one can see from the brocade warrior's robe beneath his armor, as colorful as autumn leaves this unsettled autumn day when rains come and go beneath the thinly overcast sky, that he was no ordinary mortal but rather a son of noble birth. Wishing to know his name, Rokuyata was amazed to find in the man's quiver an arrow with a poem-slip attached. He saw it bore the title "A Journey's Lodging," beneath which was the verse—

Traveling, and comes the dark:
If I should lodge beneath this tree,
Cherry blossoms will be my host tonight!

The traveling priest replies,

"Let me do so, then, staying on here and chanting a holy sutra in his memory."

"Please do let me know if you have any further use of my services."

"I will be sure to ask you."

"I understand, Your Reverence."

The priest then goes to sleep.

Spreading one sleeve on the ground, I sleep alone with grass for pillow, spreading one sleeve on the ground, I sleep alone with grass for pillow. Surely my dream journey will be lonely, too. I fall asleep on my journey here beneath the night cherry on this hill by the shore, where the moon is lost to sight behind the hill. The night deepens, and so does my heart as storm winds sweep the shore.

A figure appears in the night.

"I feel only shame, returning once again to this place where I died, to reveal myself in your dream. I woke from my sleep in the other world, but my heart still lingers in the past, and so I have come to you as a ghost to tell my tale as in that rainy night's scene in *The Tale of Genji*. This world of ours is full of obsessions and delusions at the best of times, but what most keeps me sinfully clinging to this place, despite the timeless honor of having had my poem chosen for inclusion in the *Senzaishū*, is the bitter knowledge that, denounced as a Heike rebel against the throne, I could only have my work labeled 'Poet Unknown.' Now even Toshinari, who chose my poem, has departed this world, but because you used to serve him, I have come into your dream like this, o monk, to ask you to tell my story to his heir, Lord Teika, and plead with him to put my name on my poem, if possible. Hear me, Suma shore winds, and blow gently so as not to wake him from his dream!"

Yes, truly, the priest replies in his dream—

To have been born into a house that loves poetry, to have followed that Way oneself, to have given one's heart to such a world that our country has possessed since its earliest days, is the very finest thing a person can do.

"And above all, Tadanori is one who achieved fame in both the literary and military arts."

Then came the reign of Cloistered Emperor Go-Shirakawa when Lord Fujiwara no Toshinari, a man of the third court rank who lived on Gojō in Kyoto, was chosen to compile the seventh imperially commissioned poetry anthology, the *Senzaishū*.

Tadanori continues his story.

The traveling priest is listening intently.

"Because of this, it is said, when Lord Toshinari was choosing poems for the Senzaishū *during the time of the Cloistered Emperor Go-Shirakawa, he did include one poem of Tadanori's but labeled it 'Poet Unknown.'"*

The man continues with a description of Tadanori's last battle.

"Now let me tell you how Tadanori met his end in this place. The Heike established their camp here, making the east side the front of a castle to protect the forest of Ikuta, setting the rear in Ichi-no-tani to the west, and guarding the three leagues between them with many troops. The Genji divided their more than sixty thousand mounted warriors into two wings, attacking the Heike fortress from both sides and easily breaking through. Many Heike men were either cut down in battle or fled in disarray to their boats."

He goes on to describe Tadanori himself.

"Amidst all this, Tadanori was a general on the west end. With his camp already crushed, there was no more he could do but quietly flee in defeat, mixing in with the fleeing common soldiers, but Okabe no Rokuyata Tadazumi, a warrior from Musashi Province, spied a high-ranking enemy general and pursued him, cutting him down with the aid of a fellow Genji warrior. Both enemies and allies are said to have shed tears at the sight, crying, 'Oh, Tadanori has been killed! What a heartbreaking end for such a marvelous general, so gifted in both the literary and military arts!' And as for this young cherry tree, some say it was planted where he died, and others say it has always been there, but I do not know which is true."

Having told the traveling priest this much, the man turned toward him and said,

"This is what I have heard, but I am curious why you have asked about these matters."

"Thank you for your painstaking account. I have asked for this very reason: I am one who used to serve Lord Toshinari, but after he died, I became—as you can see—a monk. An old man was here before you came along, and when we traded remarks, he told me the full story of the young cherry tree as you have done, and about Tadanori's fate as if it were his own. No sooner had he finished asking me to convey his words to the capital than he disappeared in the shadow of the blossoms."

The man replies,

"How strange what you have told me! First of all, I can't believe there is an old man like that in these environs. He must surely be the ghost of Tadanori himself! I say this because you, Reverend Sir, tell me you once served Lord Toshinari. I believe that Tadanori appeared and traded words with you because of that bond. If you believe so, too, I ask you to stay here a while and chant a holy sutra in his memory."

"I came here to receive the power of your prayers, Reverend Sir."

Then sleep this evening beneath the blossoms and wait for an oracle in your dreams while I bring a message to the capital, he said.

And as if lodging in the shadows of the blossoms, he has mysteriously vanished, gone who knows where like a rootless plant.

At which point there appears a man from Suma.

"I who appear before you now am one who dwells on the Suma shore. I have not left my house for a long time, and so today, in search of healing comfort, I will go out to see the young cherry tree. Oh, here there is a priest I have never seen before. Pray tell, Your Reverence, why might you be resting here? Where have you come from and where are you going?"

"We are priests from the capital. Are you a resident of this area?"

"Yes, I am one who lives here."

"If so, please draw closer. I have something I wish to ask you."

"I shall do so."

The man approaches and sits down.

"So, then, what might you wish to ask?"

"Pardon me for this unexpected request, but could you please tell me any tales you might know about this young cherry tree and about how Tadanori met his death?"

"Your request is indeed unexpected. True, I do live in this area, but I know little about such things. Still, I will tell you what I have heard."

"I would be grateful for that."

"Well, then, in the entire House of Taira, I am told, it was the great general known as Tadanori, Lord of Satsuma, who most excelled in both the literary and military arts. Thus, he said to Lord Toshinari, the poet Shunzei, if you are choosing poems for the next imperial anthology, the Senzaishū, *I wish to be included among the poets, for I am, first, a practitioner of the Way of Poetry. Though Tadanori said this, because the entire Taira House was under imperial censure at the time, Shunzei could only reply, 'Your request can probably not be fulfilled.'"*

The man continues:

"But Tadanori was not ready to abandon hope. On his way down here from the capital, he turned his horse back at Yamazaki and called upon Lord Toshinari once again, showing him the many poems that he had brought along. 'If any of these should be suitable,' he said, 'please choose them for inclusion.' And with that, they say, he departed once again."

harsh for blossoms are the strong winds that blow through the peaks and the winds that blow down from the mountains, their sounds loathed, but the young cherry tree of Suma is not at all distant from the sea; the shore breezes reach here and scatter the mountain cherries.

Whereupon the traveling priest says,

"The sun has already set, you see. Please be so good as to provide us with a night's lodging."

"How lacking you are in poetic sensibility! Could there be any better lodging than beneath these blossoms?"

"Surely, this would be a lodge beneath the blossoms, but then who would be our host?"

"This poem appears in *The Tale of the Heike*:

Traveling, and comes the dark:
If I should lodge beneath this tree,
Cherry blossoms will be my host tonight!

But the poet himself lies here beneath the moss. Moved to pity, even simple fishermen such as I often stop by here to pray for him. Passing strangers though you priests may be, why do you not also say a prayer for him? How thoughtless you are!"

"Surely it was the Lord of Satsuma who sang

Traveling, and comes the dark:
If I should lodge beneath this tree,
Cherry blossoms will be my host tonight!"

"Yes, the warrior known as Tadanori, who fell here in the battle of Ichi-no-tani. And so a person with ties to him planted a cherry tree to mark the spot."

"How strange that we should have met like this! So, then, as Toshinari's ……"

"…… friend in poetry, one who shared deep ties with him ……"

"…… will host the lodging ……"

"…… where you stay tonight."

Listen, then, to Buddha's *Law Alone* (Tada Nori) and take your seat upon the lotus pedestal amid the blossoms of the Pure Land.

The old man replies,

"How thankful I am! Hearing voices raised in prayer, I can be reborn a Buddha! What joy this gives me!"

The itinerant priest thinks to himself,

How strange! This old man seems happy to take my chanted prayers as meant for himself. How can this be? Then the old man says,

Still more the old man mutters:

"The calls of the fishermen to each other never cease, and the constant cries of the plovers sound faintly in the distance."

His words continue:

"Well known is the loneliness of life on the Suma shore. As the poet Ariwara no Yukihira wrote: 'Should there be one who asks how I am doing here, tell him I live sadly, wet with tears, dripping brine for the salt fires.' Truly, is there anything here that does not call forth loneliness? —the skiffs of the fishermen, the smoke of the salt fires, the wind in the pines."

And the old man tells of the cherry blossoms:

"A single cherry tree stands below the hill here in Suma, planted in memory of one who passed away. Just now happens to be the season when the spring cherries bloom, and though I am but a passing stranger where an offering would be concerned,"

Each time I drag my way home, returning from the mountain, I shall break off a blossom and add it to my firewood, making an offering to the cherry tree on my way home, an offering on my way home.

Then the traveling priest addresses the old man.

"Pardon me, aged sir, are you a person from the nearby hamlet?"

"Yes, I am indeed a fisherman from this shore."

"If you are a fisherman, you must live on the shore, but you have come out now to the hills, so are you not then what they call a hill person?"

"Are the shore people, then, to leave the brine they have dipped as-is, unburnt?"

"No, no, you are correct. Smoke rises on the evening shore from the salt-making fires."

"So that the fires will burn without ceasing, we hurry to the hills to gather wood for the salt burning."

"Roads to sea and mountain differ, but both lead away from the village."

"Where rarely sound the voices of people on the Suma shore."

"In the mountain hamlet close behind the shore,"

"Is what we call firewood and so ……"

"Because there is firewood, the ones who go back and forth to fetch wood for salt burning ……"

"…… are fishermen, that is. How foolish your question, Reverend Sir!"

The old man continues, as though singing.

Truly, the Suma shore is different from other places. By which is meant that

Tadanori: Wasted Talent

Weary even of blossoms, we have entered the priesthood.

Weary even of blossoms, we have renounced the world and its aesthetic pleasures.

Though dark clouds may obscure the moon, it means nothing to us.

So sing the itinerant priests who appear before us, and one of them turns to speak:

"I am one who formerly served the poet Shunzei as he was known, Lord Fujiwara no Toshinari. After Toshinari passed away, I cut the cord that bound my topknot and donned this priestly garb. Never having seen the West Country, I determined that I would make a pilgrimage to the west now in spring."

The priests sing of the landmarks on their journey.

"We head for the Seinan detached palace in Toba, pass Yamazaki where the mountains separate us from the capital, need not tarry at the barrier gate which remains only in name, find no comfort in the ceaseless cares of the road, while our troubles mount in dealing with life's real challenges, then cross the dross-laden Akuta River and make our way through the bamboo-grass thicket of Ina."

We pass Koya Pond, clear to the bottom, in which the moon's reflection seems to lodge, have no choice but to hear the wind blowing through the reeds, making sounds reminiscent of the world we as priests wish to ignore, pass Mount Arima, where we dream of the inescapable travails of the world, waking to the far-off bell of Shitennō Temple in Naniwa, on to the shore at Naruo where skiffs can be seen far out on the waves, yes, far out to sea many skiffs.

"So swiftly have we traveled that already we have arrived at this place called something like the Suma shore in the Province of Tsu. Here, on this beach, I see, stands a lone cherry tree. Could this be the young cherry I have heard so much about? I wish to approach it for a closer look."

"Yes, let us do so," say the other itinerant priests.

At that point an aged fisherman appears.

"Ah, yes, undaunted by this cruel labor I must do here in Suma to make my way through the world, I dip brine from the sea, and when not dipping brine, I haul kindling for the salt fires without a moment to dry these sopping wet robes I am long used to wearing back and forth between hill and shore for my life by the sea here in Suma."

その三　『経政《つねまさ》』（経正）

【解説】　二番目物　作者不明（世阿弥周辺の作か）

京都仁和寺《にんなじ》の行慶僧都《ぎょうけいそうず》は、先の源平合戦、一の谷の戦で戦死した平経政《つねまさ》（平清盛の甥）を悼む守覚法親王の命により、法要を行う。仏前には経政が生前に法親王からお預かりし、愛用していた琵琶「青山《せいざん》」が供えられ、琵琶を愛した風雅な経政のために、管絃講が執り行われる。やがて燈火に人影が現れ、経政の霊だと名乗る。行慶が目を向けると霊は消えて声だけが残る。霊は、回向に感謝すると、詩歌管絃に親しんだ日々を懐かしみ、青山を奏で、舞う。しかし、修羅道に苦しむ霊は再び姿をも現し、その身を見せまいと恥じて燈火に身を投じ、火を吹き消し、姿を消す。

W・B・イェイツの戯曲に、『The Only Jealousy of Emer』がある。能のような構造を持つこの作品には、死後の世界と人間の現世とがつながる刹那を描く表現があり、胸を締めつけられた。霊は人間が生活を営む近くをさまよいながらも、霊からは人間が見えない。幽霊は、見えない人間の話し声について、不穏さを感じ、それどころか空気の不快な振動ととらえるだけだ。

死後の世界との往還のもどかしさが如実に表現されている。『経政』でもそれに似た、生死のあわいでのやりとりが繰り広げられる。

能に現れる霊の大半はワキの夢に出る幻で、現世との関係は問われない。経政は多くの霊と同様に、ワキの祈りに惹かれて現れるが、目を覚ましているワキは非常に具体的に霊の存在を述べる。「**燈火もかすかである光の中、人影があるかないかに見える**」というのだが、燈火の光でしか見えない霊は他の能の曲に登場するだろうか。『経政』の霊は「**いや恥ずかしい我が姿が、もう人に見えているのか。あの燈火を消してください**」と訴える。そして最後に「**その燈火を嵐とともに、燈火を吹き消して暗闇へと、その魂は消えてしまった**」。

『経政』では、霊と生きた人間とのコミュニケーションが失敗に終わるが、これほどその往還がもどかしい曲はないのではないだろうか。だからこそ『経政』は、霊の存在のリアリティをここまで感じさせてくれるのかもしれない。霊というのは、結局死んだ人と話せなくなったフラストレーションから生まれた「現象」だとも言える。イェイツの『The Only Jealousy of

Emer』でも世阿弥（世阿弥周辺の作との説もあり）の『経政』でも、観客はそのもどかしさを霊の観点と、生きた人の観点の両方から経験できる。そして、死が絶対的に隔てるもの、その哀しみを味わえるのだ。（ジェイ・ルービン）

ジェイ・ルービンさんも指摘する通り、経政の霊は「**人影があるかないか**」というおぼろげな姿でしかあらわれない。そして経政からすれば見えてもらってはいけない。その分だけ妄執《もうしゅう》から自由でないことを知られてしまうから。つまり視覚化されるのは「**恥ずかしい**」執着なのだ。

この能では反対に、聴覚世界が欲望から離れたものとなっている。そもそも青山《せいざん》という琵琶を頂点とした管絃講は仏の領域の事柄であり、その楽器に心惹かれることもそれが「**妙なる弁才天の御救いの響きだから**」とされる。読経も音楽も、我々が生きる世俗の向こうを示しているわけだ。

したがって『経政』の舞台を観る者は薄目で耳を澄ますべきだろう。目の前の様子をありありと見ることなど、我欲にとらわれた不自由な者のすることに違いない。（いとうせいこう）

『経政』

［名ノリ笛］

ワキ「これは北山仁和寺御室に仕へ申す。僧都行慶にて候。さても但馬の守経政は、幼少の頃より御室に召され。さながら奉公の如く御座候処に、今度《このたび》一の谷にて討たれ給ひて候。又青山と申す御琵琶は、経政存《ぞん》生《じやう》の時より、預け置かれし名物なれば、御室に召し置かれ、糸竹《いとたけ》の手向けを執り行はれ候。今日は某に仰せ付けられて候程に、法事をなし弔ひ申さばやと存じ候。

ワキ げにや一樹の蔭に宿り、一河の流れを汲むことも、皆これ他生の縁ぞかし。ましてや多年の御値遇《おんちぐう》、恵みを深くかけまくも、忝《かたじけな》くも宮中にて、法事をなし法を唱へて、平の経政成等正覚《じやうとうしやうがく》と　弔ひ給ふありがたさよ。

【現代語訳】

「ここにおりますのは、北山は仁和寺《にんなじ》御室《おむろ》の御所、守覚法親王さまにお仕えする僧都《そうず》の行慶《ぎょうけい》であります。

さて平家の一門である但馬守経政《つねまさ》は幼い頃から御寵愛を受けていましたが、先日あった一の谷の合戦でお討たれになってしまいました。

また青山と申す琵琶は、生前の経政に法親王さまが預け置きになられた逸品で、これを御室に取り寄せられ、演奏して弔いを執り行うようにとのこと。そのように今日、わたくしに仰せがありましたので法事をいたし、お弔い差し上げようと思う次第であります」

と、行慶が移動し、腰をおろすと時が経ち、管絃講が催される様子である。

行慶は言う。

「実にことわざにも言う通り、『同じ木陰に休むのも、同じ川の水を汲むのもすべてこれは前世からの縁』である。まして長くご寵愛を受け、深く情けをいただいた

地謡　殊に又、かの青山といふ琵琶を、かの青山といふ琵琶を、亡者の為に手向けつつ、同じく糸竹の声も仏事を、なし添へて、日々夜々《にちにちやや》の法の門《かど》、貴賤の道も普しや、貴賤の道も普しや。

シテ　風枯木《こぼく》を吹けば晴天《はれてん》の雨、月平沙を照らせば夏の夜の、霜の起居《おきゐ》も安からで、仮に見えつる草の蔭、露の身ながら消え残る、妄執の縁こそつたなけれ。

ワキ　はや深更にもなるやらん、夜の燈火幽かなる、光のうちに人影の、あるかなきかに見え給ふは、如何なる人にてましますぞ。

シテ　「われ経政が幽霊なるが、御弔ひのありがたさに、これまで現れ参りたり。

ワキ　そも経政の幽霊と、答ふる方《かた》を見んとすれば、また消え消えと形もなくて、

シテ　声は幽かに絶え残つて、

ワキ　まさしく見えつるその姿の、

平経政ゆえ、畏れおおくも御所で法事を行い、経を唱え、成仏を願っていただくありがたさ」

　ことにまた、あの青山という琵琶を、そう青山という琵琶を死者のために捧げ、絃や管といった楽器の奏楽をも法事に添えて昼夜を問わぬ御回向とは、仏の道に貴賤の別のないこと、普《あまね》く仏法の門が開かれている証である。

と、そこに何者かがあらわれて口を開く。

「『風が枯木に吹きあたると、晴れていても雨のように鳴る。どこまでも砂である平野を月が白く照らせば、夏の夜でも霜が降るようだ』と白楽天の詩に言うが、自分は雨でも霜でも心落ち着くことなく、草葉の陰にこうして仮に見えているだけで、露のようなはかない身は消えても妄執ばかりが消えずに残っていることだ。あさましい」

　その姿を見て、行慶は言う。

「もう夜更けになったのだろうか。燈火もかすかである光の中、人影があるかないかに見えるのは、どういう方なのでしょうか」

「私は経政の亡霊。お弔いがありがたく、ここまであら

シテ　あるかと見れば、

ワキ　また見えもせで、

シテ　あるか、

ワキ　なきかに、

シテ　かげろふの、

地謡　まぼろしの、常なき身とて経政の、常なき身とて経政の、もとの憂き世に帰り来て、それとは名乗れどもその主の、形は見えぬ妄執の、生をこそ隔つれども、われは人を見るものを、げにや呉竹の、筧《かけひ》の水は変るとも、住みあかざりし宮のうち、まぼろしに参りたり、夢まぼろしに参りたり。

ワキ　「不思議やな経政の来り給ふかと思へば、形は消え声は残つて。なほも言葉をかはすぞや。よし夢なりとも現なりとも、法事の功力《くりき》成就して、亡者に言葉をかはす事よ、あら不思議の事やな。

シテ　「われ若年の昔より宮の内に参り、世上に面をさらす事も、偏《ひとへ》に君の御恩徳な

われて参ったのだ」

「と言うのだが、経政の亡霊と答えるあたりを見ようとすると、消えぎえに形もなくなり」

「声はかすかに消え残り」

「さっきまさしく見えたその姿が」

「あるかと見ると」

「次には見えず」

「あるか」

「ないか」

「まるでかげろう」

あるいはまぼろし。

常のない身であるこの経政のつらさ、はかない身の上の私、経政。元の世へ帰って名を名乗ったけれどそちらからは見えることなく、しかし見えない私の妄執によって、あの世とこの世が隔たっていてもこちらからは人が見えるのだ。

　実に『竹で出来た樋の水は流れ続けて澄み、御所の内は住み飽きない』と生前私が詠んだ通り、ここが懐かしく、まぼろしとなって参ったのです。夢まぼろしとなっ

り。中にも手向け下さるる、青山の御琵琶、娑婆にて御許《ごゆる》されを蒙り、常は手馴れし四つの緒に、

地謡　今もひかるる心故、聞きしに似たる撥音の、これぞまさしく妙音の、誓ひなるべし。さればかの経政は、さればかの経政は、未だ若年の昔より、外《ほか》には仁義礼智信の、五常を守りつつ、内にはまた花鳥風月《ふげつ》、詩歌管絃《くわげん》を専らとし、春秋を松蔭の、草の露水のあはれ世の、心に洩るる花もなし、心に洩るる花もなし。

ワキ　「亡者の為には何よりも。娑婆にて手馴れし青山の琵琶。おのおの楽器を調《ととの》へて、糸竹の手向をすすむれば、

シテ　「亡者も立ち寄り燈火の影に、人には見えぬものながら、手向の琵琶を調《しら》むれば、

ワキ　時しも頃は夜半楽。眠りを覚ます折節に、

て。

　行慶は応える。

「不思議だ。経政さまがおいでになったと思うと姿は消え、声はまだ残って言葉を交わすとは。そう、夢だろうが現実だろうが法事の功徳が現れて、わたくしは死者と言葉を交わしたのだ。ああ不思議なこと」

　すると経政は言う。

「私は幼い頃から御所に参内し、世間の人たちに顔を知られるようになった。それもひとえに法親王さまの御恩。しかも今の私にお手向け下さっている青山の御琵琶は、現世で拝借を許され、いつもひき慣れていたあの四本の絃」

　その楽器に今も心惹かれるのは、かつて聞いていたのと同じ撥《ばち》の音が、まさしく妙なる弁才天の御救いの響きだからに違いない。

　と、そう経政が思ったのは、この経政はまだ年端のいかない昔から、外には仁義礼智信の五常の徳目を守り、内にはまた花鳥風月、詩歌管絃をわがものとし、春や秋を待つ松の下草にあらわれる露のあわれ、水の泡のあわ

シテ「不思議や晴れたる空かき曇り。俄かに降りくる雨の音、
ワキ 頻《しき》りに草木を払ひつつ、時の調子も如何ならん。
シテ いや雨にてはなかりけり、あれ御覧ぜよ雲の端の、
地謡 月に雙《ならび》の岡の松の、葉風は吹き落ちて、村雨の如くに音づれたり、面白や折からなりけり、大絃《たいけん》は嘈々《さうさう》として、村雨の如しさて、小絃《せうけん》は切々として、私語《ささめごと》に異ならず。
地謡 第一第二の絃は、索々として秋の風、松を払って疎韻落つ、第三第四の絃は、冷々として夜の鶴の、子を思うて籠《こ》のうちに鳴く、鶏も心して、夜遊《やいう》の別れとどめよ。
シテ 一声の鳳管《ほうくわん》は、
地謡 秋秦嶺《あきしんれい》の、雲を動かせば、鳳凰もこれにめでて。梧竹《きりたけ》に飛び下りて、翼を連ねて舞ひ遊べば。律呂《りつりよ》の声々に、情《こころ》声に発す、

れを逃さず心に感じた人、すべての風流を洩らさず感じた人であったからだ。

　そこで行慶は言う。

「死者のためには他の何よりも、この世でひき慣れた青山の琵琶を手向けよう。おのおのも楽器を鳴らして管絃の回向をいたそう」

　と自らも楽器をひけば、経政も燈火の影に寄ってきて、人には見えないながら琵琶を鳴らす。

　時は夜半、『夜半楽《やはんらく》』という曲があるが、そうした楽の音色に我々が眠りを覚ましていると、経政が言う。

「不思議なことに、晴れていた空がかき曇り、突然降り出す雨の音」

　行慶も応える。

「雨が降りしきって草木を払い、時節に合わせたこの調べも乱れてしまうのではないか」

　すると経政が言う。

「いや雨ではなかった。ほらご覧なさい。雲の端から」

出てきた月の光の中に見える、あの雙《ならび》の岡に並んだ松の葉が風で吹き落ち、にわか雨のように音を立てている

声文《こえあや》をなすことも、昔を返す舞の袖、衣笠山も近かりき、面白の夜遊や、あら面白の夜遊や。

地謡　あら名残惜しの、夜遊やな。

［カケリ］

シテ　「あら恨めしやたまたま閻浮《えんぶ》の夜遊に帰り、心をのぶる折節に、また瞋恚《しんに》の起こる恨めしや。

ワキ　「さきに見えつる人影の。なほ現るは経政か。

シテ　「あら恥かしやわが姿、はや人々に見えけるぞや。あの燈火を消し給へとよ。

地謡　燈火を背けては、燈火を背けては、ともに憐む深夜の月をも、手に取るや帝釈修羅の、戦ひは火を散らして、瞋恚の猛火《みやうくわ》は雨となつて、身にかかれば払ふ剣は、他を悩ましわれと身を斬る、紅波《こうは》は却つて猛火となれば、身を焼く苦患《くげん》恥かしや、人には見えじものを、あの燈火を消さんとて、

のだ。折も折、面白いこと。『太い絃はやかましく、驟《しゅう》雨《う》のよう。そして細い絃は絶え間なく、男女の内緒話のよう』と詩にも言う通りの音だ。

『第一第二の絃は』

　と経政は白楽天の詩を続ける。

『乱れた秋の風が松に吹き当たって出す低くもの寂しい音。第三第四の絃はさらさら流れる水のように澄み、鶴が夜に子を思って、籠の中で鳴くようだ』、と。ああ、この夜の宴が終わらないよう、鶏《とり》には鳴き出さずにいて欲しいもの。

「まことに『簫《しょう》をひとたび吹けば』」

　と経政がなおも詩を口にする。

『中国の深山秦嶺《しんれい》の、秋の雲を驚かす』、そして鳳凰もその音に心打たれて梧《あおぎり》や竹の葉に飛び降り、翼をそろえて舞い遊ぶ。様々な音律の声に人の情があらわれ、それが音色のあやとなっていく。私も昔を思い返し、袖を返して舞おう。袖と言えば衣だが、衣笠山もこの御所に近いことだし。面白い夜の宴、ああ面白い宴だ。実に名残惜しいこの遊び。

その身は愚人夏の虫の、火を消さんと飛び入りて、嵐とともに燈火を、嵐とともに燈火を、吹き消してくらまぎれより、魄霊《はくれい》は失せにけり、魄霊の影は失せにけり。


と舞っているが、やがて経政は言い出す。

「ああ恨めしい。思いがけずもこの世に帰って夜の宴に心を遊ばせていたのに、また憤怒の念が噴き上がってくるのが恨めしい」

行慶も言う。

「さっき見えていた人影がまだそこにあるのは、経政さまなのですか」

「いや恥ずかしい我が姿が、もう人に見えているのか。あの燈火を消してください」

と火を避け、背にして、ならば白楽天のように『燈火を背に、共に深夜の月光をあわれみたい』ところだが、こちらは月と言えば日月《じつげつ》を奪おうとする阿修羅とそれを守る帝釈天との戦いのように、憤怒の猛火が火花を散らし、雨となって我が身に降りかかる世界。火を払う剣は敵を攻めるが、自分自身をも斬ってしまう。紅の波となって流れる血はその火を消すどころかかえって業火となり、身を焼かれる苦しみ悩ましさ。

私は恥ずかしい。人にこの姿を見せたくないのだ。あの燈火を。消そう。

と経政は言うのだが、その身はもともと愚かな人間ゆえ、火を消そうとして夏の虫のように中に飛び入り、嵐とともに、その燈火を嵐とともに、燈火を吹き消して暗闇へと、その魂は消えてしまった。亡霊の影は失せてしまったのである。

by the sound, the phoenixes will swoop down to the leaves of the bamboo and parasol trees to dance in winged formation. Each scale gives voice to a different human emotion, the many tones aligning in different patterns. I, too, dance with silken sleeves waving as I recall the days of old when we danced all night in these imperial quarters close to the "silken parasol" of Mount Kinugasa. What a joy it was, dancing all night long: how I miss those lovely gatherings!

Tsunemasa goes on dancing, but soon his tone abruptly changes:

"Oh, how infuriating! One minute I am unexpectedly back in the world, reliving the joy of our nighttime celebrations when my rage bursts forth: that itself is infuriating."

Gyōkei also speaks:

"The human shade I saw earlier is still there. Tell me, could you be Lord Tsunemasa?"

"Ashamed as I am to be seen, you mean to say my form is visible? I beg you, extinguish that lamp!"

He turns away from the lamplight, almost like Bai Juyi 'Turning away from the lamp, together let us steep ourselves in the sadness of the deep night's moonlight,' but, speaking of the moon, one thinks of the Ashura deity who tried to grasp both the sun and the moon, and the deity Taishakuten, who fought him to protect them, in their fierce battle showering themselves with sparks of rage. Their flame-sweeping blades attack the enemy but also slash the ones who wield them. The blood that flows in crimson waves, far from extinguishing the flames, serves only to transform it into hellfire, burning with pain and agony.

How ashamed I am! No one must see me. That lamp! I shall extinguish it!

So says Tsunemasa, but, just another foolish human being, like a summer moth he flies into the flame he seeks to kill, and, together with the accompanying tempest, he blows out the lamp and vanishes into the darkness, his spirit vanishes into the darkness. The shadow of the ghost is gone.

(英語訳は85頁からです)

righteousness, propriety, wisdom, and fidelity—throughout his public life, inwardly (and from his earliest years) he was a man of great feeling who mastered the arts of poetry and music, had a deep awareness of the beauties of nature, and never failed to appreciate the pathos of each dewdrop on the grass beneath the pines while pining for spring and autumn, or of the fleeting foam upon the waters.

Gyōkei then says:

"Above all, in memory of the deceased, let us offer up the biwa Seizan that he used to play in this world. Let each of us play an instrument as we perform a memorial service accompanied by wind and strings."

As Gyōkei and the others play their instruments, Tsunemasa himself approaches the lamplight, and though no one can see him do it, he makes the biwa resound.

It is midnight, time for the Midnight Song. Awakened from our sleep by these musical tones, we hear Tsunemasa say:

"Strangely enough, the clear sky has clouded over, and a sudden downpour resounds."

Gyōkei responds:

"The downpour sweeps across the trees and grass, its sound perhaps disturbing the seasonal rhythms of our music."

Tsunemasa says:

"No, that was not the sound of rain. Look there! From the edge of the clouds ……"

…… the moon has emerged, and in its light we can see the row of pines on Narabi-no-oka dropping their needles in the wind, which makes a sound like that of a sudden shower. What delightful timing! Just as in the poem: 'The thick strings are loud, with the sound of a sudden shower. The thin strings never stop, like the secret whisperings of lovers.'

'The first string and second string ……'

…… says Tsunemasa, taking up the poem of Bai Juyi:

'Capricious autumn winds strike the pine trees, emitting low, lonely sounds. The third and fourth strings are clear, like the rippling of a brook, like a caged crane at night, crying for its young.' Oh, how I hope the cock will not crow and bring an end to this wonderful nighttime music.

"Truly, 'If they will blow one note on the shō ……'"

…… Once again Tsunemasa gives voice to Chinese poetry ……

'…… it will shake the autumn clouds on the Qinling Mountains,' and, moved

"Has the night, then, grown so late? In the dim light of the lamp, a human shape seems to appear now and then. Who could you possibly be?"

"I am the ghost of Tsunemasa, drawn here by the blessed power of your prayers."

"So I hear him respond, but when I look toward the place where the words 'I am the ghost of Tsunemasa' resounded, the shape fades away ······"

"······ leaving the faint hint of a voice."

"The figure that surely appeared only moments ago ······"

"······ seems to be there, but ······"

"······ next is lost from sight."

"There?"

"Or not?"

"Like a mirage ······"

······ or phantom.

Oh, the pain of being Tsunemasa in all my impermanence, the fleeting Tsunemasa whose name bears the echo "forever"! I return to the world I once knew and announce my name, but my form remains invisible. This world and that world are kept apart by my invisible clinging, and yet from here I can see people.

Truly, as in the poem that I, Tsunemasa, wrote in life, 'The water in the bamboo pipe flows ever clear, and I never tire of living in the imperial quarters,' I missed this place and came here as a phantom, yes came here as a dream phantom.

Gyōkei replies:

"How mysterious! To think that Tsunemasa would appear and immediately vanish, leaving his voice to exchange words with me! Yes indeed, whether dream or reality, the memorial service has shown its power, and I have exchanged words with the deceased. Ah, mysterious indeed!"

To which Tsunemasa says:

"From my earliest years, I was granted access to the imperial quarters and became well known to all the people there, thanks to the benevolence of His Princely Highness the Abbot Shukaku. Moreover, in life I was allowed to keep with me the biwa now being offered to my spirit, the Prince's own biwa, the marvelous Seizan, and would play upon its four strings every day."

Surely I am still drawn to that instrument because the sound of its plectrum, so dear to me from long ago, reverberates with the wondrous salvation promised by the biwa-playing goddess Benzaiten.

While Tsunemasa observed the five Confucian virtues—benevolence,

Tsunemasa: The Ghost in the Lamplight

"Standing here before you is the high-ranking monk Gyōkei, who serves His Princely Highness the Abbot Shukaku in the Omuro Imperial Residence now housed in the Ninnaji Temple in Kyoto's northern hills.

To that same Omuro Imperial Residence, let me tell you, was called a young boy of the House of Taira, Tsunemasa, Lord of Tajima, who served His Princely Highness for years and won his great affection, but Tsunemasa was killed the other day in the Battle of Ichi-no-tani.

During his life, too, Tsunemasa had been entrusted by His Highness the abbot-prince with the care of the magnificent biwa Seizan, which I have been ordered to deliver to Omuro and play in a memorial service for Tsunemasa today."

So saying, Gyōkei moves aside and takes his seat as wind and string instruments are assembled to perform for the soul of the deceased.

Gyōkei says:

"Truly, as the saying goes, 'When two people rest in the shade of the same tree or scoop water from the same river, it is entirely due to a bond they share from a previous lifetime.' How much more so is this true for Taira no Tsunemasa, who for years was graced by the affection of His Princely Highness, and so will be favored by the performance of a memorial service in these awe-inspiring imperial quarters with the chanting of the sutras and prayers for his elevation to Buddhahood."

And especially in offering the biwa called Seizan, yes, the biwa called Seizan for the sake of the deceased, we add the playing of string and wind instruments to the memorial service. Our prayers continue day and night, a sign that the way of the Buddha makes no distinction between high and low, the gates of the Buddhist Law being open to all.

Someone—or something—then appears and speaks.

"A poem of Bai Juyi tells us, 'When the wind strikes the withered trees, it resounds like rain though the weather be clear. When the moon shines whitely upon a far-stretching plain of sand, it looks as if frost has settled, even on a summer night.' Whether rain falls or frost forms, my heart is never at peace. I simply appear momentarily from the grave like this, and though my insubstantial self may fade away like dew, my deluded clinging to the world is the one thing that never fades away. Oh, the shame of it!"

Seeing the figure before him, Gyōkei says:

その四　『井筒《いづつ》』

【解説】　三番目物　世阿弥作

一所不住の僧が寺々を巡る途中、廃墟となった在原寺《ありわらでら》に立ち寄り、業平夫婦の旧跡と知り、弔う。その夜、現れた美しい里の女は、業平と紀有常《きのありつね》の娘との「筒井筒」の純愛の物語を語り、自分こそ井筒の女とも言われる紀有常の娘であると明かして姿を消す。里の男がその謂れを僧に伝え、弔いを勧める。その夜ふけ、僧の夢の中に現れたのは、業平の形見の装束を身に着けた井筒の女の霊であった。月光の下、恋慕の舞を舞い、その思い出の井筒に映した我が姿を夫の面影に重ね、やがて夜明けとともに霊は消え去る。世阿弥による夢幻能の完成形とも言われる傑作。

私が能の思考に惹きつけられる例のひとつが、この『井筒』の後半のように誰かの形見の衣を着る行為への執着めいたものにあり、それは『羽衣』においては衣自体の力の強調にもつながっている。

彼ら能の中の人物は、衣をはおるだけで何者かに憑依されてしまう。その人物に成り代わってしまうのだ。そして憑依の物語でなくても、能を進める文のうちには「裁つ／立つ」「裏／浦」「紐／日も」「着る／切る」といった衣の縁語が度々連なって出現する。まるで貴重な祭祀のあとの土器のかけらみたいに。

今回の『井筒』はその流れで言えば在原業平の衣の話だが、業平に成り代わる女は井戸の水の表面にも映っており、つまり複数の層に分裂し、溶け合う。性など簡単に飛び越えてしまう。こうなれば天皇霊を移すと言われる真床覆衾《まとこおうふすま》などを容易に連想してしまうが、衣とは彼らにとって一体何かについていまだ明確に答えられない私は、今はこれ以上軽々に語るべきではなかろう。

だが、ここには確実に重大な何かがある。

（いとうせいこう）

『井筒』は、舞台で謡われる言葉と観客の頭の中で、すべてが展開されていく。焦点は「**心の水**（世阿弥が『伊勢物語』の話に独創的に取り入れたフレーズ）」の一語に絞られる。女が井戸の中を覗いて見ると、自分の心の水に子供時代の淡い恋と、成熟した大人の深い愛、そして自分と夫の面影を同時に見て、「**懐かしい**」と口走る。三番目物は過去と記憶をめぐる内面ドラマを繰り広げるものが多いが、『井筒』はそういった幽玄物の最高傑作である。（ジェイ・ルービン）

『井筒』

［名ノリ笛］

ワキ　「これは一所不住の僧にて候。われこの程は南都に候ひて、霊仏霊社拝み廻りて候。またこれより初瀬詣でと志し候。あれなる寺を人に問へば、在原寺とかや申し候ふほどに、立ち越え一見せばやと思ひ候。

ワキ　さてはこの在原寺は、古へ業平紀の有常の息女、夫婦住み給ひける石上なるべし。風吹けば沖つ白波竜田山と詠じけんも、この所にての事なるべし。

ワキ　昔語の跡訪《と》へば、その業平の友とせし、紀の有常の常なき世、妹背をかけて弔はん、妹背をかけて弔はん。

［次第］

シテ　暁ごとの閼伽の水、暁ごとの閼伽の水、月も心や澄ますらん。

【現代語訳】

私は諸国を流浪する僧侶でございます。奈良におもむいて霊仏霊社をめぐり拝み、これから初瀬の長谷寺へ参ろうと思っております。人に聞きますとあそこに見える寺は在原寺《ありわらでら》とのこと、立ち寄って見てみたいと願う次第。

さて、在原寺と言えばその昔、在原業平と紀有常《きのありつね》の娘が夫婦として住んでおられた石上《いそのかみ》のことに違いあるまい。『風が吹くと沖に白波の立つのが見える竜田山』と伊勢物語にもある場所のことであろう。

そういう古《いにしえ》の物語の跡を訪れたなら、業平の友である紀有常も生きていた世の無常の中で、業平夫妻をともに弔おうではないか。その二人をともに。

と、そこに里の女が現れる。

「明け方が来るたび仏に供えるこの水、閼伽《あか》の水。そこに映る月がわたくしの心を澄ませてくれる」

女は続ける。

ただでさえ物寂しいこんな秋の夜の、人目もまれな古

シテ　さなきだにもののさびしき秋の夜の、人目稀なる古寺の、庭の松風更け過ぎて、月もかたぶく軒端の草、忘れて過ぎし古を、忍ぶ顔にていつまでか、待つ事なくてながらへん、げに何事も思ひ出の、人には残る世の中かな。

シテ　ただいつとなく一筋に、頼む仏の御《み》手《て》の糸、導き給へ法《のり》の声。

シテ　迷ひをも、照《てら》させ給ふおん誓ひ、照させ給ふおん誓ひ、げにもと見えて有明の、行方は西の山なれど、眺めは四方《よも》の秋の空。松の声のみ聞ゆれども、嵐はいづくとも、定めなき世の夢心、何の音にか覚めてまし、何の音にか覚めてまし。

ワキ　「われこの寺に旅居して、心を澄ます折節に、女性《によしやう》一人来り給ひ、これなる板井を掬《むす》び上げ花を清め香をたき、あれなる塚に回向なし給ふは、いかなる人にてましますぞ。

寺の庭の松に風が吹き過ぎて、夜は更け月は西へ傾き、傾いた軒には草が生えている。草といえば忘れ草、しのぶ草、いつまで草などあるけれど、忘れて過ぎた昔をしのびながらいつまで希望なく耐えて生きればいいのだろう。ああ、すべてが思い出になって人に残るのが世の常というもの。ただただいつでも心ひと筋にほとけの手から伸びる糸にすがり、導いてくださいませと念仏を唱えるばかりだ。

　衆生の迷いまでも光で照らして救おう、極楽へ導こうという阿弥陀さまのお誓いはこれこの通りであり、有明に残る月は浄土のある西の方角の山へ移り、それでも光がまんべんなく広がっている秋の空のこの眺め。松に吹く風の音だけは聞こえるものの、嵐がどこから来るとも定まらず、この定めのない世の夢うつつは何の音で覚めるというのだろう。一体何の音で。

　そこで私は言う。

「こうして寺の中で旅の途中の休憩をし、心を落ち着かせていると、一人の女性がお出でになり、板で囲まれた庭の井戸から水をくみ、花を清め、香を焚き、あちらの

シテ　「これはこのあたりに住む者なり。この寺の本願在原の業平は、世に名を留めし人なり、さればその跡のしるしもこれなる塚の蔭やらん、わらはも詳しくは知らず候へども、花水を手向け御跡を弔ひ参らせ候。

ワキ　「げにげに在原の業平は、世に名を留めし人なりさりながら、今は余りに遠き世の、昔語の跡なるを、かやうに弔ひ給ふ事、その在原の業平に、いかさま故ある御身やらん。

シテ　「故ある身かと問はせ給ふ、その業平はその時だにも、昔男といはれし身の、ましてや今は遠き世に、故もゆかりもあるべからず。

ワキ　もつとも仰せはさる事なれども、こは昔の旧跡にて、

シテ　主こそ遠く業平の、

ワキ　跡は残りてさすがにいまだ、

塚に祈りを捧げられるご様子。さて、あなたはどんな方でいらっしゃるのでしょう」

「わたくしはこのあたりに住む者。この寺を建てた在原業平と言えば、世に名を残した人です。だからその墓もこういう塚のかげにあるのでしょうか。わたくしもくわしくは存じませんけれど、こうして花と水を手向けて跡を弔わせていただいているのです」

「おっしゃる通り、業平は世に名を残した人ではありますが、あまりに遠い昔の物語の跡地。こんな風にお弔いをされるとは、その在原業平にきっとゆかりのある方では」

「ゆかりがあるのではとお尋ねの業平は、その当時でさえ『昔男ありけり』と書かれた過去の方。ましてそこから長い時の経った今、わたくしに縁もゆかりもあるはずがない」

「もっともおっしゃる通りではありましょうけれど、ここはまさに昔からの旧跡」

「あるじは遠くなり、業平の」

「跡はさすがにいまだ残って」

シテ 聞えは朽ちぬ世語《よがたり》を、

ワキ 語れば今も、

ワキ 昔男の、

地謡 名ばかりは、在原寺の跡古《ふ》りて、在原寺の跡古りて、松も老いたる塚の草、これこそそれよ亡き跡の、一叢薄《ひとむらずすき》の穂に出づるは、いつの名残なるらん。草茫々として、露深々《しんしん》と古塚の、まことなるかな古の、跡なつかしき気色かな、跡なつかしき気色かな。

ワキ 「なほなほ業平紀の有常の息女の御事、詳しく御物語り候へ。

地謡 昔在原の中将、年経てここに石上、古りにし里も花の春、月の秋とて住み給ひしに、

シテ その頃は紀の有常が娘と契り、妹背の心浅からざりしに、

地謡 また河内の国高安の里に、知る人ありて二道《ふたみち》に、忍びて通ひ給ひしに、

「評判の尽きない物語として」

「今もこうして語っているのだから」

と言いながら私は歩み出て口ずさむ。

「昔男の」

すると女は続ける。

名はまだここにあり、在原寺の跡だけが朽ち、その跡はすっかり古くなり、老いた松の根元の塚に草は生い茂り、これこそ業平の亡き跡と、すすきがひとむら穂を出しているのはいつからの名残なのだろう。草は茫々《ぼうぼう》と生え、露は深々と降る古い塚の、この古《いにしえ》の跡がとても懐かしく感じられることだ。懐かしい気持ちがする。

「まだまだ業平さまのこと、紀有常のご息女のこと、くわしくお語りください」

と私が言えば、女は応える。

昔、在原の中将はこの石上という古びた里にいて年月を降り積もらせ、春は降る桜花、秋は月と優雅に過ごしておられたのです。

その頃、業平さまは紀有常の娘と契りを交わし、夫婦の情愛は深いものであったのですが、他に河内の国は高《たか》

シテ　風吹けば沖つ白波竜田山、夜半《よは》にや君が独り行くらんと、おぼつかなみの夜の道、行方を思ふ心遂げて、よその契りはかれがれなり。

シテ　げに情知るうたかたの、

地謡　あはれを述べしも理《ことわり》なり。

地謡　昔この国に、住む人のありけるが、宿を並べて門《かど》の前、井筒に寄りてうなゐ子の、友だち語らひて、互ひに影を水鏡、面を並べ袖をかけ、心の水もそこひなく、移る月日も重なりて、大人しく恥がはしく、互ひに今はなりにけり、その後かのまめ男、言葉の露の玉章《たまづさ》の、心の花も色添ひて、

シテ　筒井筒、井筒にかけしまろが丈《たけ》、

地謡　生《お》ひにけらしな、妹《いも》見ざる間にと、詠みて贈りけるほどに、その時女も比べ来し、振分髪《ふりわけがみ》も肩過ぎぬ、君ならずして、誰か上ぐべきと、互ひに詠みし故なれや、筒井筒の女とも、聞えしは有常が、娘の古き

安《やす》という里に愛する人が出来て忍んで双方にお通いになりました。

『白波が立ちさわぐように風の立つ竜田山の中を、あなたはこんな夜半に独りで歩いておられるのだろう』

とは、その折に有常の娘が詠んだ歌です。不安で波が揺れるようにおぼつかない夜の山道の様子。夫を気遣うその心が届き、高安の女との契りは途絶えがちになったものでした。

女はそのまま続けます。

「なんといっても人の情けを知るのは歌ですから、うたかたのようなはかない心情をそうやって述べたのも道理」

さて昔この国に住む者があって、と女はさらに語る。家は隣同士で門の前には井戸があり、その囲いに集まった垂れ髪の幼な子が二人、親しくなって話をし、互いが水に映った姿を見ては、顔を寄せ袖をかぶせあって遊び、心の底の深いところまで通わせて、年月が移りゆくと、どちらも大人となり恥ずかしさを覚えるようになったのだ。

名なるべし。

地謡 げにや古りにし物語、聞けば妙《たへ》なる有様の、あやしや名のりおはしませ、

シテ まことはわれは恋衣、紀の有常が娘とも、いさ白波の竜田山、夜半《よは》に紛れて来《きた》りたり。

地謡 不思議やさては竜田山、色にぞ出づるもみぢ葉の、

シテ 紀の有常が娘とも、

地謡 または井筒の女とも、

シテ 恥づかしながらわれなりと、

地謡 結ふや注連縄の長き世を、契りし年は筒井筒、井筒の蔭に隠れけり、井筒の蔭に隠れけり。

［中入］

ワキ 更けゆくや、在原寺の夜の月、在原寺の夜の月、昔を返す衣手《ころもで》に、夢待ち添へ

そののち一方の、女に誠実な男は恋文の中で言葉を露の玉のように繋げ、歌に心の花を添えたのだった。

『あの井戸の囲い、それと背を比べていたあの私も、君と会わずにいるうちにこんなに立派に育ってしまったよ』

そう詠んだ手紙を贈られた女は歌を返した。

『長さを比べあってきた髪も肩を過ぎて伸びてしまいました。あなたでなくて誰が結い上げて大人にしてくれるのですか』

こうして互いに詠みあったからだろう、有常の娘は昔、筒井筒と井戸の囲いの名で呼ばれたものだった。

と、そこまで聞いた私は言う。

「その昔の物語も、語るあなたも、まことに美しいありさま。不思議なこと、一体あなたのお名前は」

するとと女は答える。

「真実わたくしが、その折に恋に染まった衣を着ていた紀有常の娘……かどうかはいざ知らず、白波立つ竜田山の夜にまぎれるように出て来たのです」

なんと不思議なことを言う。さてはその竜田山の紅葉

て旅枕、苔の筵《むしろ》に臥しにけり、苔の筵に臥しにけり。

シテ　［一声］

あだなりと名にこそ立てれ桜花、年に稀なる人も待ちけり、かやうに詠みしもわれなれば、人待つ女とも言はれしなり、われ筒井筒の昔より、真弓槻弓年を経て、今は亡き世に業平の、形見の直衣《のほし》身に触れて、恥づかしや、昔男に移り舞、

地謡　雪を廻らす、花の袖。

［序ノ舞］

シテ　ここに来て、昔ぞ返す在原の、

地謡　寺井に澄める、月ぞさやけき、月ぞさやけき。

シテ　月やあらぬ、春や昔と詠《なが》めしも、いつの頃ぞや。筒井筒、

地謡　筒井筒、井筒にかけし、

シテ　まろが丈、

地謡　生ひにけらしな、

のように、本当の色が表に現れ出てきたということか、と私が問えば女はこう答える。

「紀有常の娘とも」

または井筒の女とも呼ばれた女。

「それは恥ずかしいけれどわたくしなのです」

そう言うと、注連縄を結うように長くゆく末を契ったあの井戸の囲い、その囲いのかげに女は消えてしまったのでした。

筒井筒のかげに。

在原寺の夜は更けて、こうして月が照らしています。月の中で、夜は更けてゆく。

昔の人を今この時に取り戻そうとして、私は古くからある習わしの通りに衣を裏返し、苔の上に伏して旅の間のまどろみに入りました、夢で会おうと。

するとやがて、業平の形見の衣を着た女があらわれるのでした。

「『桜は実もなく散りやすい花として有名だけれど、一年にさほど来て下さらないあなたを待って咲いているの

シテ 老いにけるぞや。
地謡 さながら見みえし、昔男の、冠直衣《かむり》は、女とも見えず、男なりけり、業平の面影、
シテ 見ればなつかしや、
地謡 われながらなつかしや。亡婦魄霊《ばうふはくれい》の姿は、しぼめる花の、色なうて匂ひ、残りて在原の、寺の鐘もほのぼのと、明くれば古寺の、松風や芭蕉葉の、夢も破れて覚めにけり、夢は破れ明けにけり。

です』と、歌に詠んだのもわたくしで、人待つ女とあだ名を付けられたものでした。井戸の囲いで遊んだあの頃から、弓にも真弓、槻弓《つきゆみ》とあるけれど、こちらは時間の方の月を幾つも過ごしてしまい、今は亡き人となった業平の形見の衣をこうして肌身につければ、恥ずかしいことながら昔男が乗り移って舞を舞ってしまうのです」

風が雪を吹きあげるように、女は華やかな袖をひるがえす。

そして歌い、舞います。

「この場所で昔を取り戻していると」

在原寺の井戸に澄んだ月が輝く、美しく。

「『この月はあの時のままではないのか、この春は昔の春ではないのか』と業平が和歌を詠んだのもいつの頃だったでしょう。ああ、あの井戸の囲い」

筒井筒、それと背を比べていた。

育ってしまった。

「あのわたくしも」

「老いてしまいました」

見つめもし、見つめられもした昔のあの人の冠、そし

て衣。それを身につけたわたくしの姿は女ではなく、まさに男。井戸の水に映るのは、あの業平の面影そのもの。

「懐かしい」

自分であるのに懐かしいのだ。

亡くなった女の霊魂は、花がしぼんで色あせても香りだけが残っているようにあり、やがて在原寺の鐘がかすかに鳴って夜はほのかに明け、古寺には松に吹く風や芭蕉の葉の音があるばかりで、夢も破れて覚めてしまった。

私の見ていた夢は失せ、夜は明けたのでした。

The clear light of the moon shines in Ariwara Temple's well so beautifully.

"When was it that Narihira sang

Is this moon not the same

As it was back then?

Is this spring not the spring of old?

Oh, that well curb,

By the well curb we measured our heights

And now I've not only grown up but grown old."

The one I used to see and be seen by so long ago, with his headpiece and cloak, is not a woman but truly a man. Reflected in the water down there in the well is none other than Narihira himself.

"Oh, how I've missed you!"

Though I'm seeing myself, how I've missed you!

The ghost of the woman is here, like the lingering fragrance of a withered flower, its color faded. Soon the Ariwara Temple bell sounds faintly, and the night begins to lighten. In the old temple one hears only the wind in the pines and the rustle of the fragile plantain leaves. My dream breaks apart and I wake: my dream fades and the night gives way to dawn.

（英語訳は103頁からです）

Having heard this much, I say,

"Both the ancient story and you who tell it present a truly beautiful spectacle. How mysterious! Do tell me: what is your name?"

To which the woman replies,

"In truth, I may or may not be the daughter of Aritsune—who knows?—the one who wore robes back then deeply dyed in hues of love, having stolen here in the dark of night as whitecaps rise beyond the rising hills of Tatsuta."

"What mysterious things you say. Do you mean to tell me that the true colors have come out in the open like the autumn leaves in the Tatsuta hills?" I ask, and the woman replies,

"The woman known as Ki-no-Aritsune's daughter or the woman of the well curb is none other than I, it shames me to say," and she disappeared into the shadows of the well curb—that well curb where they had pledged a love as long as a shrine's sacred strands of woven straw……

……into the shadows of the well curb.

Night deepens and the moon moves across the sky, casting its light on the Ariwara Temple.

Following the time-honored practice, I turn my robe inside out to bring someone back from the past, spread my cloak on a bed of moss, and fall asleep in the midst of my journey, hoping to meet in a dream.

Before long, a woman appears, wearing the robe left her as a keepsake by Narihira.

Known as fleeting
Are the blossoms of the cherry,
But in bloom I wait for you
Who come to see me
So few times a year.

"This, too, was a poem of mine, for which I became known as the waiting woman. Like bows made of many different woods, many and varied have been the months and days I have lived through since the time we played by the well curb. Now that he is gone, I wrap myself in the robe that Narihira left for me, and though ashamed to be possessed by him, I dance as the man of old."

The woman waves her flowered sleeves like wind swirling snow.

And she dances and sings:

"In this place I bring back the old days and"

the village of Takayasu, Kawachi Province, and began in secret to visit her as well. That was when the daughter of Aritsune expressed her fears for her husband in poetry:

When the wind blows and churning whitecaps
Rise on the sea, I see the rising hills of Tatsuta
And wonder: are you walking there alone, my darling,
In the dark of night?

Afraid for him, she pictured the hazardous nighttime mountain road, hills rising and falling like ocean waves. When he realized the depth of her concern for his well-being, he all but ceased to visit the lady of Takayasu.

The woman adds:

Finally it is poetry above all that enables us to know another's feelings. No wonder she succeeded in conveying to him her most delicate emotions.

So, then, in this province long ago—the woman continues her story—two families lived next door to each other, and in front of their gates stood a well with a square plank surround. To this well curb would come a young child from each family, their locks still unshorn, a boy and a girl. They would chatter happily with each other and peer down, cheek-to-cheek, at their reflections in the well, their broad sleeves overlapping where they clung to the edge, their hearts' waters mingling deep down. But then the years moved on and they came to feel the modesty of grownups.

Later, that faithful man strung his words together like dewy pearls and sent her the flowers of his heart as a poem:

Small as I was
When we compared heights
With the well curb, that well curb,
I've grown up now, my love,
Since last we met.

She answered his letter with a poem of her own:

We used to compare our hair length, too,
When it hung down parted in the middle,
But now mine has grown past my shoulders.
Who but you should be the one
To put it up in marriage?

Perhaps because they exchanged such poems, the daughter of Aritsune used to be known long ago as "the woman of the well curb."

As I pause to rest from my travels and seek composure here in this temple, a lovely woman appears by the garden's well with its square plank surround. From it she draws water with which she purifies a handful of flowers, and these she prayerfully offers, along with burning incense, at a nearby grave mound. "Please tell me, young Miss, who you might be."

"I am one who lives nearby. The man who built this temple, however, Ariwara-no-Narihira, is someone who bequeathed his name to later generations. And thus his grave may be what lies beneath this mound. I do not know everything there is to know about him, but I have taken it upon myself to offer flowers and water like this in prayer for his spirit."

"True, as you say, Narihira left his name to later generations, but the stories that took place upon this patch of earth happened many years ago. For you to be offering memorial prayers like this must mean you are related to Narihira."

"Related to Narihira? Even in his own day, Narihira was referred to in tales as 'The man of old.' How could I possibly be related to him now after so much time has passed?"

"Yes, it well may be as you say, but this has been a place of much significance since times long past,"

"And although Narihira himself was the master here so very long ago……"

"A part of him remains here even now……"

"……as a tale of undying renown……"

"……that people go on telling like this……"

"……about the man of old,"

……whose name remains here while only the ruins of the Ariwara Temple have succumbed to age, the woman says.

Grass grows thick upon the mound at the foot of an ancient pine, and this indeed is where Narihira now lies, the one frond of plume grass on the mound, surely, the sad reminder of an age now gone. Rank with grass and damp with dew, the ancient mound brings back memories of old: oh, those memories!

"Please tell me more of what you know about Narihira and the daughter of Ki-no-Aritsune," I say, and the woman replies:

Long ago, the Ariwara Middle Captain spent year after elegant year in this old village of Isonokami, steeped in the beauty of the blossoms in spring, bathed in the light of the moon in autumn.

He pledged his troth back then with the daughter of Ki-no-Aritsune, and deep was the love of man and wife they shared. But then he found another love in

Izutsu (The Well Curb): Waters of the Heart

I am a priest wandering through all the provinces. Having visited Nara and made the rounds of worship at the miraculous Buddhist temples and Shintō shrines in that city, I am bound now for Hatsuse and the temple there known as Hase-dera. Another name for this temple, I am told, is Ariwara Temple. I will approach it and have a look.

Surely Ariwara Temple must be in Isonokami, the place where, many long years ago, the poet Ariwara-no-Narihira lived with his wife, the daughter of Ki-no-Aritsune. Yes, it must be the very place in *The Tales of Ise* where he heard her recite a poem expressing fears for his safety, "When the wind blows and whitecaps rise on the sea……"

Here, at the site of the ancient tale, let me pray for the spirits of those who are no longer with us: Narihira's friend Aritsune, whose name means "forever with us," for Aritsune's daughter, who became the wife of Narihira, and for the long-dead Narihira himself.

These words bring forth a woman of the village.

Each dawn to the Buddha I present an offering of this holy water, the moon's reflection in which brings radiance and clarity to my heart.

The woman continues:

Autumn nights are lonely anywhere, but especially so when the wind blows through the pines of this deserted old temple, the night deepens, the moon sinks in the west, and grasses grow along the sunken eaves. Oh, those grasses! The poets sing of grasses of forgetfulness, grasses of fond recollection, and grasses that stay green forever, but how long can we bear to on living without hope while recalling the long-forgotten past? All that is left to us is memories: such is the way of the world. We cling to the single thread stretching toward us from the Buddha's own hand, intoning the *Nenbutsu* prayer to ask for his guidance.

Such is the vow of Amida Buddha: to save all sentient beings and lead us to Paradise, illuminating even our deepest delusions. The moon that lingers at dawn moves westward toward the hills in the direction of Amida's Pure Land Paradise, but still its radiance fills the autumn sky. We can at least hear the wind in the pines, but where the tempest comes from is uncertain. Uncertain, too, is this life of ours: what sound—what sound indeed—will waken us from our dreams?

And so I say—

その五　『羽衣《はごろも》』

【解説】　三番目物　作者不明

早春の駿河、三保《みお》の松原で、漁師の白竜《はくりょう》は松にかかった美しい衣を見つける。持ち帰ろうとすると、天人があらわれて返してくれと頼む。国の宝にするからと返そうとしない白竜だったが、羽衣がなくては天に帰れないと天人が悲しむ姿を見て、返すことにする。極楽のような春の三保の松原で、羽衣を着て天人は舞を舞う。そして、愛鷹山《あしたかやま》から富士の高嶺に舞いのぼり、霞とともに見えなくなる。衣を返せば舞わずに帰るのではと疑う白竜に対して天人が返す、「いや疑ひは人間にあり、天に偽りなきものを」の詞章が印象的だ。

能には漁民がよく出てくる。『羽衣』も〝賤しい〟海の民が出てくる作品だ。なぜ〝賤しい〟とされるかと言えば、すなどることは生き物の命をあやめること、という仏教倫理が消費者たる都の人々にも、狩猟する側にもあったからだ。自分たちがその連環の中で生きているのに。
今でもこうした一方的な視線はあるが、そこに救いをもたらすのが能だ。天女の舞。それが月世界から浜辺を浄化しにくる。人が生きる業《ごう》をあまねく肯定し、現世に舞を伝え、羽衣はふわりと去る。

（いとうせいこう）

天女が人間の漁夫から美しい衣を取り返す劇として、『羽衣』は純粋な絵画美のために数世紀にわたり愛されてきた。その下敷きになっているのは、深い切なさだと言える。普遍的な、善への希求を祭り上げながら、「**疑いは人間だけのもの**」だという確信に帰着する。女性を中心人物にする、能の三番目物はすべて思慕をテーマにしているが、羽衣の伝説は人間が互いに絶対的に信用できる世界への憧憬を表している。現在の政治状況では、多くの国で痛いほど該当するテーマだろう。

（ジェイ・ルービン）

『羽衣』

［一声］

ワキ、ワキツレ　風早の、三保の浦曲《うらわ》を漕ぐ舟の、浦人騒ぐ波路かな。

ワキ　これは三保の松原に、白竜と申す漁夫にて候。

ワキ、ワキツレ　万里の好山に雲たちまちに起り、一楼の明月に雨初めて晴れり。げにのどかなる時しもや、春の気色松原の、波立ちつづく朝霞、月も残りの天の原、及びなき身の眺めにも、眺め異なる気色かな。

ワキ、ワキツレ　忘れめや、山路を分けて清見潟、はるかに三保の松原に、立ち連れいざや通はん、立ち連れいざや通はん。

ワキ、ワキツレ　風向ふ、雲の浮波立つと見て、雲の浮波立つと見て、釣せで人や帰るらん、待てしばし春ならば、吹くものど

【現代語訳】

風の早く吹く三保《みお》の浦。漁師たちは浦波の上で忙しく船をこいでいる。

「俺はこの三保の松原に暮らす白竜《はくりょう》という漁師」

『はるか遠くの名山にいきなり雲がたちのぼっているけれど、このあたりの雨はやんで月の光が高い建物をくっきり照らす』とやら詩にもある。それくらいのどかなこの季節、春の来るのを待っていたここ松原の、松と波の並び続く中に朝霞が寄せている。

月もまだ空に残っていて、賤しい身の上の俺でさえ、他にはないとわかる眺めだ。

『忘れるはずがあろうか。山道を行って清見潟《きよみがた》へ出、そこからはるかに見る三保の松原の素晴らしさ』という歌がある通りだ。みんなも松原へ来るといい。一緒に行こうじゃないか。

おお、風が動かす雲を見て白い波が浮き上がったのかと勘違いし、釣りをあきらめて帰る連中もいるようだ。

けき朝凪の。松は常磐《ときは》の声ぞかし、波は音なき朝凪に、釣人多き小舟かな、釣人多き小舟かな。

ワキ「われ三保の松原に上《あが》り、四方《よも》の気色を眺むるところに、虚空に花降り音楽聞え、霊香四方に薫ず。これただ事と思はぬところに、これなる松に美しき衣かかれり。寄りて見れば色香妙《たへ》にして常の衣にあらず、いかさま取りて帰り古き人にも見せ、家の宝となさばやと存じ候。

シテ「なうその衣はこなたのにて候。何しに召され候ふぞ。

ワキ「これは拾ひたる衣にて候ふほどに取りて帰り候ふよ。

シテ「それは天人の羽衣とて、たやすく人間に与ふべき物にあらず。もとのごとくに置き給へ。

ワキ「そもこの衣の御主《おんぬし》とは、さては天人にてましますかや。しからば末世の奇特《きどく》

しばらく待てばいいのに。春なのだから朝風がやんわり吹き、松にあたっていつも通りの音を立てているではないか。波は凪いで音もなく、それをわかっている釣り人は船をたくさん出しているぞ。あんなにたくさん。

と、俺が松原の浜に上がり、四方の景色を眺めていると、空から花が降りかかり、音楽が聴こえ、えもいわれぬ香りがあたりを満たすのだ。ただごとではないと思うと、この松にきれいな衣がかかっている。近くへ行って見れば、色も香りも並の衣とは大違いだ。取って帰って古老にも見せ、我が家の宝にさせていただこう。

するると女が現れる。

「もし、その衣はわたくしのものです。どうなさろうというのでしょう」

「拾ったものだから、持って帰るのですが」

「それは天人の羽衣というもので、簡単に人間に与えてはいけないのです。もとにお戻しくださいませ」

「ということは、この衣の持ち主はさては天女で？　それならこの末世に現れた奇跡として、国の宝にしよう。返すわけにはいかん」

に留《とど》め置き、国の宝となすべきなり。衣を返す事あるまじ。

シテ　「悲しやな羽衣なくては飛行《ひぎやう》の道も絶え、天上に帰らん事もかなふまじ、さりとては返し賜《た》び給へ。

ワキ　この御言葉を聞くよりも、いよいよ白竜力を得、「もとよりこの身は心なき、天の羽衣取り隠し、

ワキ　かなふまじとて立ち退けば、

シテ　今はさながら天人も、羽なき鳥のごとくにて、上らんとすれば衣なし、

ワキ　地にまた住めば下界なり、

シテ　とやあらんかくやあらんと悲しめど、

ワキ　白竜衣を返さねば、

シテ　力及ばず、

ワキ　せん方も、

地謡　涙の露の玉蔓《たまかづら》、かざしの花もしをしをと、天人の五衰も、目の前に見えてあさましや。

「なんと悲しいことをおっしゃる。羽衣がなければ飛ぶことも出来ず、天上に帰ることも出来ません。どうかお戻し下さいませ」

その言葉を聞くと、ますます白竜は気を強くし、

「もともと自分は賤しい漁師の身で立派な心を持つわけでもない」

と天の羽衣を隠し、返すものかと去ろうとする。

そうなっては天人もまるで羽根のない鳥と同じで、飛び立つことも出来ない。かといって、地上に住むこともかなわない。どうしたらよいのだろうと悲しむけれど、白竜は衣を返さないので力ではかなわず、いたしかたもなく涙が露のように生まれ、その涙の玉が続くかのような髪飾りの先の花もしおれ始める。その様子は天人が亡くなる時に見せるという衰えそのままで、まことに哀れである。

「天を見上げれば霞が立っていて、雲の間を行く道がわかりません」

と天人は言う。

住み慣れた大空にはいつ戻れるのでしょう。あちらへ

シテ 天の原、ふり放《さ》け見れば霞立つ、雲路まどひて、行方知らずも。
地謡 住み馴れし、空にいつしか行く雲の、うらやましき気色かな。
地謡 迦陵頻伽《かりょうびんが》の馴れ馴れし、声今さらにはつかなる、迦陵頻伽の馴れ馴れし、声今さらにはつかなる、雁《かりがね》の帰り行く、天路を聞けばなつかしや。千鳥鷗の沖つ波、行くか帰るか春風の、空に吹くまでなつかしや、空に吹くまでなつかしや。
ワキ 「あまりに御なげき候ふほどに、衣を返し申さうずるにて候。
シテ 「あらうれしや候、こなたへ賜り候へ。
ワキ 「しばらく。承り及びたる天人の舞楽、ただいまここにて奏し給はば、衣を返し申すべし。
シテ 「うれしやさては天上に帰らん事を得たり。この喜びにとてもさらば、人間の

行く雲のうらやましいこと。

極楽の鳥たちの声が懐かしい。本当に懐かしいことだ。慣れ親しんだあの声が今はうっすらとしか聴こえない。雁が空を渡って帰りゆく声も、千鳥や鷗《かもめ》が沖の波の上で行きつ戻りつする姿も、春風が空を行き、戻り、空を吹き渡ることまで懐かしいのだ。空を行く風までもが。

そこまで聞いて白竜は言う。

「そんなにお嘆きになるのなら、衣はお返ししましょう」

「ああ、うれしいこと。ではこちらへ下さいませ」

「いやお待ちを。噂に聞く天人の舞楽をここで舞って下さるのなら、衣をお返しする」

「ありがたいことです。これで天上へ帰ることが出来ます。ではいっそのことこの御礼に、後の世までの語りぐさとなるような月の宮殿で舞う舞楽をお見せして、憂鬱なことの多い地上の人にお伝えしましょう。けれどその衣がなくては出来ません。どうぞまずお返しを」

「いや、これを返せば舞わずにそのまま天にお帰りになるのでは」

御遊《ぎよいう》の形見の舞、月宮を廻らす舞曲あり。ただいまここにて奏しつつ、世の憂き人に伝ふべしさりながら、衣なくてはかなふまじ。さりとてはまづ返し給へ。
ワキ 「いやこの衣を返しなば、舞曲をなさでそのままに、天にや上り給ふべき。
シテ 「いや疑ひは人間にあり、天に偽りなきものを。
ワキ あら恥づかしやさらばとて、衣を返し与ふれば、
[物着《ものぎ》]
シテ 乙女は衣を着《ちやく》しつつ、霓裳羽衣《げいしやううい》の曲をなし、
ワキ 天の羽衣風に和《くわ》し、
シテ 雨に潤ふ花の袖、
ワキ 一曲を奏で、
シテ 舞ふとかや。
地謡 東遊《あづまあそび》の駿河舞、東遊の駿河舞、この時や初めなるらん。

「いいえ、そうした疑いは人間だけのもの。天上に偽りなどございません」

「うむ、お恥ずかしい限りだ。それでは」

と白竜は衣を返す。

すると、乙女は羽衣を着ながら、玄宗皇帝が見たという曲を始める。衣は風になびき、しっとりした袖は雨に濡れた花のようにひるがえる。そうやって天人は舞を見せたのだそうだ。東国ならではの駿河舞、あの舞はきっとここから伝わったのだろう。

ちなみに、天に『久方の』と枕詞を付けるのは、イザナギとイザナミの二柱の神が現れた古代、全宇宙の成り立ちを定めた時に、空は果てしないものゆえにそう決めたのだそうである。

「その空の向こうにある月の宮殿の様子といえば、宝石のような斧で永遠のものとして造られ」

白い衣、黒い衣を着た天人がそれぞれ十五人、ひと月のあいだに毎夜毎夜、役を決めて奉仕をする。

「わたくしもそのうちの一人」

天人が月に生えた桂の樹の実を分けるように、あるい

地謡　それ久方の天といつぱ、二神《にじん》出世の古《いにしへ》、十方世界を定めしに、空は限りもなければとて、久方の空とは名づけたり。

シテ　しかるに月宮殿の有様、玉斧《ぎよくふ》の修理《しゆり》とこしなへにして、

地謡　白衣黒衣《びやくえこくえ》の天人の、数を三五《さんご》に分かつて、一月夜々《いちげつやや》の天《あま》乙女、奉仕を定め役をなす。

シテ　われも数ある天乙女、

地謡　月の桂の身を分けて、仮に東の駿河舞、世に伝へたる曲とかや。

地謡　春霞、たなびきにけり久方の、月の桂の花や咲く、げに花鬘《はなかづら》、色めくは春のしるしかや、面白や天《あめ》ならで、ここも妙なり天つ風、雲の通路《かよひぢ》吹き閉ぢよ、乙女の姿、しばし留《とど》まりて、この松原の、春の色を三保が崎、月清見潟富士の雪、いづれや春の曙、類《たぐひ》波も松風も、のどかなる浦の有様。その上天地《あめつち》は、何を隔てん玉垣の、内外《うちと》の

はその身を分けるがごとく、一時東国駿河に降りて舞い伝えた『東遊《あずまあそび》』のうちの駿河舞。

『春霞はたなびく。月の桂の花は咲く』

　まことに、この髪飾りの花まで美しく映えるのは春ならではだろう。

　面白いこと、天でもないのに天の風が吹いている。

『この風が天へ帰る道を吹き閉じてくれたらいいのに』

と歌にある通りだ。しばらくこの乙女はここにいて、松原の春景色を見よう、三保が崎の様子を。月の清く見える秋の清見潟、冬には富士の雪を。しかし中でも春の早朝が類いなく素晴らしく、波も松風ものどかなこの浦のありさまといったらない。

　その上、神の天と人の地になんの隔てもない。地上の帝は伊勢の内宮外宮の神のご子孫。月の光もかげることのない日の本の国。

『帝の御代は、天の羽衣がほんのたまに来て撫でたとしても岩が尽きぬように永遠』という。素晴しい天人の歌声とともに、笙《しょう》、笛、琴、箜篌《くご》の音が雲から流れ、あたりに満ち満ちて、入り日は紅に染まり、須弥山《しゅみせん》は蘇命路《そめいろ》

神の御末《みすゑ》にて、月も曇らぬ日の本や。
シテ 君が代は、天の羽衣稀に来て、
地謡 撫づとも尽きぬ巌ぞと、聞くも妙なり東歌、声添へて数々の、簫笛琴箜《しやうちやくきんく》篌《ご》、孤雲の外《ほか》に充ち満ちて、落日の紅《くれなゐ》は、蘇命路の山をうつして、緑は波に浮島が、払ふ嵐に花降りて、げに雪を廻らす、白雲の袖ぞ妙なる。
シテ 南無《なむ》帰命月天子《きみやうぐわつてんし》、本地《ほんぢ》大勢至《だいせいし》。
地謡 東遊の、舞の曲。
［序ノ舞］
シテ あるひは、天つ御空の、緑の衣《ころも》、
地謡 または春立つ、霞の衣、
シテ 色香も妙なり、乙女の裳裾、
地謡 左右左《さいうさ》、左右颯々《さつさつ》の、花をかざしの、天の羽袖、なびくも返すも、舞の袖。
［破ノ舞］
地謡 東遊の、数々に、東遊の、数々に、その名も月の、色人《いろびと》は、三五《さんご》夜《や》中《ちう》の、空に

にあるという霊山富士そのもの。波は青色に映え、その上に浮く浮島が原のあたりでは吹く嵐に花が散り、天人の振る袖はまさに雪を運ぶ白雲のように神々しい。

「月の天子は本来、大勢至菩薩。帰依し奉ります」

と唱え、天人は『東遊』の曲を舞う。

「ある時はこの衣が天空のような青に見え」

またある時は春に裁つ衣、春に立つ霞のよう。

「裾は色香も素晴らしく」

左右左、左右左と爽やかに、髪に花を飾った天人は羽衣の袖を風になびかせ、返し、舞う。

こうして『東遊』も数を尽くし、あれこれと舞い終えると、月世界の美しい天女は十五夜の空を照らす悟りの光となり、仏が誓った救いはすべてかなえられ、国が安泰でありますようにと地上に数々の宝を降らせて与える。

やがて時が経ち、天の羽衣は浦の風にたなびき、またたなびき、三保の松原から浮島が原、また高い雲の足にあたる愛鷹《あしたか》山や富士の高嶺へと天人は浮いて姿はかすかになり、大空の霞にまぎれて消えていったのであった。

また、満願真如の、影となり、御願円満、国土成就、七宝充満の、宝を降らし、国土にこれを、施し給ふ、さるほどに、時移つて、天の羽衣、浦風にたなびきたなびく、三保の松原、浮島が雲の、愛鷹山や、富士の高嶺、かすかになりて、天つ御空の、霞にまぎれて、失せにけり。

"Marvelous in color and fragrance its skirts."

Flowers in her hair, the angel waves the sleeves of her feather cloak in the wind, swishing them left and right, left and right.

And so the angel has performed all the Dances of the East Country, and as she brings them to a close, the beautiful angel of the moon world becomes the glow of enlightenment that illuminates the sky on this fifteenth night of the month, fulfilling the Buddha's promise of salvation, and she has rained treasures in abundance upon the earth, bringing peace to the land.

As the hours sped by, the heavenly feather cloak swayed in the shore breeze and swayed again. The angel rose between the clouds above the Mio pine woods and the Ukishima Plain, sailing past Mount Ashitaka and the towering peak of Fuji, growing ever fainter until she vanished into the misty open sky.

（英語訳は118頁からです）

maiden dance for him, it is said. Surely the East Country's unique Suruga Dance has been handed down from this!

As it happens, in poetry we call the sky "boundless and everlasting" because in ancient times, when the god Izanagi and the goddess Izanami created the world, they decreed that the sky would go on forever in all directions.

"Far off in that sky stands the Palace of the Moon, built with a jeweled axe to last forever."

Fifteen heavenly maidens dressed in white and fifteen dressed in black serve each night of the month in changing roles.

"And of those am I one."

Divided in two like the fruit of the moon laurel, part of the heavenly maiden has come down to Suruga in the East Country to teach the world the Suruga Dance.

"The spring mist trails across the land. The moon laurel blooms."

Truly, the blossoms in her hair display their beauty thanks entirely to spring.

How marvelous! Though we are not in heaven here, heavenly breezes blow. "If only the winds would close the pathway to heaven!" Let this maiden stay down here for a while, and let us gaze at the pinewood scene in spring, at Mio's lovely cape. At the clear moonlight of Kiyomigata we gaze in autumn, at the snows of Fuji's peak in winter, but most beautiful of all are these early mornings in spring along the coast, when the waves and pine breezes are most gentle.

Besides, there is nothing dividing the heaven of the gods and the earth of men. The emperor who rules down here is the descendant of the gods venerated in the inner and outer shrines of Ise. The moon shines unobstructed in this Land of the Rising Sun!

"May our lord's reign last forever, like a massive boulder gently brushed once an eon by the skirt of an angel's feather cloak," we say. The lovely singing voice of the heavenly maiden echoes from the clouds with the strains of pipes and flutes, harps and zitherns, swelling all around us. The setting sun dyes the sky deep red, making Fuji the very image of legendary Mount Sumeru, which rises from the center of the earth. The waves glow blue, and in Ukishima Plain across the bay, blossoms scatter in the wind. The angel's sleeves wave as she dances, sublime as white clouds of swirling snow.

"Hail to thee, o Lord of the Moon, incarnation of the almighty Bodhisattva Seishi," she sings as she performs the Dances of the East Country.

"Sometimes the cloak looks as blue as the sky,"

And sometimes like the mist that rises in the spring.

and cannot return to heaven. Please be so good as to return it."

Her words only strengthen Hakuryō's resolve.

"I am but a lowly fisherman devoid of the nobler instincts."

Unwilling to give it back, he conceals the heavenly robe and turns to go.

Like a bird without wings, the angel cannot fly, yet neither can she live on earth. Distraught, she knows not what to do, but Hakuryō will not return her cloak and she is powerless to make him. There is nothing she can do. Her tears form like dewdrops, and the jewels on her hairpins are like strings of her tears. The flowers in her hair begin to wither, and soon she is showing the piteous five signs of an angel's decay.

"When I look up, the spring mist fills the sky and I see no pathway I can take among the clouds," she says.

When will she be able to return to her heavenly home? She envies the clouds that float aloft.

"How I long to hear the heavenly kalavinka birds. Their lovely cries I knew so well have now grown faint and distant. Homeward-bound, wild geese cry, soaring across the sky. Gulls and plovers, too, flit freely back and forth above the waves, their calls as dear to me as the spring winds whispering aloft. If only I could do the same!"

"Are you so very sad, then? Let me return your cloak to you," says Hakuryō when he has heard her lament.

"Oh, how happy that makes me! Please hand it to me now."

"But wait a moment. I will return it to you if you will dance for me the angel dance I have heard so much about."

"Yes, gladly: this means I can return to heaven. In thanks, I will show you the dance we perform at the Palace of the Moon. May the story of this meeting be handed down to future generations of sorrow-burdened earthlings. I cannot perform for you, however, without my robe. Please return it to me now."

"Oh, no, if I give it back, you might fly straight back to heaven without dancing for me at all."

"No, no, such suspicion belongs only to the world of men. In heaven there is no deceit."

"Ah, I am deeply ashamed. Here, then," says Hakuryō and returns the cloak to her.

The maiden dons her cloak and begins the dance they say was seen by China's sixth Tang emperor, Xuan Zong. The heavenly feather cloak moves in the wind, its lush sleeves swaying like flower petals moistened in the rain. Thus did the heavenly

Hagoromo (The Feather Cloak): Longing for Trust

Swift are the winds that sweep the shore at Mio. Tireless are the fishermen who plunge their rowboats through the waves.

I am the fisherman Hakuryō who lives in the pine woods on the coast here at Mio.

As the poem tells us,"Clouds well up all at once above the distant lovely hills, but when the rain ends, the tower shines clear in the moonlight." So calm and peaceful is this season, spring, for which the pine grove has been waiting. The morning mist moves in along the shore where waves and pine trees meet.

Still the moon hangs in the sky, an incomparable sight even to us of lowly state.

"How unforgettable," as in the poem, "Coming through the mountains, we catch a marvelous view of Mio's pine woods from distant Kiyomigata." Let us go there now and enjoy the view together.

Oh, some of you seem to have mistaken wind-driven clouds for billowing waves and given up on today's fishing to head home. Wait! Wait! Do you not know that these are spring winds blowing this morning—soft breezes that caress the pines with the same endless sound? The waves are calm and quiet, and many are the boats of fishermen who know this.

I come ashore at the Mio pine woods and gaze at the surrounding scene when all at once the air is filled with falling blossoms, the sound of music, and a wondrous fragrance. I sense that something extraordinary is happening, and then I see a lovely cloak draped upon this pine tree. I approach to find it marvelous of color and fragrance: far different from an ordinary cloak. I will take it home, show it to the elders, and keep it as a family treasure.

Whereupon a woman appears.

"You there! That robe is mine. What are you doing with it?"

"I found it here and am taking it home."

"That is what we call the feather cloak of an angel from heaven. It cannot be lightly granted to a human being. Please put it back where you found it."

"You mean to say that the owner of this cloak is a heavenly being? Then it is a wonder to have appeared in this decadent latter age. All the more reason for me to make it a treasure of the realm. I cannot give it back."

"How sad am I to hear you say that. Without my feather cloak, I cannot fly

その六　『邯鄲《かんたん》』

【解説】

四番目物　作者不明（世阿弥周辺の作か）

蜀《しょく》の青年盧生《ろせい》は、人生の道を求めて楚国《そこく》の羊飛山《ようひさん》に住む高僧を訪ねる途中、邯鄲の里で雨宿りに一夜の宿を取る。宿の女主人の勧めるままに枕を借り眠りにつくや、夢の中に入ると、勅使が現れて楚国の帝位につき、栄耀栄華の歓楽を五十年尽くす。即位五十年の祝宴が催され、壮麗な宮殿で不老長寿の酒、可憐な舞童の舞、四季の花々の美を味わっていると、やがて夢は覚め、宿の女主人が粟飯が炊けたことを伝える。「五十年の栄華も一炊（一睡）の間の夢」と、盧生はこの世は夢の世と悟り、故郷へ帰るのだった。現実と夢の描写が交錯する様子の演出が光る。

主人公・盧生《ろせい》は「**人生をさまよっている**」と言う。仏教に帰依せず、漫然と夢の中にいるような日々を暮らし、悩み苦しんでいる。それはまさに我々のようだ。

ある枕の力で本当に夢を見た盧生は、人生それ自体が夢だと悟る。迷いを離れる。

通常、こうした話は帰依によって救われる。だが老子思想の上にある『邯鄲《かんたん》』の場合、盧生は漫然とした暮らしをやめるわけではない。むしろ彼は、ただ生は夢でいいと知るだけだ。

ひとつの認識。それが夢を肯定する道であった。

「漫然の教え」と言ってもいい。

（いとうせいこう）


『邯鄲』の意味を、頭だけではなく、肌で分かるのは、ある程度歳をとってからだろう。振り返って、過去四十年五十年のことを一瞬のうちに思い起こすことのできない年代では、年月の経過の速さや人生の短さ、そしてその言葉に実感が湧いてくるはずがない。しかし、それはおそらくよいことだ。若者が人生を年寄りと同じように理解することができるとしたら、『邯鄲』の若者が人生の探検を断念して故郷へ帰るように、人が次の一歩を踏み出すことができなくなってしまうからだ。

（ジェイ・ルービン）

『邯鄲』

アイ 「かやうに候ふ者は、唐土《もろこし》邯鄲の里に住まひする者にて候。わらはは古《いにしへ》、仙の法《ほふ》を行ひ給ふ御方にお宿を参らせて候へば、お宿のためと仰せられ、邯鄲の枕と申すを賜りてさむらふ。これを召され一睡まどろみ給へば、少しの間に夢を御覧じ、来し方行く末の悟りを御開きある枕にて候。今日もお旅人のお泊りあらば、こなたへ申しさむらへ。その分心得候へ、心得候へ。

［次第］

シテ 憂き世の旅に迷ひ来て、憂き世の旅に迷ひ来て、夢路をいつと定めん。

シテ これは蜀の国の傍らに、盧生といへる者なり。

シテ 「われ人間にありながら仏道をも願はず、

【現代語訳】

目の前に四本の棒が立ち、その上に屋根らしき布がかかる。一人の女が現れ、中の寝床と思われる場所に枕を置いて少し下がる。

女は口を開く。

「こうして出てまいりましたのは、中国は邯鄲《かんたん》の里に住む者でございます。わたくしはかつて、仙術をお使いになる方に宿を提供させていただいたのですが、そのお礼にと邯鄲の枕と申すものをいただいたのです。これをお使いになって少しでもまどろまれれば、短い間に夢をご覧になり、来し方行く末について悟りをお開きになるという枕であります。今日もお泊まりの方があれば、わたくしへお申し出なさい。このことご承知下さい。お心得下さいな」

と、そこに唐団扇《とううちわ》と数珠を持った男が近づいてくる。

「つまらない世の中で旅に迷い、物憂い人生をさまよっているが、この夢の終わりはいつ来るものだろう」

シテ　ただ茫然と明かし暮らすばかりなり。
「まことや楚国の羊飛山に、尊《たつと》き知識のましますよし承り及びて候ふほどに、身の一大事をも尋ねばやと思ひ、ただいま羊飛山へと急ぎ候。
シテ　住み馴れし、国を雲路の後に見て、国を雲路の後に見て、山また山を越え行けば、そこともしもなき旅衣、野暮れ山暮れ里暮れて、名にのみ聞きし邯鄲の、里にも早く着きにけり、里にも早く着きにけり。
シテ　「急ぎ候ふほどに、これははや邯鄲の里に着きて候。いまだ日は高く候へども、この所に旅宿せうずるにて候。
シテ　「いかに案内申し候。
アイ　「案内とは誰にてわたり候ふぞ。
シテ　「これは旅人にて候。一夜の宿を御貸し候へ。
アイ　「易き間《あひだ》の御事にて候。かうかう御通りさむらへ。

男はそう言い、続ける。

「わたしは蜀の国の片隅にいる盧生《ろせい》という者。人間の身に生まれながら仏の教えを頼らず、ただ漫然と暮らすばかりだ。そんな日々になんと、楚《そ》の国の羊飛山《ようひさん》に徳の高い僧侶がいらっしゃるという話を聞き及びまして、いかに生きるべきか伺いたいと思い、ただいま羊飛山に急いでいる次第であります」

　住み慣れた国を雲のかなた後ろに見て、雲々の向こうに国を見て、山また山を越え行くがどこともわからぬ旅、旅衣も定まらないまま野で日が暮れ、山で暮れ、里で暮れ、やがてその名だけ聞き知っている邯鄲の里に早くも着いたのだった。意外や早く着いたのである。

「急ぎまして、ここは早くも邯鄲の里。まだ日は高いようですが、今日はこの里で宿を取ろうかと」

　盧生は続ける。

「あの、おうかがいします」

　すると女主人が現れる。

「おうかがいとはどなたで」

「旅の者なのですが、宿を一夜お貸しください」

アイ「まづこれにお腰を召されさむらへ。

アイ「いかに申し候。見申せばお一人旅にて候ふが、いづくよりいづかたへ御通りなされ候ふぞ。

シテ「これは蜀の国の傍に、盧生といへる者なり。われ人間にありながら、仏道をも願はず、ただ茫然と明かし暮すところに、楚国の羊飛山に、尊き知識のましますよし承り及びて候ふほどに、身の一大事をも尋ねばやと思ひ立ちて候。

アイ「これははるばるの御旅にて候。さてわらはは、古仙《いにしへせん》の法を行ひ給ふ御方にお宿を参らせて候へば、お宿のためと仰せられ、邯鄲の枕と申すを賜りて候。これを召して一睡まどろみ給へば、少しの間に夢を御覧じ、来し方行く末の悟りを御開きある枕にて候。これを召され一睡御まどろみあれかしと思ひさむらふ。

シテ「さてその枕はいづくに御座候ふぞ。

「それはもちろんのことで。さあさあお通りなさいませ。まずここに腰をおかけいただいて」

盧生が座ると、女主人は言う。

「うかがいますが、お見受けしますとお一人で旅をなさっているようですね。どこからどこへいらっしゃるので」

「わたしは蜀の国の片隅に住む盧生という者。人間に生まれながら仏の道にも帰依せず、ただ漫然と明け暮らしていたところ、楚国の羊飛山に尊い方がいらっしゃると聞き及びまして、いかに生きるべきか伺おうと思い立ったのです」

「それはそれは遠くからいらっしゃいました。さてわたくしはといえば、昔仙術をお使いになる方に宿をお貸ししたところ、礼にと邯鄲の枕というものをいただいたのです。これをお使いになってひと眠りなさると、短い間に夢をご覧になり、来し方行く末の悟りをお開きになるということ。これでひとつまどろまれたらいかがでしょう」

「ふむ。その枕はどこにございますか」

アイ 「あの大床《おほゆか》なるが邯鄲の枕にて候。

シテ 「さらば立ち越え一睡見うずるにて候。

アイ 「わらははその内粟のおだいをこしらへさむらふべし。

アイ 「やあやあ、お旅人のお泊りある間、粟のおだいをこしらへさむらへや。

シテ 「さてはこれなるが聞き及びし邯鄲の枕なるかや。これは身を知る門出《かどいで》の、世の試みに夢の告《つげ》、天の与ふる事なるべし。

シテ 一村雨《ひとむらさめ》の雨宿り、

地謡 一村雨の雨宿り、日はまだ残る中宿《なかやど》に、仮寝の夢を見るやと、邯鄲の枕に臥しにけり、邯鄲の枕に臥しにけり。

ワキ 「いかに盧生に申すべき事の候。

シテ 「そもいかなる者ぞ。

ワキ 「楚国の帝の御位《おんくらゐ》を、盧生に譲り申さんとの、勅使にこれまで参りたり。

シテ 「思ひ寄らずや王位には、そも何故

「あの部屋にあるのが邯鄲の枕です」

「それならばあそこへ行ってひと眠りし、夢を見ようと思います」

「その間に粟のごはんをこしらえておきましょう」

二人はまどろみの用意をする。女は奥に声をかける。

「おーい、旅の方がお泊まりだよ。粟ごはんを作りなさい」

盧生は床で枕を見つめる。

「そうか、これが噂に聞いたことのある邯鄲の枕というものか。身のほどを考える旅の初めの、人生を探る試みとなる夢のお告げとは、まさに天の与えたものだろう」

盧生はそこでこう言う。

「ではわたしは、さっと激しく降る通り雨をやり過ごすように」

そう、雨宿りのように、日がまだ残る中でこの宿を借りて仮眠をとり、夢を見ようと邯鄲の枕に頭を載せ、体を横たえるのだった。

そこへ勅使があらわれ、盧生に言う。

に備はるべき。

ワキ「是非をばいかで計るべき。御身世を持ち給ふべき、その瑞相こそましますらめ、時刻移りて叶ふまじ、はや御輿に召さるべし。

シテ「こはそも何《なに》と夕露の、光輝く玉の輿、乗りも習はぬ身の行方。

ワキ　かかるべしとは思はずして、

シテ　天にも上がる、

ワキ　心地して、

地謡　玉の御輿に法の道、玉の御輿に法の道、栄華の花も一時の、夢とは白雲の、上《うへ》人《びと》となるぞ不思議なる。

［真ノ来序］

地謡　ありがたの気色やな、ありがたの気色やな、もとより高き雲の上、月も光は明《あき》らけき、雲竜閣や阿房殿、光も満ち満ちて、げにも妙《たへ》なる有様の、庭には金銀の砂《いさご》を敷き、四方《よも》の門辺の玉の戸を、出で入る人ま

「もし、盧生に申し上げることがあります」

盧生は起き上がって答える。

「いったい何者だ」

「楚国の帝の位をあなたにお譲り申そうという、その勅使としてここまで参ったのです」

「思いがけないこと。なぜわたしが王位に」

「理由などとやかく考えるべきでしょうか。あなた様には世をお治めになる瑞相がおありなのでしょう。遅くなってはいけません。急いで御輿にお乗りなさいませ」

「これはなんと言うべきか、夕露のように光り輝く宝玉の輿だが、自分は乗り慣れてもいず、仏の御法《みのり》も習っていないこの身の行方はどうなることか」

こんなことになるとは思わなかったから。

天にものぼる。

心地となり。

玉の御輿に乗り、法《のり》の道を行く。玉の御輿で盧生は行く。その栄耀栄華の華やかさも一瞬の夢とは知らず、白雲の上の殿上人となる不思議さに包まれて。

ありがたい景色である。素晴らしいありさまだ。ここ

でも、光を飾るよそほひは、まことや名に聞きし、寂光《じやつくわう》の都《みやこ》喜見城の、楽しみもかくやと、思ふばかりの気色かな。

地謡　千顆万顆《せんくわばんくわ》の御宝の、数を連ねて捧げ物、千戸万戸の旗の足、天に色めき地に響く、籟《らい》の声もおびたたし、籟の声もおびたたし。

シテ　東に三十余丈に、

地謡　銀《しろかね》の山を築《つ》かせては、金《こがね》の日輪を出されたり。

シテ　西に三十余丈に、

地謡　金の山を築かせては、銀の月輪《ぐわちりん》を出されたり。たとへばこれは、長生殿の裏《うち》には、春秋《しゆんじう》をとどめたり、不老門の前には、日月《じつげつ》遅しと、いふ心をまなばれたり。

ワキツレ　「いかに奏聞《そうもん》申すべき事の候。御位に即き給ひてははや五十年なり。しかればこの仙薬をきこしめさば、御年一千歳《ざい》まで、保ち給ふべしさるほどに、天の濃漿《こむづ》

はいうまでもなく高い雲の上で月光も強く輝き、雲竜閣《うんりゅうかく》や阿房殿《あぼうでん》といった御殿はそれに照らされ、まことに美しい。庭には金銀の砂が敷きつめられ、四方にある門の戸には宝石がちりばめられ、そこを出入りする者まで光で飾られる様子は、これこそ名高い仏の都であり、如来のいらっしゃる常寂光土《じょうじゃっこうど》や、帝釈天の住まわれる喜見城《きけんじょう》の楽しさもこうであろうと思うばかりの光景である。

　幾千幾万の宝物が捧げられ、運ばれてくる。千戸万戸の家を領有する諸侯が列をなして旗を並べる。天を染め、地に響く音もおびただしいこと。

　盧生は彼方をのぞみ見る。

「東には三十余丈の高さで」

　銀の山を作らせて、そこに金の日輪の飾りを立てる。

「西にも三十余丈の高さで」

　金の山を作らせて、銀の月輪の飾りを立てる。

　ちなみにこれは『唐の長生殿の中では季節がとどまり、漢の不老門の前では日月の歩みが遅い』と詩にあることに倣って、ふたつの建造物を出現させたのである。

や沆瀣《かうがい》の盃《はい》、これまで持ちて参りたり。
シテ 「そも天の濃漿とは。
ワキツレ 「これ仙家の酒の名なり。
シテ 沆瀣の盃と申す事は。
ワキツレ 「同じく仙家の盃《さかづき》なり。
シテ 寿命は千代ぞと菊の酒。
ワキツレ 栄華の春も万年《よろづとし》。
シテ 君も豊かに、
ワキツレ 民栄え、
地謡 国土安全《あんせん》長久の、国土安全長久の、
栄華もいやましに、なほ喜びはまさり草の、
菊の盃、とりどりにいざや飲まうよ。
シテ 廻《めぐ》れや盃の、
地謡 廻れや盃の、流れは菊水《きくすい》の、流《りう》に牽《ひ》
かれて遄《と》く過ぐれば、手まづ遮る菊衣の、
花の袂を翻して、さすも引くも光なれや、
盃の影の、廻る空ぞ久しき。
子方 わが宿の、
地謡 わが宿の、菊の白露今日ごとに、幾

ここで臣下が帝に酒を注ぐ。その者はこう言う。

「こちらに奏上いたします。御位におつきになってはや五十年。そこでこの仙薬を召し上がれば、お年は一千歳まで保たれるでありましょう。ということで、天の濃漿《こんず》や沆瀣《こうがい》の盃をここに持って参りました」

帝は問う。

「その天の濃漿とは？」

「これこそ仙人世界の酒」

「沆瀣の盃とは？」

「同じく仙境の盃」

「寿命は千年と聞く菊の酒」

「栄華の春が万年続き」

「主君も豊かで」

「民も栄え」

国土安泰、長久で。国安らかで長く久しく。世はますます栄え、喜びはなお増さる、通称まさり草とも言う菊の酒。盃をとりどりに取ってさあ飲もう。

舞童が前に出てきて、帝の盃を酒で満たす。

帝は言う。

世積りて、淵となるらん。よも尽きじよも尽きじ、薬の水も泉なれば、汲めども汲めども、いやましに出づる菊水を、飲めば甘露もかくやらんと、心も晴れやかに、飛び立つばかり有明の、夜昼となき楽しみの、栄華にも栄耀《ええう》にも、げにこの上やあるべき。

［楽］

シテ　いつまでぞ、栄華の春も常磐《ときは》にて、

地謡　なほ幾久し、有明の月。

シテ　月人男《つきひとをとこ》の舞なれば、雲の羽袖《はそで》を重ねつつ、喜びの歌を、

シテ　歌ふ夜もすがら、

地謡　歌ふ夜もすがら、日はまた出でて、明らけくなりて、夜かと思へば、

シテ　昼になり、

地謡　昼かと思へば、

シテ　月またさやけし、

地謡　春の花咲けば、

シテ　紅葉も色濃く、

「めぐれ、盃よ」

舞童は舞を始める。

盃を回せ。その盃は菊から落ちる露の流れに乗り、あたかも曲水の宴のようになって川となった水の上を素早く過ぎるから、手でまずそれを押さえていると、舞童は菊衣と呼ばれる色の襲《かさ》ねの袂を美しくひるがえし、舞の手をさしては引き、盃をさしては引いて光り輝くようだ。盃の中で、月のめぐりゆく空は悠久である。

「我が家の」

舞童は舞を続けながら歌う。

『我が家の菊の上の白露は、重陽の節句ごとに幾世代も溜まって深い淵となることだろう』という歌の通り、君のご寿命は尽きるはずもない、尽きようもない。薬の湧き出る泉から汲めども汲めどもますます出てくる菊の露を飲めば、天上の甘露もこうだろうと思うほどで心は晴れやかに、飛び立つ気持ちになり、有明の月の残る昼となく夜となく楽しみ、栄耀も栄華もこの上のことなどあろうか。

帝も舞い、歌う。

地謡　夏かと思へば、
シテ　雪も降りて、
地謡　四季折々は、目の前にて、春夏秋冬《はるなつあきふゆ》、万木千草《ばんぼくせんさう》も、一日《いちじつ》に花咲けり、面白や、不思議やな。
地謡　かくて時過ぎ、頃去れば、かくて時過ぎ、頃去れば、五十年の、栄華も尽きて、まことは夢の、中《うち》なれば、皆消え消えと、失せ果てて、ありつる邯鄲の、枕の上に、眠りの夢は、覚めにけり。
アイ　「いかにお旅人、粟のおだいが出来《いでき》て候。疾《と》う疾うおひるなれや。
シテ　盧生は夢覚めて、
地謡　盧生は夢覚めて、五十《いそぢ》の春秋《はるあき》の、栄華もたちまちに、ただ茫然と起き上がりて、
シテ　さばかり多かりし、
地謡　女御更衣の声と聞きしは、
シテ　松風の音となり、

「いつまで続くことだろうか、栄華の春も永遠で」

月の輝きもなお久しい、と周囲も歌う。

帝は月世界の者として言う。

「月の住人の舞であればこそ、この雲のような薄い袖を重ね合わせて、喜びの歌を夜通し歌うのだ」

夜通し歌い、日はまた出て明るくなり、夜かと思えば。

「昼になり」

昼かと思えば。

「月がまたさやかに照る」

春の花が咲けば。

「紅葉も色濃く」

夏かと思えば。

「雪も降る」

四季折々の景色が目の前に広がり、春夏秋冬のすべての木、すべての草はいっせいに花開いている。面白いこと、不思議なこと。

　こうして時が過ぎ、月日が去り、こうして時が行き、月日が経つと、五十年の栄華も消えて本当は夢の中であ

地謡 宮殿《くうでん》楼閣は、
シテ ただ邯鄲の仮の宿、
地謡 栄華の程は、
シテ 五十年、
地謡 さて夢の間は粟飯《あはいひ》の、
シテ 一炊《いつすい》の間なり、
地謡 不思議なりや計りがたしや。
シテ つらつら人間の、有様を案ずるに、
地謡 百年《はくねん》の歓楽も、命《めい》終れば夢ぞかし、五十年の栄華こそ、身のためにはこれまでなり。栄華の望みも齢《よはひ》の長さも、五十年の歓楽も、王位になればこれまでなり。げに何事も一炊の夢、
シテ 南無三宝《さんぼう》南無三宝。
地謡 よくよく思へば出離を求むる、知識はこの枕なり。げにありがたや邯鄲の、げにありがたや邯鄲の、夢の世ぞと悟り得て、望みかなへて帰りけり。

ったから、みな次々に消え、失せ果てて、そこにあった邯鄲の枕の上で盧生の夢は覚めたのだった。

「ほら旅の方、粟ごはんが出来ました。さあさあ起きてくださいよ」

と話しかけているのは宿の女である。

「このわたしの夢は覚め」

盧生の夢は覚め、五十年の春秋続いた栄華もたちまちなくなって、ただ茫然と起き上がる。

「あんなにたくさんいた、あの」

女御や更衣といった宮中の女の声だと聞こえていたものは。

「松に吹く風となり」

宮殿楼閣は。

「ただ邯鄲の仮の宿」

栄えた月日は。

「五十年だが」

夢は粟ごはんの。

「ひと炊き、その一炊のあいだのこと」

不可解だ。わからない。

「つらつら人間というもののありさまを考えれば」

と盧生は膝を抱え、顔を伏せる。

たとえ百年の歓楽を味わうとしても、命が終われば夢に過ぎない。五十年の栄華が自分には望みの上限。たとえそうした栄華を欲し、長寿を願い、五十年の歓楽を望んだとしても、王位につく以上のことなどない。すべて味わった。まったくなにもかも、飯をひと炊きする一炊のあいだの一睡の夢だ。

「なんということだ、そうだったのか」

よくよく思えば、その枕こそ迷いを離れるための師なのだった。実にありがたい邯鄲の、まことにありがたい邯鄲の枕から夢の世の真実を悟り得て、盧生は望みをかなえ、故郷へ帰っていったのである。

I should desire such glory, wish for a long life, and hope for fifty years of pleasure, having ascended the throne, nothing more can there be for me. I have tasted it all. All of it, everything, is a dream that unfolds in the time it takes to cook a pot of rice.

"What does it mean? Can this be true?"

Careful thought reveals that this pillow is itself the mentor I needed to help me detach from my confusion. From this precious, truly precious Pillow of Kantan I have gained enlightened knowledge that life is but a dream.

And so, having fulfilled the purpose of his journey, Rosei returned to his country home.

（英語訳は137頁からです）

After he has sung the night through, the sun rises again and lights the world. No sooner has night fallen……

Than day comes again,
And no sooner has day come……
Than the moon shines bright and clear again.
When the spring flowers bloom,
The autumn leaves grow deeply hued.
We think summer is here,
And snow begins to fall.

By turns the four seasons spread their scenery before us—spring, summer, autumn, winter—all trees, all grasses bloom at once: how beautiful, how wonderful!

Thus does time pass, the days and months go by, thus does time pass, the days and months go by, and fifty years of splendor fade away, for in truth they happened in a dream, one by one they fade away and are lost forever as Rosei wakes from his dream on the Pillow of Kantan.

"Here now, traveler, please wake up, your pot of millet rice is cooked," the proprietress of the inn says to him.

"I have awakened from this dream of mine."

Rosei wakes from his dream and rises in a daze as fifty years of glory vanish in an instant.

"So many were here, those……"

Ladies of the palace, his consorts and intimates, but what he heard as their voices……

"Was merely the sound of the wind in the pines."

The palaces and towers……

"Were just a temporary lodging house at Kantan."

The days and months of glory……

"Full fifty years……"

Was just a dream that lasted……

"No more time than it takes to cook a pot of rice and millet."

How inscrutable, beyond all understanding.

"Thinking deeply on the state of man……"

Rosei hugs his knees and buries his face……

Though one may hope to taste a hundred years of pleasure, once life is done, it is nothing but a dream. Fifty years of glory was for me the upper limit. Though

"This is none other than the wine they drink in the world of the immortals."

"And what is a Goblet of Celestial Dew?"

"This, too, is the wine cup they use in the realm of the immortals."

"And life, you say, lasts a thousand years with chrysanthemum wine?"

"Yes, a glorious spring goes on for ten thousand years."

"And the sovereign lives in luxury?"

"And the people also prosper."

"If the realm will be at peace forevermore, the country endlessly tranquil, the world prospering more and more, and joy ever increasing thanks to the wine of the chrysanthemum (known to all as the grass of abundance), then let us pass the cup from hand to hand and drink!"

A child comes into the presence of the King and fills his cup.

King Rosei says, "Now let us pass the cup!"

The child begins his dance.

Pass the cup! The cup of wine floats down the stream of chrysanthemum dew as in a banquet of meandering waters, each guest striving to compose a poem before the cup drifts past so he can scoop it up and drink. The child waves the sleeves of his chrysanthemum-color robe so beautifully, arms extended and drawn in, cup held out and drawn in. Pass the moonlit cup around as the light of the moon circles through the sky forever.

"My dwelling's……"

The child continues to dance and sings:

"My dwelling's chrysanthemums' silver dew accumulates drop by drop at each year's Chrysanthemum Festival on the ninth day of the ninth month: how many eons must pass before the drops become a deep pool?" As in this poem, the years of His Majesty's exalted life should never end, can never end. The healing potion wells up from a spring: we dip from it and dip from it, and yet ever more the chrysanthemum dew comes forth. And when we drink it, surely the sweet nectar of the gods must be like this. With gladdened hearts, we want to leap for joy, our ongoing happiness, like the moon at dawn, blending night and day, the glory and splendor unmatchable.

King Rosei also dances and sings:

"How long will it last? The splendor of spring is eternal."

"Eternal, too, the glow of the moon," sing those around him.

The King is a denizen of the moon.

Because his dance is that of a moon dweller, he lays one cloud-like diaphanous sleeve upon the other and sings his song of joy all through the night.

late. Please hurry and mount the royal palanquin."

"What can I say? The jeweled palanquin glitters like dewdrops in the evening sun. Never have I ridden on such a conveyance, nor have I followed the Buddha's law. What could be in store for one so unworthy?"

Never having expected such a thing to happen, Rosei feels as if he is rising to Heaven and, mounting the jeweled royal palanquin, he starts down the Way of Buddha's Law. Unaware that its majesty and splendor are a momentary dream, he is enveloped by the mystery, ascending to become a person of the royal court above the clouds.

What a marvelous view, a magnificent spectacle. We are high above the clouds, it goes without saying, where the moonlight shines intensely, illuminating such truly beautiful imperial structures as the Cloud-Dragon Pavilion and the Abō Palace. Gold and silver sands carpet the surrounding garden, jewels encrust the doors of the gates that open in all four directions, and those who pass back and forth through the gates are bathed in light. So grand is the spectacle, it calls to mind the pleasures of the fabled Capital of Serene Light in Paradise where the Buddhas dwell or the Citadel of Visible Joy, home of the Lord of the Center.

One thousand, ten thousand treasures are brought in as an offering. One thousand, ten thousand households' lords stream in with flying banners that color the heavens, their voices resounding to shake the earth.

Rosei surveys the spectacle.

"In the east, to a height of more than three hundred feet……"

He has them build a mountain of silver topped with a sun of gold.

"In the west, to a height of more than three hundred feet……"

He has them build a mountain of gold topped with a moon of silver.

This scene, incidentally, was modeled on the classic poem, "In the Tang Hall of Eternal Life, the seasons have ceased to change, and before the Han Gate of Agelessness, the days and months pass slowly by."

Here, a minister comes forward and pours wine for King Rosei. Then he says, "Your Majesty, I humbly report that fifty years have passed since you acceded to the throne. If you will deign to drink this healing potion of the immortals, your august years will surely number to a thousand. Thus have I brought you this Heavenly Elixir and this Goblet of Celestial Dew."

The King asks, "What is the Heavenly Elixir?"

"My name is Rosei and I live in a remote corner of the land of Shoku. Though born a human being, I have not entered the holy Way of the Buddha, but instead have lived day after day in aimless idleness. Recently, I happened to hear that on Flying Sheep Mountain in the land of So there lives a holy personage, and I thought to ask him how one ought to live."

"Well well, you have come very far indeed. For my part, I can tell you that, long ago, when I provided lodgings for a practitioner of the magic art of the mountain sages, in thanks he graciously bestowed upon me what is now known as the Pillow of Kantan. If one sleeps upon it, one will dream a short while and see the truth of all things past and future. Would you like to nap upon the pillow?"

"Hmm, where is this pillow of which you speak?"

"The one in that room is the Pillow of Kantan."

"Well, then, I will go in, take a nap and have a dream."

"While you are sleeping, I will cook a pot of rice and millet for you."

The two prepare for the guest to take his nap. The woman calls to someone within: "Attention! The traveler will be spending the night with us. Cook a pot of rice and millet for him now."

In bed, Rosei looks at the pillow.

"Well well, can this be the Pillow of Kantan I have heard so much about? Surely, at the start of my journey to contemplate my place in the world, a dream oracle exploring life would be a gift from Heaven."

Rosei then says:

"So, then, I will, as though waiting out a sudden ferocious storm……"

Yes, as though sheltering from the rain, Rosei has taken this room while the sun was still high in order to sleep and dream. He rests his head on the Pillow of Kantan and stretches out in bed.

Just then a royal envoy appears and says to Rosei, "Excellency, I have something I must humbly report to you."

Rosei sits up in bed and replies,

"Please tell me who you are."

"I have come here as a royal envoy to inform you that the King of So wishes to cede his royal throne to you."

"This is totally unexpected. How can I possibly succeed to the throne?"

"Are his reasons anything for us to question? Surely your auspicious countenance reveals that you are the one who should rule the land. You must not be

Kantan: Life in an Instant

Four pillars rise before us, supporting a roof-like stretch of cloth. A woman appears. She lays a pillow where there might be a bed beneath the roof, then steps back a few paces and speaks.

I who have come before you like this live in the village of Kantan here in China. Some time ago, I was honored to provide lodging for a traveler who practices the magic art of the mountain sages, in return for which he graciously bestowed upon me what is now known as the Pillow of Kantan. One need only doze for a few moments on this pillow to have a dream in which is revealed the truth of all things past and future. If any of you wish to lodge here tonight, be sure to ask me. Let everyone take heed of what I have said.

A man draws near, holding a Chinese fan and a Buddhist rosary.

Straying on my journey through this dreary world, I wander through the gloom of life. When will this dream ever end?

My name is Rosei and I live in a remote corner of the land of Shoku. Though privileged to have been born a human being, I have not taken advantage of that rare chance to benefit from the Buddha's holy teachings, but instead have lived in aimless idleness. While spending my days in that manner, I happened to hear that on Flying Sheep Mountain in the land of So there lives a priest of lofty virtue. Wishing to ask him how one ought to live, I hurry now toward Flying Sheep Mountain.

Looking back toward my home country beyond the clouds, toward my country beyond the clouds, I have crossed mountain after mountain through many unknown lands, uncertain of the way, in travel robes, watching the sun set in fields, on mountains, in villages, yet to my surprise I am already here in the village of Kantan, which I know only by name, so soon here in Kantan.

Yes, so swiftly have I traveled that I have already arrived in the village of Kantan. The sun still seems to be high, but I think I should take lodgings here.

"Hello, is anyone home?"

The proprietress of the inn appears.

"Who is there, pray tell?"

"I am a traveler in need of lodging. Can you put me up for the night?"

"Yes, of course. Come right in. Please be seated here."

When Rosei has seated himself, the woman says:

"You appear to be travelling alone. May I ask where you come from and where you are going?"

その七　『善知鳥《うとう》』

【解説】　四番目物　作者不明

諸国一見の僧が陸奥《みちのく》の外《そと》の浜《はま》（歌枕の地として名高い）に赴く途中、越中の立山《たてやま》に登り、地獄のような景色を見て下山すると老人に呼び止められる。老人は、故郷の外の浜の妻子への弔いの伝言を頼み、衣の片袖をちぎって渡し、消える。外の浜に着いた僧がその老人の家を訪ねると、本人である証拠として老人が渡した片袖は形見の衣にぴたりと合う。僧が弔うと、猟師の亡霊が姿を現す。我が子に近づこうとするが、親が「うとう」と呼ぶと子が「やすかた」と答えるほど親子の愛情が深い善知鳥の習性を利用して猟をしていた殺生の報いで、はばまれる。その猟の様子を再現し、殺生の浅ましさを語り、雉になった自分が怪鳥になった善知鳥にさいなまれる苦しみを見せて、霊は救いを求めつつ消える。

冒頭の道行きが終わると、**「地獄そのままの光景」**が観客の目の前に広がっていく。そして、前段の場所の設定は今日でも**「地獄」**と呼ばれる山間地帯である。猟師の亡霊であるシテは鳥の親子関係を無慈悲に悪用して格好の獲物とし、殺生をする。そのことで猟師は死後、自分の子との関係を妨害される苦しみを、一種の地獄として経験せざるを得ない上に、最後には地獄の拷問を怪物の鳥から受ける羽目に陥る。**「うとうやすかたと思えたあの鳥も、冥途では化けもの鳥となって罪人を追いたて、鉄《くろがね》のくちばしを鳴らし羽ばたき、銅《あかがね》の爪を磨いては目玉をつかんで肉を裂く」**結果、もっと苦しいのは**「俺は自分が残した子、千代童《ちよどう》の髪をやさしくなでて、ああ懐かしいと言いたい」**のに、親子は遠く隔てられて、永遠に会えなくなることである。

（ジェイ・ルービン）

ともかく能は一度訳してみると、どの作品もまるで取り憑くように記憶に残る。細かい表現がどうというより、怨念とか昇華しきれない愛情などが薄暗い雰囲気として魂を縛る感じになる。

そして先日のこと。私に謡を教えて下さっている安田登氏（ちなみにこの連載ではワキの詞章を下掛宝生流が伝承するものに統一しているので、その監修もお願いしている）とお話しさせていただく機会があったので、今は『善知鳥《うとう》』の作業をしていますと楽屋で説明すると、我が師匠はすぐにこうおっしゃった。

「『善知鳥』もあり、『藤戸』もあり、なんですね？」

　意味がわからずぼんやりしていると、

「いや、どちらも瘦男《やせおとこ》の面《おもて》ですから不思議だな、と。あの恐ろしい面が二回も出てくるのはね」

　確かにどちらも後シテが「瘦男」と呼ばれる面をつけるのだった。それは「地獄に堕ちて苦しむ男」の象徴で、瘦せこけた、何かに取り憑かれたような目をしている。『藤戸』では魚を殺すのを生業とし、武士に殺された漁師が、この『善知鳥』では鳥を殺し続けて報いを受ける猟師がその面で出てくる。

　気がつけば私も瘦男めいた心理状態でこの現代語訳を続けているのかもしれなかった。そして形は変われど今後も続けるだろう。例えばすでに新作能をひとつ書いているし、それをどこにも発表しないまま二本目にも手をつけている。今のところどちらも「自分の人生に苦しむ男」の能で、勝手に「私能楽《しのうがく》」と名付けている手すさびだ。

　どうやらこの面は外れにくいらしい。

（いとうせいこう）

『善知鳥』

［名ノリ笛］

ワキ　「これは諸国一見の僧にて候。われいまだ立山を見ず候ふほどに、このたび思ひ立ち立山禅定申し、それより陸奥の果てまで、行脚せばやと思ひ候。

ワキ　「さてもわれこの立山禅定申し、

ワキ　まのあたりなる地獄の有様を、見ても恐れぬ人の心は、鬼神よりなほ恐ろしや。山路に分つ巷の数、多くは悪趣の嶮路《けんろ》ぞと、涙もさらに留《とど》め得ず、慚愧《ざんぎ》の心時過ぎて、山下《さんげ》にこそは下りけれ、山下にこそは下りけれ。

シテ　「なうなうあれなる御僧に申すべき事の候。

ワキ　「こなたの事にて候ふか。何事にて候ふぞ。

【現代語訳】

「ここにいるわたくしは諸国をめぐる僧であります。いまだに立山《たてやま》を見たことがありませんので、このたび思い立って立山禅定《ぜんじょう》、つまり立山の険しい霊場を回ろうと考え、そこから陸奥《みちのく》の果てまで行脚しようと思った次第」

僧侶はそう言い、さらに続ける。

「と、立山禅定に来てみれば、目の前は地獄そのままの光景で、見ても恐ろしくないなどという人の心は鬼よりもなお恐ろしいこと。山道には岐路が幾つもあり、その多くは衆生が落ちる三悪道へ険しくつながっていると思うとわたくしは涙をおさえられず、自らの罪を省みて恥じ入る時間を過ごしてから、ふもとへ帰りついたのだ。山を下って帰ったのである」

言い終えると、一人の老人があらわれる。

「もしもし、そこのお坊さまに申し上げることがございます」

「わたくしのことですかな。何事でしょう」

シテ　「陸奥へ御下り候はば言伝《ことづて》申し候ふべし。外の浜にては猟師にて候ひし者の、去年《こぞ》の秋みまかりて候。その妻子の宿を御尋ね候ひて、それに候ふ蓑笠手向けてくれよと仰せ候へ。

ワキ　「これは思ひも寄らぬ事を仰せ候ふものかな。届け申すべき事は易き間の御事にて候さりながら、上の空に申しては、やはか御承引《ごしよういん》候ふべき。

シテ　「げにたしかなるしるしなくてはかひあるまじ。や、思ひ出でたりありし世の、今はの時までこの尉《じよう》が、木曾の麻衣《あさぎぬ》の袖を解《と》きて、

地謡　これをしるしにと、涙を添へて旅衣、涙を添へて旅衣、立ち別れ行くその跡は、雲や煙の立山の、木の芽も萌ゆるはるばると、客僧は奥へ下れば、亡者は泣く泣く見送りて、行く方《かた》知らずなりにけり、行く方知らずなりにけり。

「陸奥へお下りなさるなら、ことづてをお願いいたします。外の浜で猟師をしておりました者が、去年の秋に亡くなりました。その妻子の家をお訪ねいただき、中にあります蓑と笠を手向けて弔うようにとおっしゃってください」

「これは思いも寄らないことをおっしゃるものだ。お伝えするのは簡単ですが、それにしてもおことづての証拠もないのでは、先方もどうしてご承知なさいましょう」

「なるほど。きちんとしたしるしがなければ伝言しても信じてもらえまい。ああ、思いついた。これは現世で最期までこの老人が着ていた、木曾の麻衣。この袖を解いて」

　と老人は左の袖を外す。

そして、これをしるしにと旅立つ僧侶へ涙とともに渡す、そう、涙を添えて与える。立ち別れていく僧侶の跡には雲や煙が立ち昇り、立山の木の芽も燃えるように萌えいずる春。その中をはるばると僧侶は陸奥へと下っていく。亡者はそれを泣きながら見送って行方も知れなくなった。どこへともなくいなくなったのだ。

［中入］

ツレ　げにやもとよりも定めなき世の習ひぞと、思ひながらも夢の世の、あだに契りし恩愛の、別れの跡の忘れがたみ、それさへ深き悲しびの、母が思ひをいかにせん。

ワキ　「いかにこの内へ案内申し候。

ツレ　「誰にてわたり候ふぞ。

ワキ　「これは諸国一見の僧にて候ふが、立山禅定申し候ふところに、その様すさまじき老人の、陸奥へ下らば言伝すべし、外の浜にては、去年の秋の頃身まかりたる猟師の宿を尋ねて、それに候ふ蓑笠手向けてたべと、申すべきよし仰せ候ふほどに、上の空に申しては、やはか御承引候ふべきと申して候へば、その時召されたる、麻衣の袖を解き賜りて候ふほどに、これまで持ちて参りて候。もしもしおぼしめし合はせら

やがて僧侶が猟師の家へ着くと、一人の女が涙している。

「まったく、もとから定まることのない現世だとはわかっていながら、その夢のような世で夫婦の恩愛をもろくも契った。その夫と死に別れてしまったあとの忘れがたい形見が我が子だけれど、それがまた深い悲しさのもとになるとは。この母の思いをどうしたらいいだろう」

僧侶は外から話しかける。

「もし、中に入れていただきたいのですが」

「どなたでいらっしゃいますか」

「わたくしは諸国をめぐる僧侶ですが、立山禅定をいたしました折、凄まじい風体の老人から、陸奥へ下るなら外の浜で去年の秋頃に亡くなった猟師の家を訪ね、そこにある蓑と笠を捧げてお弔いいただくようにと、ことづてを承りました。しかし確かなしるしがなければどうしてご承知されましょうかと申し上げると、その時にお召しになっていた麻衣の袖を解いてお渡しくださったので、ここまで持って参ったのです。もしや思い当たられるこ

るる事の候ふやらん。
ツレ　これは夢かやあさましや。死出の田長の亡き人の、上聞きあへぬ涙かな。「さりながらあまりに心もとなき御事なれば、
ツレ　いざや形見を蓑代衣《みのしろごろも》、間遠に織れる藤袴、
ワキ　頃も久しき形見ながら、
ツレ　今取り出し、
ワキ　よく見れば、
地謡　疑ひも、夏立つ狭布《けふ》の薄衣、夏立つ狭布の薄衣、一重なれども合はすれば、そでありけるぞ、あらなつかしの形見や。やがてそのまま弔ひの、御法《みのり》を重ね数々の、なかに亡者の望むなる、蓑笠をこそ手向けけれ、蓑笠をこそ手向けけれ。
ワキ　南無幽霊出離生死頓証菩提。
［一声］
シテ　陸奥の、外の浜なる呼子鳥、鳴くなる声は、うとうやすかた。

とはございますか」

「これは夢だろうか、あきれるほどの。『死出の田長《たおさ》』と言えばホトトギスのことで、亡くなった人たちのいる山からこうして来るという。死んでしまったあの人がどうであったか、聞き終えないうちに涙が出る。けれどあまりに知りたいことだから、さあその形見の蓑笠を見ようと思い、家の奥から蓑のかわりにする織り目の粗い粗末な藤衣を」

　と女が言いかけるので、僧も言葉を重ねる。

「以前に見た頃もずいぶん昔のことだろう、その形見の衣を」

「今、取り出して」

「よく見れば」

　疑いもなく、夏の立つ頃、今日のような日に裁って衣《ころも》更《がえ》する幅の狭い薄衣。陸奥は狭布《きょう》の里で織られる薄いこの単衣《ひとえ》を、お坊さまの持ってきた袖と合わせれば、そう、ああこれこそ懐かしい形見。と女が言うので、僧はすぐにそのまま回向を数々重ねることとし、中でも亡者が望んだ通りに蓑と笠とを仏に手向けた、手向けたのである。

シテ　一見卒都婆永離三悪道。この文《もん》のごとくば、たとひ拝し申したりとも、永く三悪道をば遁《のが》るべし。いかにいはんやこの身のため、造立供養《ざうりふくやう》に預からんをや。たとひ紅蓮大紅蓮なりとも、名号智火には消えぬべし。焦熱大焦熱なりとも、法水には勝たじ。さりながらこの身は重き罪科《つみとが》の、心はいつかやすかたの、鳥獣《とりけだもの》を殺しし、

地謡　衆罪如霜露慧日の、日に照し給へ御僧。

地謡　所は陸奥の、所は陸奥の、奥に海ある松原の、下枝《しづえ》に交る汐蘆の、末引き萎《しを》る浦里の、籬《まがき》が島の苫屋《とまや》形《かた》、囲ふとすれどまばらにて、月のためには外の浜、心ありける住まひかな、心ありける住まひかな。

ツレ　あれはとも言はば形や消えなんと、親子手に手を取り組みて、泣くばかりなる有様かな。

シテ　あはれやげに古《いにしへ》は、さしも契りし妻

「南無《なむ》幽霊出離生死頓証菩提《ゆうれいしゅつりしょうじとんしょうぼだい》。亡者よ、煩悩を断って悟りを得るように」

僧が合掌してそう唱えると、途端に猟師の亡霊があらわれて歌う。

「『陸奥の外の浜にいる呼子鳥《よぶこどり》が、鳴く声は、うとうやすかた』。親が『うとう』と鳴けば、子が『やすかた』と応える」

亡霊は舞いながら、さらにこのように言う。

「一見卒都婆永離三悪道《いっけんそとばようりさんなくどう》。この経文の通りならば、卒都婆を拝み申し上げただけで、永久に三悪道から逃れることが出来る。ましてこの身のために卒都婆を作って供養をしていただくのだから、なおさらである。たとえ紅蓮《ぐれん》地獄、大紅蓮《だいぐれん》地獄の極寒で身が裂け、血が蓮華のような形に開くという場所であっても、仏たちの名号やお知恵の火で氷は消えるだろう。また焦熱《しょうねつ》地獄、大焦熱《だいしょうねつ》地獄で猛火に焼かれても、仏の法という水には勝てまい。とはいいながら、この身には重い罪科があり、心はいつやすらぐことか、やすかたのような鳥や獣を俺は殺したのだから」

や子も、今はうとうの音《ね》に泣きて、やすかたの鳥の安からずや。何しに殺しけん、わが子のいとほしきごとくにこそ、鳥獣も思ふらめと、千代童が髪をかき撫でて、あらなつかしやと言はんとすれば、

地謡 惑障《わうしやう》の、雲の隔てか悲しやな、雲の隔てか悲しやな、今まで見えし姫小松の、はかなやいづくに、木隠れ笠ぞ津の国の、和田の笠松や箕面の、滝つ波もわが袖に、立つや卒都婆の外は誰、蓑笠ぞ隔てなりけるや。松島や、雄島の苫屋内ゆかし、われは外の浜千鳥、音に立てて、泣くよりほかの事ぞなき。

地謡 往事渺茫《べうばう》としてすべて夢に似たり、旧遊零落して半ば泉に帰す。

シテ とても渡世を営まば、士農工商の家にも生れず、

地謡 または琴碁《きんぎ》書画を嗜む身ともならず、

シテ ただ明けても暮れても殺生を営み、

衆罪如霜露慧《しゅざいにょそうろえ》日《にち》、露や霜のようにこの罪を、仏の知恵の日の光でお消しください、お坊さま。

亡霊はなおも歌う。

ここは陸奥の、そう陸奥の、さらに奥に海のある松原の、松の下枝にまじりあうほど伸びた汐蘆《しおあし》の、葉の先がしおれて並ぶ寂れた浦里の、うらがなしい浜辺にあるスゲや茅で葺いた小屋。まばらに葺いてあって、月の見える様子は外の浜と同じこと。風情のある住まいとも言えよう、まさに風情ある住まいだ。

その間に妻は子に近づいて、こう言う。

「あれがあの人だよ、とでも言えば消えてしまうかもしれない。こうして親子二人で手を取って、泣いているしかない」

夫である亡霊は言う。

「ああ本当に、昔はあれほど情けを交わした妻や子も、今では縁はうとくなり、ただ泣いているばかりで、『うとう』の声に『やすかた』と答えるようには心やすらぐことがない。なぜ俺はあの鳥の子を殺してしまったのだろう。俺もわが子が愛おしいように、鳥も獣もそう思う

地謡　遅々たる春の日も所作足らねば時を失ひ、秋の夜長し夜長けれども、漁火白うして眠る事なし。
シテ　九夏の天も暑《しよ》を忘れ、
地謡　玄冬の朝《あした》も寒からず。
地謡　鹿を逐ふ猟師は、山を見ずといふ事あり。身の苦しさも悲しさも、忘れ草の追《おひ》鳥《とり》、高縄をさし引く汐の、末の松山風荒れて、袖に波越す沖の石、または干潟とて、海越しなりし里までも、千賀の塩竈身を焦がす、報ひをも忘れける、事業《ことわざ》をなしし悔しさよ。そもそもうとう、やすかたのとりどりに、品《しな》変りたる殺生の。
シテ　なかに無慚やなこの鳥の、
地謡　おろかなるかな筑波嶺の、木々の梢にも羽《は》を敷き、波の浮巣をも掛けよかし、平沙《へいさ》に子を生みて落雁の、はかなや親は隠すと、すれどうとうと呼ばれて、子はやすかたと答へけり、さてぞ取られやすかた。

だろうに。俺は自分が残した子、千代童《ちよどう》の髪をやさしくなでて、ああ懐かしいと言いたいのだけれど」

悟りの妨げをする雲が二人を隔ててしまうのか、悲しいこと。隔てられ、悲しいことに、今まで見えていた姫小松の葉のような小さな子の姿は、はかなくもどこかへ、まるで木の間に隠れるように、あるいは笠に顔を隠すように消えてしまい、笠といえば津の国の和田の笠松だが、一方蓑といえば同じ摂津の箕面《みのお》の滝のように、猟師は涙を流して波が立つほど袖を濡らす。そして卒都婆が立つ家の外には誰がいるというのか。このわが身だ。そしてわが蓑笠は家の中にあって形見となり、生きている妻子と俺の間を死で隔てている。松島の雄島《おじま》にあるような貧しい小屋の、この中が見たい。けれど自分は外にいて、外の浜の浜千鳥のように声を上げ、泣くしかない。

亡霊は嘆き、またこう言う。

過去はすべてはるか遠い夢のようであり、ともに遊んだ人々も大半は亡くなってしまった。

「どうせ現世で生きるなら、士農工商の家に生まれたかったがそうではなく」

シテ　うとう。

［カケリ］

地謡　親は空にて、血の涙を、親は空にて、血の涙を、降らせば濡れじと、菅蓑や、笠をかたむけ、ここかしこの、便りを求めて、隠れ笠、隠れ蓑にも、あらざれば、なほ降りかかる、血の涙に、目も紅に、染《そ》みわたるは、紅葉の橋の、鵲《かささぎ》か。

地謡　娑婆にては、うとうやすかたと見えしも、うとうやすかたと見えしも、冥途にしては化鳥《けてう》となり、罪人を追っ立て鉄《くろがね》の、嘴《はし》を鳴らし羽《は》をたたき、銅《あかがね》の爪を磨《と》ぎ立てては、眼を摑んで肉《ししむら》を、叫ばんとすれども猛火《みやうくわ》のけむりに、むせんで声を上げ得ぬは、鴛鴦を殺しし科やらん。逃げんとすれど立ち得ぬは、羽抜け鳥の報ひか。

シテ　うとうはかへつて鷹となり、

地謡　われは雉とぞなりたりける。遁れ交《がた》野《の》の狩場の吹雪に、空も恐ろし地を走る、

琴や碁や書画をたしなむ身ともならずに。

「ただ明けても暮れても殺生を仕事とし」

暮れるのが遅い春の長い日も忙しく仕事をして時を過ごし、秋の夜長、あの長い夜にも漁火《いさりび》を白く照らして眠らずにいた。

「夏の九十日間も暑さどころでなく」

冬の朝も寒いとも思わず。

鹿を追う猟師は山を見ずというけれど、その通り熱中してこの身の苦しさ悲しさも忘れ、忘れ草が生い茂る中で鳥を追い、モチをつけた高縄を張って鳥刺しをし、さしたりひいたりする波のかなたの松山に荒れる風で袖に波がかかっても、沖の石や干潟を目指して海の向こうの里さえも近いものだと思って出かけたものだった。近いといえば千賀《ちか》の塩竈ではないが、竈で身を焦がすような火の報いを受ける来世のことも忘れていたのだ。してきたことのその悔しさといったら。そもそも、うとうやすかたという鳥にはとりどりの殺生の方法があるのだが。

「中でも無惨なのはこの鳥が」

愚かであることだ。筑波嶺《つくばね》のように高い木々の梢に羽

犬鷹に責められて、あら心うとうやすかた、安き隙《ひま》なき身の苦しみを、助けて賜《た》べや御僧、助けて賜べや御僧と、言ふかと思へば失せにけり。

を敷くか、しきりに海に寄せる波の上に巣を浮かせるかすればいいのに、砂原に子を産み、それでも秋の空から落ちる時の雁と同じようにはかなく、親はすっかり隠したつもりでも、その親の声を真似てうとうと呼べば、子はやすかたと答えてしまう。だから獲られやすい、やすかたなのだ。

「うとう」

と猟師はひとこと言い、鳥を追うさま、子鳥を杖で打つさまを舞う。

親は空から血の涙を、親は空から血の涙を降らせる。濡れまいとこちらは菅蓑《すがみの》や笠を傾け、あちらこちらへ隠れようとするのだが、身につけたのは隠れ笠や隠れ蓑ではないからなおも涙は降りかかる。その血の涙で猟師の目はくらむほど紅に染まる。まるで紅葉の葉が落ちて作る橋のように、あるいはカササギが羽を犠牲にして天の川に架けた橋を、牽牛と織姫が見た時の赤い涙のように。

現世ではうとうやすかたと見えたのも、うとうやすかたと思えたあの鳥も、冥途では化けもの鳥となって罪人を追いたて、鉄のくちばしを鳴らし羽ばたき、銅の爪を磨いては目玉をつかんで肉を裂く。叫ぼうとしても猛火の煙にむせて声を上げられないのは、鳴けない鴛鴦《おしどり》を殺した科であろうか。逃げようとしても立てないのは、同じように飛び立てない羽抜け鳥を殺めたことの報いか。

「うとうは、現世とは反対に強い鷹となり」

俺はといえば弱い雛になってしまった。逃れがたい交野《かたの》の、雉の狩り場であるその場所は吹雪き、空では鷹に追われ、地では走る犬に責められ、心は憂いにあふれる、うとうやすかたのように、安らぐ時もないこの身の苦しみ。助けてくださいませ、お坊さま。どうか助けてくださいさい、お僧。

と言うかと思うと、亡霊は失せたのであった。

answer "Yasukata." It was so easy for me to take them.

"Utō."

The hunter simply says, and he dances, miming the way he would strike the young birds with his stick.

The parent birds rain down tears of blood, tears of blood from the sky. He runs back and forth, trying to dodge them beneath his sedge hat and rain cape, but his hat and cape do not make him magically invisible, and so the tears fall ever more heavily. The hunter's eyes are stained red, blinded by the tears of blood, tears as red as a bridge made of falling autumn leaves, tears as red as those shed by the cowherd and weaver girl when they saw the bridge of feathers sacrificed by the magpies for them over the Milky Way's River of Heaven.

When he was alive in the everyday world, it seemed so easy to take the gentle parent birds and their young who called to each other, "Utō-yasukata," but in hell those kindly creatures have turned into monster birds that pursue the sinner, clanking their iron beaks, flapping their wings, and flashing the copper claws with which they tear at his eyeballs and rend his flesh. He tries to scream, but, choking on the smoke that billows from the hellfires, he can raise no cry, perhaps in punishment for his having killed so many mute mandarin ducks. He tries to flee but cannot, perhaps in retribution for his having killed so many molting, earthbound birds.

"The gentle earthly utō has in Hell become a mighty hawk."

And I a powerless pheasant in its claws, unable to flee the blizzard-swept hunting plain of Katano, attacked by hawks from the air, chased by galloping dogs on the ground, my heart overflowing with sorrow, not a moment's relief from my pain, like the birds that cry "Utō-yasukata." Please help me, o priest, I beg you, please save me.

No sooner has he called to the priest than the ghost has disappeared.

（英語訳は156頁からです）

hat-shaped pine tree of Wada in Settsu Province, and a *mino* rain cape recalls Minō Falls, likewise in Settsu Province, the gush of the hunter's tears like that waterfall, wetting his sleeves in copious waves. Who is it you say stands outside the house in which the memorial *sotoba* stands? I am the one, none other, and inside the house my rain cape and sedge hat serve as keepsakes while by death I am kept apart from my still-living wife and child. I want to see the interior of this poor hut, but I am outside, where all I can do is cry like the plovers on "Outside Beach"(Soto-no-hama).

The ghost laments and says again:

Everything is vast and boundless as a dream, and most of my old friends have died and gone below.

"As long as I was bound to make my way in this world, I should have been born into a family that belonged to one of the four classes: warrior, farmer, artisan, or merchant. But that did not happen."

Nor did I become one of those who indulge themselves in music or games or painting.

"Day and night, I did nothing but work to butcher the innocent."

I would keep myself busy on those long spring days when the sun sets late, and on long autumn nights I would go sleepless as I kept my flares burning white.

"The ninety days of summer's heat was of no concern to me."

Nor did winter mornings strike me as cold.

In pursuit of deer, they say, the hunter does not see the mountains, and so it was with me: consumed with the hunt, I would forget all pain and sadness, chasing birds through the thicket of forgetfulness, catching birds using taut ropes smeared with birdlime. And though my sleeves would be drenched by the waves stirred by the winds that tore through Matsuyama far across the surging tides, I would depart for that village over the sea as if it were close by, forgetting about the burning punishment awaiting me in the next world. How I regret what I did all those years! "Utō-yasukata," the birds would cry, and I killed them in so many ways!

"Among which the cruelest……"

……exploited the birds' own stupidity. If only they had spread their nests in the branches of trees as high as Mount Tsukuba or floated them atop the surging ocean waves! But no, they hatched their young on the open sandy beaches, believing they had hidden them well enough, but their time on the sand was as brief as the momentary touch-down of the migrating geese that swooped from the autumn sky. All I had to do was imitate the parent birds' cry of "Utō," and the young would

As he dances, the ghost continues:

"IKKEN SOTOBA YŌRI SANNAKUDŌ: One glance at a *sotoba*, forever free from the Three Evil Ways, the sutra tells us: all one need do is pray once to a holy *sotoba*, a pillar carved to represent the five elements of Buddha's body (earth, water, fire, wind and void), and one can escape eternally from the three evil realms of Hell, Hungry Ghosts, and Bestiality. All the more so if the *sotoba* is made expressly for use in funeral services for oneself. The holy names of the Buddha and the flames of His wisdom will melt the ice even in such frozen places as the Hell of the Crimson Lotus or the Great Hell of the Crimson Lotus, where the intense cold splits the body open and freezes the blood into the shape of open lotus blooms. And even if one is burned by the fierce flames of the Hell of Scorching Heat or the Great Hell of Scorching Heat, those flames cannot conquer the water of Buddha's Law. Yet, for all that, my great sins weigh down upon me, and my heart can have no peace, for I have killed many peaceful creatures, among them the gentle birds that cry 'Yasukata'."

SHUZAI NYOSŌRO ENICHI: I beg you, o priest, please melt away my sins in the sunlight of Buddha's wisdom.

The ghost sings on:

Here in Michinoku, yes deep in Michinoku, on the desolate shore in the crumbling village where the tidal reeds droop among the lower branches of the pine grove, stands my sparsely-thatched hut, the sedge roof so poor and scanty that the moon shines through as brightly as it does outdoors in Outer Beach, dear Soto-no-hama, so moving to my heart.

Meanwhile, his wife nears their child and says:

"That's him! But if I were to say even that much, he might disappear. All the mother and child can do is clasp each other's hands and weep."

The ghost, her husband, says:

"Oh, truly, the bond is fading with the wife and child with whom I shared such deep affection long ago. Now they only stand and weep, and though I call to him like the parent bird, 'Utō,' no comforting response, no 'Yasukata' do I hear from my boy. Oh, why did I ever kill the young of those birds? As dear as my boy is to me, so do the birds and beasts love their young. I long to reach out and stroke the hair of my little Chiyodō and tell him how much I have missed him!"

But instead I feel only sorrow as thick clouds of delusion roll in to separate us. Until this moment, I saw him standing there before me, as fresh and straight as a little pine tree, but now, o sorrow, he has vanished somewhere as if lost between the trees or like a face hidden beneath the brim of a sedge hat. "Sedge hat" recalls the

"Of course I always knew that life is but a fleeting thing, but still I let myself pledge my love to my husband in this dreamlike world. The memento he left me is this child of mine, a source as well of deep sorrow. What can I do about the love a mother feels for her child?"

The monk calls to her from outside.

"Please let me into your home."

"And who might you be?"

"I am a monk making the rounds of the provinces. When performing religious austerities atop Mount Tateyama, I was approached by a dreadful-looking old man who asked me, if I was going to Michinoku, to visit the home of a hunter who died last autumn in Soto-no-hama and ask his family to offer up his straw rain cape and sedge hat with prayers for his soul. But how was I to get them to believe me, I asked, without some proof to show them? Whereupon he tore the sleeve from the hempen robe he was wearing and handed it to me. I have it here: do you recognize it by any chance?"

"So shocking this is, could it be a dream? They call the cuckoo a messenger from hell, the one who comes from the mountain where the dead linger. My tears gush forth before I have heard all you have to say about my dead husband. But I want so badly to hear, let me see the cloth he left behind as a memento, crudely woven though it may be."

The woman begins to speak, and the monk joins his words with hers.

"Surely it is long since you last saw it, this robe he left in memory."

"I take it out now……"

"……and when I look closely……"

……bringing this thin, crudely-made summer robe next to the sleeve that you, o priest, have brought with you, this single-layered cloak woven here in the Michinoku village of Kyō, there can be no doubt, none at all, that they belong to the robe my dear husband left behind. No sooner has the woman said this than the priest begins to perform many services for the dead, among which he offers up the straw rain cape and sedge hat as the dead man had requested.

"NAMU YŪREI SHUTSURI SHŌJI TONSHŌ BODAI: Hear, o ghost, cast off your worldly attachments and attain the enlightenment of a Buddha!"

So the priest intones, his hands joined in prayer, and instantly the hunter's ghost appears, singing.

"'Utō-yasukata,' cry the child-calling birds of Soto-no-hama in Michinoku. 'Utō!' the parent birds call, and their young reply, 'Yasukata!'"

Utō (Child-Calling Bird): Hell on Earth

"I who stand before you here am a monk traveling throughout the provinces. Never having seen the sacred peak of Tateyama, I have decided now to climb its steep flanks as a religious austerity and from there to continue my pilgrimage on to the far-flung end of Michinoku."

The monk goes on to say:

"Here now on Tateyama's sacred peak, Hell itself seems to lie before me. Anyone who could see this horrible sight without a pang of terror must have a heart even more frightening than a demon. The pathway has many branches that plunge straight down into the hells that swallow sinful mankind, the very thought of which brings forth my tears without letup. With shame, I reflect upon my own sins for a time before returning to the mountain's base. Here I am again at the foot of the mountain."

An old man appears when the monk has finished speaking.

"You there, honored priest! I have something to say to you."

"Are you speaking to me? What is it you wish to say?"

"If you are going on to Michinoku, I have a message I wish you would deliver for me. Last year in autumn a hunter died in the village of Soto-no-hama there. I would have you visit the home of his wife and children. Tell them to offer up his straw rain cape and sedge hat when they pray for his soul."

"This is a most unexpected request! I can easily convey your message to them, but without some sort of evidence, how are they to know it is true?"

"Yes, of course. They will probably not believe you unless you can show them some sure sign to back up your words. Ah, I have an idea. This is the Kiso hempen robe this old man was wearing to the very end of his life. I will tear off this sleeve……"

The old man removes the left sleeve of his robe.

Telling him to use it as evidence, he tearfully hands the sleeve to the travelling monk. Yes, his tears go with the traveler, in whose wake both clouds and smoke arise as he heads for far-off Michinoku amid the flaming spring blooms of Tateyama. Shedding tears, the dead man watches him go until he is lost from sight, his path unknowable.

When the monk arrives at the hunter's home, he finds a woman in tears.

その八　『藤戸《ふじと》』

【解説】　**四番目物　作者不明（観世元雅作か）**

源平の合戦で、藤戸の先陣の功により賜った備前の児島に佐々木盛綱《ささきもりつな》が赴くと、老女が来て、無実の我が子が波の底に沈められたと訴える。盛綱は隠しきれず、漁師に藤戸の渡しの浅瀬を訊き出したが他言を恐れて殺害して沈めたと語る。それは戦陣の常ではあるが、老母は我が子に先立たれた悲しみを訴えて、我が子を返せと迫る。盛綱は弔いを約束し、帰らせる。盛綱が大般若経で弔うと、水上に漁師の亡霊が現れ、理不尽に殺された恨みを語り、盛綱に襲い掛かろうとするが、弔いの功徳によって、成仏する。

『藤戸《ふじと》』には言葉にならない思い入れがある。本来この翻訳集が雑誌『新潮』に連載されていた頃、第一回を私は『藤戸』にした。

そもそも、私はそれ以前から、『存在しない小説』という連作の中に『能楽堂まで』という掌編を書き、そこに深く『藤戸』をからませたものだ。この『能楽堂まで』がまた暗く苦く妖しいムードで貫かれたもので、むろんそれはすべて『藤戸』からの影響である。

身分の低い漁師は戦功の犠牲になって刺し殺される。加害者の武士はそれをあたかも忘却した様子で、土地を支配しにやってくる。被害者の母親は加害者を追及する。私も殺せ、と言って。

どういう加害かといえば、

「**取つて引き寄せ二刀《ふたかたな》刺し、其まま海に沈めて**」

と書かれている。私はこの「二刀」の部分を読むたび、その残酷さに心をつかまれ、気分がまさに「**海に沈め**」られてしまう。確実に殺すためだろうが、まるで魚のように人は二度、刀で貫かれる。一度刺され、その刀を抜かれ、また刺される側の憂いが私を動けなくする。引き寄せられ、永遠のように二度刺されるのは自分に他ならない。刺す側からこの文を読むことが私には出来ない。

そして、このイメージのうっとうしさは、春の物憂さと共に人に取り憑く。桜が終わったあと藤が咲き乱れ、それもまた終わっていく頃の草ばかりの繁茂、反して人の心の厚ぼったく曖味になっていくあの季節にふさわしい、これは誰の記憶下にもある傷、そこにつながる悲劇だ。

（いとうせいこう）

今回の曲は四番目物の分類の中の怨霊物で、『平家物語』を出典とする『藤戸』というものだ。『藤戸』は二つの強烈なイメージを読者の頭に焼き付ける。一つは我が子を殺した武将に息子を殺したその手で自分も殺してくれと要求する母親で、もう一つは自分を無意味に殺した武将に対して恨みを吐き出す、その息子の幽霊である。戦争の参加者は軍人同士であるが、戦争の犠牲者は大抵普通の人である。『平家物語』の創造者にはそれは分からなかったが、『藤戸』の作者にはありありと分かった。そう認識が変化するには三百年掛かったが、さらに七百年経った今になっても、残念なことに、『藤戸』のイメージはそのまま鮮やかである。テレビのニュースでは我が子を奪われた、世界中の母親達の例が跡を絶たないのである。

（ジェイ・ルービン）

『**藤戸**』

［次第］

ワキ、ワキツレ　春の湊の行末や、春の湊の行末や、藤戸の渡りなるらん。

ワキ　「是は佐々木の三郎盛綱にて候。さても此度藤戸の先陣を仕りたるその御恩賞に、備前の児島を賜はつて候。今日吉日にて候ふほどに、唯今入部仕り候。

ワキ、ワキツレ　秋津洲《あきつす》の、波静かなる島廻り、波静かなる島廻り、松吹く風も長閑《のどか》にて、げに時めける朝ぼらけ。船もうららに出る日の、藤戸に早く着きにけり、藤戸に早く着きにけり。

ワキ　「急ぎ候ふほどに、藤戸の渡りに着きて候。

ワキ　「いかに誰かある。

ワキツレ　「御前に候。

【現代語訳】

春の終わりの港である。この春はどこへ消えゆくものだろう。暮春を知らせるのは藤の花だから、まさに藤戸の渡しあたりにだろうか。

「ここにいるのは私、佐々木三郎盛綱。このたびは源平の戦い、藤戸での攻防で先陣をまかせていただき、平家の陣を打ち破った恩賞に備前の児島を賜った。今日は日柄もよく、たった今領地へ足を踏み入れるところである」

とんぼのように伸びやかなわが国の、波も静かな島巡りの、のどかなこと。松に吹く風ものんびりと、まことに季節にふさわしい朝ぼらけだ。舟はうららかな日の中をゆき、早くも藤戸に着いたではないか、あの藤戸に。

「急ぎましたので、はや藤戸の渡しでありますす」

「さて誰かいるか」

「御前におります」

「今日は吉日であるからこの地に移ってきた。私に訴え

ワキ「今日吉日にてある間。入部して候。皆訴訟あらんずる者は。罷り出でよと申し候へ。

ワキツレ「畏つて候。

［一声］

シテ 老の波、越えて藤戸の明暮に、昔の春の帰れかし。

ワキ「不思議やなあれを見れば。老女一人、まことに訴訟あり顔に盛綱を見て。涙を流すはいかなる者ぞ。

シテ 海人の刈る藻に住む虫のわれからと、音《ね》をこそ泣かめ世をばげに、何か恨みんもとよりも、因果のめぐる小車《をぐるま》の、弥猛《やたけ》の人の罪科《つみとが》は、皆報ひぞといひながら、わが子ながらもあまりげに、科も例《ためし》も波の底に、沈め給ひし御情《おんなさけ》なさ、申すにつけて便《びん》なけれども、御前に参りて候ふなり。

ワキ「そも科もなき子を波に沈めし恨みとは。更に心得ぬぞとよ。

たいことがあれば、誰でも出て来て言うがいい」

「かしこまりました」

　すると一人の老婆が現れる。

「時の波にもまれて老いながら生きてきましたが、今、ここ藤戸で涙に暮れています。昔の春に戻してくださいませ」

「ふむ。見ればまた不思議な老女だ。不満ありげにこちらを見て、涙を流すのはどうしたことだ」

「漁師の採る藻に『われから』という名の虫がついておりますが、わたしもまさに自ら起こした不幸ゆえ泣いたとしても恨んだりはしますまい。因果の輪が回るように、あなたのような剛腕を持つ方から海の者が受ける罪科《つみとが》は、みな日頃の殺生の報いだと知りながら、ただ我が子となればあまりにむごい。それも波の底にお沈めになる罰とは。ご主君に申し上げるのは失礼なことながら、御前に参りました」

「罪もないお前の子を波に沈めた恨みとは、まったく身に覚えがないのだが」

「いいえ、あなたはわたしの息子を波の底へお沈めにな

シテ「さてなうわが子を波に沈め給ひし事は候。

ワキ「ああ音高し何と何と。

シテ なうなほも人は知らじとなう。なかなかにその有様をあらはして、跡をも弔ひまたは世に、生き残りたる母が身をも、訪《と》ひ慰めて賜《た》び給はば、少しの恨みも晴るべきに。

地謡 いつまでとてか信夫山、忍ぶかひなき世の人の、扱ひ草も繁きものを、何と隠し給ふらん。

地謡 住み果てぬ、この世は仮の宿なるを、この世は仮の宿なるを、親子とて何やらん、幻に生れ来て、別るれば悲しみの。思ひは世々を引く、絆となつて苦しみの、海に沈め給ひしを、せめては弔《と》はせ給へや、跡とむらはせ給へや。

ワキ「この上は何をか隠すべき、其時の有様語つて聞かすべし。近う寄つて聞き候

りました」

「声が大きい。何を言う」

「ほう。誰も知らないとでも？　いっそ本当のことをおっしゃり、跡を弔っていただければ。そうでなければこの世に生き残ったわたしを訪ねて慰めていただければ、少しは恨みも晴れますものを」

いつまで隠し忍ばせるのかと言えば信夫山《しのぶやま》の名が思い出されるけれど、こちらは隠す甲斐もないこと。生きる甲斐のない世の中のあちこちへとすでに話の種が芽を出しているものを、今さらそんな風に忍ばせてはいられますまい。老母は続ける。

「年を重ねたこの世は仮の宿。親子の縁さえ幻同然だとはいえ、死別した悲しみの思いがわたしを縛って苦しみの海に沈めるのです。息子を苦しめて海にお引き込みになったこと、せめて弔ってやってください。死んだ者のご供養を」

「そこまで言われれば隠すことも出来ない。その時のありさまのすべてを語って聞かせよう。さあ女、近くへ寄れ」

へ。さても去年三月二十五日の夜に入りて、浦の男を一人《ひとり》語らひ、此海を馬にて渡すべき、処やあると尋ねしに。彼《か》の男申すやう、さん候ここに河の瀬の様なる所が、ただ一通り候。月頭には東にあり、月の末には西に候と申す。盛綱、家の子若党にも深く隠れ、彼の男と唯二人、浅みをよく知りすまして帰りしが、盛綱きつと思ふやう。いやいや下郎はどこともなき者にて、又人にかたらはされ、語ることもやあるべきと思ひ、不便には候ひしかども、彼の男を取つて引き寄せ二刀《ふたかたな》刺し、其まま海に沈めて帰りしが、さてはその者の母にてありけるよな。よしよし何事も、前世の報ひと思ひ候へ。跡をも弔ひ、又は妻子をも世に立てうずるぞ。今は恨みを晴れ候へ。

シテ「さてなうわが子を沈め給ひし、在所はとりわきいづくのほどにて候ふぞ。

ワキ「あれに見えたる浮洲《うきす》の岩の、少し

と、佐々木盛綱は話し始める。

「あれは去年三月二十五日の夜のことであった。この浦に住む男を一人呼び、海を馬で渡れるような場所はあるかと尋ねると、その男が答えたのだった。そうですな、浅瀬のようなものがひとつだけあります。月初めには東の方角、月の末には西の方に出来るのです。この盛綱は家来たちにも厳重に隠し、男と二人だけでそっと移動して浅瀬の具合をよくよく確かめて帰ったが、こうも思ったのだ。男は身分の低い者だから、節操もなく誰かに今日のことをしゃべってしまうかもしれない。そこで哀れではあるが、男をむんずとつかんで引き寄せ、二回、刀で刺し、そのまま海に沈めて帰ったのだ。さてはお前があの男の母であったのだな。どうかどうか何事も前世からの報いと思ってくれ。跡を弔い、妻子の面倒もみる。なにとぞ恨みを晴らしてもらいたい」

「ああ、やっぱり。そうやって息子をお沈めになったのはどこなのでしょうか」

「あそこに見える水面に浮いたような岩の、少しこちら側の深み。そこに、死骸を深く沈めたのだ」

此方《こなた》の水の深みに、死骸をば深く沈めしなり。

シテ　さては人の申ししも、少しも違はざりけり。あのほとりぞと夕波の、

ワキ　夜の事にて有りし程に、人は知らじと思ひしに。

シテ　やがて隠れは亡き跡を、

ワキ　深く隠すと思へども、

シテ　好事門を出でず、

地謡　悪事千里を行けども、子をば忘れぬ親なるに、失はれ参らせし、こはそも何の報ひぞ。

地謡　げにや人の親の、心は闇にあらねども、子を思ふ道に迷ふとは、今こそ思ひ知られたれ。もとよりも定めなき、世の理《ことわり》はまのあたり、老少不定《らうせうふぢやう》の境なれば、若きを先立てて、つれなく残る老鶴《おいづる》の、眠りの内なれや、夢とぞ思ふ親と子の、二十《はたち》あまりの年なみ、かりそめに立ち離れしをも、待《まち》

「人が噂していたのと少しも違いません。あのほとりだと言うのを聞いていました」

「夕刻から夜のことだから誰もわかるまいと思ったが」

「すぐに知られてしまうものを」

「すっかり隠したつもりでおった」

「好事門を出ずです。よいことは伝わりませんが……」

　悪事は千里先まで知れ渡る。たとえ千里離れても子を忘れることのないのが親だというのに、その子供を亡くしてしまうとは一体なんの報いであろうか。まことに、親の心は闇ではないが、子を思うあまり道を迷うことがあるとはこのことで、そもそも定めなき世のありようが目の前に現れたのだった。死は順番に訪れず、若い息子に先立たれた。共に過ごした二十年あまりが、つれなく生き残った子思いの老鶴が見る夢のように思える。少し離れただけでも顔を見るまで待ち遠しかったのに、次の生まれ変わりで会うのはいったいいつのことになるだろうかと女は嘆く。

　現世に生きていると、憂鬱は川に浮いた竹の節のように尽きないのです。杖や柱になってくれる頼みのわが子

遠《どほ》に思ひしに、またいつの世に逢ふべき。
シテ　世に住めば、憂き節繁き川竹の、
地謡　杖柱《つゑはしら》とも頼みつる、海人《あま》のこの世を去りぬれば、今は何にか、命の露をかけてまし、ありがひもあらばこそ、とても憂き身なるものを、亡き子と同じ道に、なして賜《た》ばせ給へと、人目も知らず臥し転《まろ》び、わが子返させ給へやと、現《うつつ》なき有様を、見るこそあはれなりけれ。
ワキ　「いかに誰かある。
アイ　「御前に候。
ワキ　「老女を私宅へ送り候へ。
アイ　「畏つて候。
［中入］
ワキ、ワキツレ　さまざまに、弔ふ法《のり》の声立てて、弔ふ法の声立てて、波に浮寝の夜となく、昼とも分かぬ弔ひの。般若の舟の

がこの世を去ったのだから、今は露のようなはかない命をどんな草木に宿らせればよいというのでしょう。もう生きる甲斐もない、つらいこの身を、死んだ子と同じように殺してくださいと、女は人目もはばからず倒れて転げ回り、あの子を返してくださいませと正気を失ったその様子は、見るも哀れなものだった。

　盛綱は言う。

「誰かいるか」

「御前におります」

「この女を家へ送りなさい」

「かしこまりました」


　やがて、様々な読経の声、みほとけの言葉が響く。寄る波際に仮寝して夜となく昼となく憂いの音色で弔うのだ。大般若経はそのものが救いの舟で、人を現世に縛りつけた綱を解くように法を説いて、悩む者の心を静め、声をあげさせる。

「一切有情《いっさいうじょう》。殺害三界《せつがいさんがい》不堕《ふだ》悪趣《あくしゅ》。全世界のあらゆる生類を殺めても、地獄餓鬼畜生修羅の悪道には堕ちはしな

おのづから、その艫綱《ともづな》を説く法の、心を静め声を上げ、

ワキ　一切有情、殺害三界不堕悪趣。

［一声］

シテ　憂しや思ひ出でじ忘れんと思ふ心こそ、忘れぬよりは思ひなれ。さるにても身はあだ波の定めなくとも、科によるべの水にこそ、濁る心の罪あらば、重き罪科《ざいくわ》もあるべきに、よしなかりける海路のしるべ、思へば三途の瀬《せ》踏《ぶみ》なり。

ワキ　「不思議やな早夕影の水上より。顕《あらは》れ出る人影は。彼の亡者もや見ゆらんと、奇異の思ひをなしければ。

シテ　「御弔ひはありがたけれども、恨みは尽きぬ妄執《まうしふ》を、申さんために来りたり。

ワキ　何と恨みを夕月の、その夜に帰る浦波の、

シテ　「藤戸の渡り教へよとの、仰せも重き岩波の、川瀬のやうなる浅みの通りを、

い」

　するとふと現れた者がいて、こう言い出す。

「心が打ち沈む。思い出さずにいよう、忘れようとする思いは、忘れずにいようとする思いよりよっぽど切ないものだ。憂き世は気まぐれな波のように定めがないとはいえ、科によって変化する神前の水が濁るというなら、重い罪も認めようものを。そんなことはなかったのだ。思えば俺がうっかり海の道を案内したのは、三途の川を渡る準備だったのだな」

　不思議なことであった。はやくも夜の近づく川の水面に、生きているとも思えない者が見えるのは、あの死んだ漁師ではないかと盛綱が奇異な思いでいると、

「お弔いはありがたいけれども恨みは尽きない、と俺は訴えに来たのです」

　と男は言う。

　盛綱は答える。

「なんとあの夕月の出た夜の恨みを言うためにか」

「浦波の中の藤戸の渡りを教えよとのあなたさまのご命令の重さは、まるで波間の浅瀬の道にある岩のようで」

ワキ　教へしままに渡ししかば、
シテ　弓矢の御名《おんな》を上ぐるのみか、
ワキ　昔より今に至るまで、馬にて海を渡す事、
シテ　希代の例なればとて、
ワキ　この島を御恩に賜るほどの、
シテ　御喜びもわれゆゑなれば、
ワキ　いかなる恩をも、
シテ　賜ぶべきに、
地謡　思ひの外に一命を、召されし事は馬にて、海を渡すよりも、これぞ希代の例なる。さるにても忘れがたや、あれなる浮洲の岩の上に、われをつれて行く水の、氷のごとくなる、刀を抜いて胸のあたりを、刺し通し刺し通さるれば、肝魂《きもたましひ》も、消え消えとなるところを、そのまま海に押し入れられて、千尋《ちいろ》の底に沈みしに、
シテ　折節引く汐に、
地謡　折節引く汐に、引かれて行く波の、

「教えられた通りに渡ったところ」

「あなたさまの弓矢の誉れが上がるどころか」

「昔から今に至るまで、馬で海を渡ることなど」

「とても珍しい例だと」

「この島を与えられたほどの」

「お喜びを得たのも俺のおかげ」

「どんなほうびも」

「いただけるはずが」

意外なことに命を奪われてしまうとは、それこそ馬で海を渡るよりも珍しい例ではないか。

それにつけても忘れられないのだ。あの浮き洲の岩の上へ連れてゆかれ、流れてゆく水が凍ったような刀を抜いて胸のあたりを刺し通し刺し通しされると、肝も魂も消えてしまいそうになるところをそのまま海へと押し沈められ、深い波の底へ沈んだのだぞ。

ちょうど潮目が変わり、波引く中を俺は浮き沈みしながら砂に埋もれてゆき、岩の間に引っかかったまま、藤戸の水底で邪悪な龍神となって、恨みをはらそうと思った。

浮きぬ沈みぬ埋木《うもれぎ》の、岩の狭間《はざま》に流れかかつて、藤戸の水底の、悪龍の水神となつて、恨みをなさんと思ひしに、思はざるに御弔ひの、御法の御舟に法を得て、即ち弘誓《ぐぜい》の舟に浮めば、水馴《みな》れ棹《ざを》、さし引きて行くほどに、生死《しやうじ》の海を渡りて、願ひのままにやすやすと、彼の岸に至り至りて、彼の岸に至り至りて、成仏得脱《とくだつ》の身となりぬ、成仏の身とぞなりにける。

それなのに思いもしない弔いを受け、みほとけの舟に救われ、つまり衆生を彼岸へ渡す弘誓《ぐぜい》の船というやつに乗って、使い慣れた棹を差して進めば生死の境の海を渡っており、願いのままにやすやすと極楽浄土へ至ってほとけとなり、迷いを離れて成仏の、この身となり変わったことなのだ。

paradise for which I prayed, freed from all illusion, transformed into this Buddha you see before you now.

（英語訳は173頁からです）

painful than living with the memory. True, this sorrowful world is as uncertain as the fickle crashing of waves upon the shore. I could have accepted heavy punishment had the waters of my heart been clouded with sin, but they were as clear as water for the gods. I see now that by rashly showing you the way across the ocean, I was preparing myself to cross the River of Three Crossings, the entryway to Hell."

How strange! As night falls, upon the water appears one who could not be alive: might it be the dead fisherman? Moritsuna wonders, amazed.

"Your prayers are welcome enough, but I am here to give voice to my unending rancor," the man says.

"To tell of your rancor, you say?" Moritsuna replies. "Is that why you have come here beneath the evening moon?"

"'Show me the Fujito Crossing,' you said, laying upon me that command as heavy as the boulders upon which the waves were crashing, and amid them all the shallow way across."

"You showed me, and I followed your guidance across,"

"Not only to added military glory,"

"But never in history had anyone"

"Crossed the ocean on horseback"

"To be granted this island,"

"Your joy thanks to me."

"For which any reward, however great,"

"I should have been given—"

But instead you took my life—a deed rarer even than crossing the ocean on horseback.

I can never forget what you did that night. You took me to the boulder on the sandbar, drew your sword with its freezing cold blade and ran it through my chest again and again, and just as my life and my spirit were fading, you pushed me down into the ocean, where I sank deep beneath the waves to the bottom of the sea.

Just then the current changed and I was swept away, sinking and floating, buried beneath the sand, lodged between the rocks, until I became the sinister dragon god of Fujito, ready to vent my rage from the bottom of the sea until—

All unforeseen, your prayers reached me and now I have been saved by the ship of Buddha's Law. Yes, I have boarded the vessel of the Universal Vow that carries all sentient beings to the far shore, that moves ahead thanks to His sure and steady poling, across the sea beyond life and death, easily arriving at the Pure Land

"I was so sure I had kept it well hidden."

"Good deeds never exit one's gate, they say……"

……while evil deeds become known a thousand leagues distant. Though a thousand leagues may separate them, a parent can never forget her child, but for what could the death of that child be punishment? Truly, this is what is meant by the poem: "A parent's heart is not the dark of night, but too much love for a child can make it lose its way." I see now, too, how transient are the things of this world. Death does not visit us in order, from old to young. This old woman has been left behind by her young son. The twenty years and more I spent with him now feel like the dream of an old crane forced to live on after losing her beloved child. I would long to see his face when we were parted only briefly, the woman mourns, but now how long will it be until we meet again in the next life?

Living in this present world, our sorrows never end. They reach us one after another, like bamboo joints floating down a river. My son, the fisherman, was my only staff, my pillar in this world he left behind, and now upon what grass or trees can I lodge this fleeting dewdrop of my life? In agony, I have nothing left to live for: kill me now as you killed my son, she cries, writhing on the ground, unashamed before the eyes of onlookers. Give my son back to me! She commands, her wits now shattered, a sight too grievous to behold.

Moritsuna calls to his men:

"Is someone present?"

"I am here before you, my lord."

"Take this woman to her home."

"Yes, my lord, I shall do so."

Soon many voices chanting the sutras can be heard, and the words of the Buddha ring out everywhere. Day and night tones of grief resound on the shoreline where they sleep by the waves. The Greater Sutra of the Perfection of Transcendent Wisdom, the very ship of salvation, sounds its message of release from the rope-like bonds that tie us to this world of suffering, calming the hearts of all who are in agony.

"ISSAI-UJŌ, SETSUGAI SANGAI FUDA-AKUSHU: Though one kill every living creature in the world, one will not fall into Hell or the realm of hungry ghosts or the realm of beasts or the warrior's afterworld of endless strife."

A ghostly figure soon appears before them and speaks:

"What misery! Trying not to recall what happened, trying to forget is far more

"But you did it. You plunged my son beneath the waves."

"Not so loud. What are you saying?"

"Oh, so you think no one knows? Instead of trying to hide it, why don't you confess the truth and hold a memorial service for my son? Or at least if you were to come to me with words of comfort, you might release me somewhat from the rancor with which I live on after him."

How long can one keep such a secret (not even the hill called "Secret Mountain" can be concealed)? To hide it is pointless, for in this pointless world the story's seeds have begun to sprout: why even try to cover them?

"This world in which I have piled up so many years is but a momentary lodging," the old mother continues. "Even the bond of parent and child is like a fleeting phantom, but the sorrow of death's parting continues to bind and sink me in a sea of pain. The least you can do is pray for the soul of my son, whom you dragged into the ocean."

"Thus accused, I can no longer hide the truth. Now let me tell you everything that happened at that time. Come closer, woman, and listen."

And thus does Sasaki Moritsuna begin his tale.

"It happened last year on the night of the twenty-fifth day of the third month. I summoned a man who lived on the nearby shore and asked him if he knew of a place where the ocean could be crossed on horseback. 'Yes,' he said, 'a kind of shallow area forms to the east at the beginning of the month and to the west near the end of the month.' And so, in strictest confidence even from my own retainers, I went in secret with this man, the two of us examining every part of the shallows. On our way back, I thought to myself, *This man is of the lower orders and, devoid of loyalty, he might divulge to others what we have learned today*. As sorry as I was to do it, I grabbed hold of him, pulled him to me, stabbed him twice, and let him sink into the ocean before I returned to camp. So, he was your son, was he? Oh well, I want you to resign yourself: all things are determined by our sins in a former life. I will hold a service for his spirit and see to it that his wife and children are taken care of. Please let your rancor go."

"So it was true after all. Where did you submerge my son in the ocean?"

"See that boulder on the sandbar that looks as if it's floating on the water's surface? I sank his body in the depths just this side of it."

"Exactly as people have been saying. I had heard it was in that area."

"It happened from evening into night. I thought no one would know."

"Things have a way of coming out right away."

Fujito: Victims of War

And now we arrive at the harbor where spring ends. But where will this spring fade away as it leaves us? Perhaps at the Fujito Crossing where flowers of the fuji—wisteria—remind us that spring is in its final days?

"I who stand before you now am Sasaki Saburō Moritsuna. In the Genpei War, I was allowed to lead the vanguard at the victorious battle of Fujito, destroying the camp of the Heike enemy, for which exploits I have been granted this Isle of Kojima in Bizen. I have chosen this auspicious day to set foot in my new domain for the very first time."

Our land is as peaceful as a hovering dragonfly. Calm waves surround my island as we circle it. Gentle breezes caress the pines, and suited to the season is the spreading light of dawn. My ship glides on through the tranquil day, and now, so quickly, we have arrived—have we not?—in Fujito. Yes, here we are in Fujito.

"Having traveled so quickly, here we are at the Fujito Crossing."

"Is someone present?"

"I am here before you, my lord."

"I have chosen this auspicious day to take up residence on this island. Tell the people that if anyone wishes to make an appeal to me as the new lord of this domain, they should come forward and speak it."

"Yes, my lord."

Whereupon, a single old woman appears.

"Aged by the waves of time, I have lived this long shedding endless tears here in Fujito. Oh, bring me back to the spring of yesteryear."

"Huh, what a strange old woman. Why are you looking at me and shedding tears as though with some complaint?"

"'My fault' is what they call the creature that lives in the seaweed taken by the fisherfolk. My fault indeed: I may cry but will not blame others for my misery. The punishment that you, a powerful warrior, visited upon a simple fisherman was, I know, like a turn of the karmic wheel in retribution for his daily sin of taking life, but how cruel that it should have happened to my son! You punished an innocent young man by plunging him beneath the waves. Impudent though it may be for me to say this to you, my lord, I have come before you to make my appeal."

"Angry with me for having plunged your innocent son beneath the waves? I don't know what you're talking about."

その九　『海人《あま》』（海士）

【解説】

五番目物　作者不明（金春権守《ごんのかみ》作とも）

讃岐の志度《しど》の浦で生母が亡くなったと知った藤原房前《ふさざき》の大臣は、母の追善のために志度の浦へ赴く。通りかかった潜りの海人は母の死の経緯を知っていた——唐の妃となった淡海公《たんかいこう》（藤原不比等）の妹から藤原家の氏寺に贈られた宝珠が志度の浦で龍神に奪われた時、淡海公は海人と契りを結び、子をもうけ、その子を世継ぎにすると約束し宝珠の奪還を命じた。海人は、海底に入り、龍宮から宝珠を奪い返し、乳の下を切り裂いて珠を押し込め水面に上がった——自分こそ、その海人の霊だという。房前は自分はその子であると明かす。房前が丁重に母を弔うと、母の霊は法華経を手にした龍女の姿となって舞を舞う。龍女は功徳によって成仏したと告げ、志度寺が仏教の霊地として繁昌するのは房前の孝心からだと結ぶ。

ここにもいくつかの差別がある。

まず房前《ふさざき》の大臣は藤原淡海《たんかい》（不比等）の息子であるが、讃岐の国の海人《あま》が母だったとわかる。それも海の龍に奪われた珠を取り返すために訪れた海村で、淡海がもうけたのだという。

その真実を浜辺で明かす女もまた海人であり、自分たちのような賤しい者の腹にあなた様のような高貴な方がと言い、自らが母の亡霊であることを名乗ろうとしない。

ちなみに、この〝賤しい〟海人との子供を持つという話は、房前の祖父にあたる藤原鎌足にもあって「大織冠伝《たいしょくかんでん》」として絵巻などにもなっており、それが謡曲『道成寺』の背後にある説話において、嫉妬して蛇となって追いかけてくる女のイメージと重なる。その事実に私はいつでも混乱する。なんだか似たような話が重なり合ってるんですけど……と（おかげで気になって気になって、ついには沖縄の国立劇場へ行って伝統芸能の組踊『執心鐘入《しゅうしんかねいり》』のシンポジウムにも参加し、専門家にしつこく質問を繰り返したほどだ。結局まだ何もわからない）。

それはともかく、やがて女は、かつて房前の母が海に潜って命がけで珠を奪った様を目の前の少年に語る。このシーンは私の師匠・安田登の指名によって何度か人前で演じたことがあるのでよくわかるが、えんえんと同じリズムで押してゆく。ラップのようである（師によれば、中世には今の1・5倍ほどの速度で謡われたそうで、もしそうならこのくだりは相当に呼吸の鍛練をしていないと語りきれるものではない）。

さて、その激しい描写の勢いで女は自分こそが房前の母であり、その亡霊であることをついに明かすのだが、そこからもうひと盛り上がりがある。房前が霊を弔おうと妙法蓮華経を手向けると、後シテとして龍女が出現するのだ。母の亡霊が変じたのである。ここが実に興味深い。仏教において、女性は成仏出来なかった。しかしそれでは救いがままならない。そこでいったん「男子」に変化《へんげ》して、そののちに成仏するというアクロバティックな考えが出てきた。その「変成男子《へんじょうなんし》」の例とされるのが、まさしくこの龍女の成仏である。房前の母はいったん龍女になってそののちに救われるのだ。え、それって男を経てないじゃんと私も昔から何度か関係書籍を読んでいて思ったものだが、そのあたりの詳しい言い訳は忘れてしまった。

とにもかくにも御存じのようにこうした説話があればこそ、女人も極楽に行けることになったわけであり、この訳では「**龍女となって彼岸へ渡った**」が当時のその〝革命的〟解釈を宣言するものなのである。

（いとうせいこう）

五番目物は、五番立ての演能の最後となる曲で、怖い鬼や天狗のような怪物、そして神体が登場する。人間以外の異類を扱うのだが、全体として、五番目物が軸に置くのは、「恐怖」というより、「オー（awe）」である。Webster 英英辞典では、“awe” の定義はこうだ：“emotion in which dread, veneration, and wonder are variously mingled: fearful reverence inspired by deity or by something sacred or mysterious.” “awe” に当たる日本語は、「畏敬」が一番近いようである。

五番目物の一つ、『海人』には怖い龍がたくさん出てくるが、登場する中でもっとも畏敬に値するのは、他でもない母親である。子供のためなら、母親はどんな勇敢な行為をもなしえて

しまう。まず、曲の前半では、ヒロインとして母親の血湧き肉躍る、海中でのアクションが叙述される。そして、後半では、母親の龍女としての真相が顕現する。その存在感と変貌ぶりたるや、ただ、圧巻なのである。

（ジェイ・ルービン）

『海人』

［次第］

ワキ、ワキツレ　出づるぞ名残三日月の、出づるぞ名残三日月の、都の西に急がん。

ワキ　天地《あめつち》の開けし恵み久方の、天の児屋根の御譲り、

子方　房前《ふさざき》の大臣とはわが事なり。さてもみづからが御母は、讃州志度の浦、房前と申す所にて、空しくなり給ひぬと、承りて候へば、急ぎかの所に下り、追善をもなさばやと思ひ候。

ワキ、ワキツレ　習はぬ旅に奈良坂や、かへり都の山隠す、春の霞ぞ恨めしき。

ワキ、ワキツレ　三笠山、今ぞ栄えんこの岸の、今ぞ栄えんこの岸の、南の海に急がんと、行けば程なく津の国や、こや日の本の初めなる、淡路のわたり末近く、鳴門の

【現代語訳】

夜には消える三日月。すぐに姿を消す月の名残を惜しみながら都の西へと急ごう。

さて、天地開闢《かいびゃく》このかた神様の恵みを受けてきた、天《あま》の児屋根《こやね》の子孫、房前《ふさざき》の大臣とはまだ若い私のこと。母上が讃岐の国志度の浦にある房前というところで亡くなったと聞き、急いでその地へ下って供養をしようと思います。

慣れない旅の途中、奈良坂から都の三笠山を振り返り見ると、歌にある通り丘が『春霞に覆われていて恨めしい』ことだ。

三笠山といえば、春日の御神が『観世音霊地の南岸であるここに御堂を建てた今こそ、藤原家繁栄のとき』と我らを讃えられたものである。その岸辺から南海地方、四国へ急いでいるとほどなく津の国の昆陽《こや》を過ぎ、こここそ日本のはじめとなった淡路島、海峡を渡ると鳴門沖で旅も終わりに近くなる。物音がするので耳を傾ければ、

沖に音するは、泊り定めぬ海人小舟、泊り定めぬ海人小舟。

ワキ、ワキツレ　憂き旅なれどたらちめの、ためと思へば急がれて、日数つもりの雪の空、夜昼となく行くほどに、名にのみ聞きし讃岐の国、房前の浦に着きにけり、房前の浦に着きにけり。

ワキ　「御急ぎ候ふほどに、讃岐の国房前の浦に御着きにて候。またあれを見れば、男女《なんにょ》の差別は知らず、人一人《いちにん》来り候。彼を待ち何事も尋ねうずるにて候。

ワキツレ　「もつともにて候。

ワキ　「まづかうかう御座候へ。

［一声］

シテ　海人の刈る、藻に住む虫にあらねども、われから濡らす袂かな。

シテ　これは讃州志度の浦、寺近けれども心なき、天野の里の海人《かいじん》にて候。げにや名に負ふ伊勢をの海人《あま》は夕波の、内外《うちと》の山の

どこに泊まるとも定まらぬ漁師の舟、あてのない舟の楫の音のみ。

つらい旅だが、母のためと思えば急いでしまう。日数は積もりゆき、積もる雪の降る空を夜も昼も行けばその名だけは知っていた讃岐の国、房前の浦に着いたのである。そう、着いたのだった。

従者が大臣にこう言う。

「お急ぎになるうちに、讃岐は房前の浦に到着いたしました。そしてあちらを見れば、性別はわかりませんが人が一人。あの者を待って、なんであれお尋ねになるのがよろしいかと存じます」

他の従者も言う。

「それがよいでしょう」

「まずこちらでお待ちなさいませ」

すると、近づいてくるのは女である。

「漁師の刈る藻に『われから』という虫がついていますが、その虫でもないのに自ら涙で袂を濡らしております」

と女は言い、続ける。

ここは讃岐志度の浦ですが、わたくしは志度寺も近い

月を待ち、浜荻の風に秋を知る。また須磨の海人びとは塩木にも、若木の桜を折り持ちて、春を忘れぬたよりもあるに、この浦にては慰みも、名のみ天野の原にして、花の咲く草もなし、何を海松布《みるめ》刈らうよ。
シテ 刈らでも運ぶ浜川の、刈らでも運ぶ浜川の、塩海かけて流れ蘆の、世を渡る業《わざ》なれば、心なしとも言ひがたき、天野の里に帰らん、天野の里に帰らん。
ワキ 「いかに汝はこの浦の海人にてあるか。
シテ 「さん候この浦の潜《かづ》きの海人にて候。
ワキ 「海人ならば、あの水底の海松布刈りて参らせ候へ。
シテ 「痛《いた》はしや旅疲れ、飢《うゑ》にのぞませ給ふかや。わが住む里と申すに、かほど賤しき田舎《でんじや》の果に、
シテ 不思議や雲の上人《うへびと》を、海松布召され候へ。「刈るまでもなしこの海松布を召さ

のに仏道からは遠い、天野の里の海人でございます。あの有名な伊勢の海の者なら、夕波の打つ内外《うちそと》ふたつの宮のある山から出る月を待ち、蘆を浜荻《はまおぎ》と風流に呼んでそこに吹く風で秋の訪れを感じるでしょう。

また須磨の者なら塩焼きの薪にも若い桜の枝を折って持ち歩き、春を楽しむと聞いていますのに、ここには慰みもなく名ばかりあまたに知られる天野の原で、花咲く草ひとつありません。見るべきものもなく、海松布《みるめ》でも刈り取ることにいたしましょう。

その海松布のように刈り取らずとも、刈り取るまでもなく、蘆が浜近くの川の水に運ばれ、流れに身をまかせ、塩の海へと出ていって折節《おりふし》世を過ごすすべを知るように、我ら海の者とてわきまえはあります。わたくし海人は天野の里に帰ることにいたしましょう、海の民のいるところへ。

「そうか、そこの者。お前はこの浦の海人なのだな」

と、従者は言う。

「そうでございます。この浦に潜って獲物を採る海人で」

れ候へ。

ワキ「いやその儀にてはなし、あの水底の月を御覧ぜらるるに、海松布茂りて障りとなれば、刈り除けよとの御諚《ごぢやう》なり、召されるる為にてはなきぞとよ。

シテ「さては月のため刈り除けよとの御諚かや、昔もさる例《ためし》あり、明珠《めいしゆ》をこの沖にて龍宮へ取られしを、潜き上げしもこの浦の、

地謡 天満《あまみ》つ月も満汐の、天満つ月も満汐の、海松布をいざや刈らうよ。

ワキ「しばらく。何と明珠を潜き上げしも、この浦の海人にてあると申すか。

シテ「さん候この浦の海人にて候。またあれなる里をば天野の里と申して、かの海人びとの住み給ひし在所にて候。またこれなる島をば新珠島と申し候。かの玉を取り上げ初めて見初めしによつて、新しき珠島《たましま》と書きて新珠島と申し候。

「海人なら、あの海底の海松布を刈って差し上げなさい」

「かわいそうに、旅に疲れて飢えていらっしゃるとは。わが里とはいえこれほど賤しい田舎の果てに住むわたくしが、不思議なものでこうして雲の上の尊いお方を見る機会を得るとは。海松布は刈ってくるまでもありません。ここにあるのをお召し上がりください」

「いやいやそういうことではない。あの水底の月をご覧になるのに海松布が茂って邪魔だから、刈り除けてくれとのお言葉なのだ。召し上がるためではない」

「なんと月のために刈り除けよと。昔も同じことがあったもの。曇りのない透明な珠をこの沖で龍宮の中に奪われたとき、潜って取ったのもこの浦の」

海人なのであった。天の原の月も満ちた今、その海人が満ち潮の海松布をさあ刈ってみせようか。

「ちょっと待て。なんと珠を潜って取ったのが、この浦の海人だと言うのか」

女は答える。

「その通り、この浦の海人でございます。そしてあちら

ワキ「さてその玉の名をば何と申しけるぞ。

シテ「玉中《ぎよくちう》に釈迦の像まします。いづ方より拝み奉れども、同じ面《おもて》なるによつて、面向不背の玉と申し候。

ワキ かほどの宝を何として、漢朝よりも渡しけるぞ。

シテ「今の大臣淡海公の御妹は、唐土《もろこし》高宗皇帝の后に立たせ給ふ。さればその御氏寺なればとて、興福寺へ三つの宝を渡さるる。華原磬泗浜石、面向不背の玉、二つの宝は京着し、明珠はこの沖にて龍宮へ取られしを、大臣御身をやつし、この浦に下り給ひ、賤しき海人乙女と契りをこめ、一人の御子を儲く。今の房前の大臣これなり。

子方「やあいかにこれこそ房前の大臣よ。あらなつかしの海人びとや、なほなほ語り候へ。

が天野の里で、その海人の住んでおられた村。こちらの島は新珠島《しんじゆじま》と申します。珠を取り上げた人々が初めてそれを見たので、新しい珠の島と書いて新珠島と呼ぶのです」

「で、その珠の名はなんと?」

「中に釈迦の像がおわしまし、どちらの方向から拝み申し上げても同じお顔なので、面と向かって背を向けずと書いて、面向不背《めんこうふはい》の珠と呼ばれています」

「それほどの宝をどうして唐の朝廷が我が国に渡したのだ」

「今の大臣である淡海公、その妹君は唐の高宗皇帝のお后になられた方でございます。であればその氏の寺へ、と興福寺に三つの宝をお渡しになりました。華原《かげん》の磬《けい》という打楽器、泗浜《しひん》の石、そして面向不背の珠でございます。ただ、二つの宝は京の都へ着いたものの、珠はこの沖で龍宮へ盗られてしまったのです。すると淡海公は身分を隠してこの浦へお下りになり、賤しい海人の乙女と契りを結んで、ひとりの御子をお儲けになりました。それが今の房前の大臣でございます」

シテ「あら何ともなや、今まではよその事とこそ思ひつるに、さては御身の上にて御座候ふぞや、あら便《びん》なや候。

子方 みづから大臣の御子と生れ、恵み開けし藤の門《かど》、されども心にかかる事は、この身残りて母知らず。ある時傍臣《ばうしん》語りて曰く、かたじけなくも御母は、讃州志度の浦房前の、あまり申せば恐れありとて言葉を残す。さては賤しき海人の子、賤《しづ》の女《め》の腹に宿りけるぞや。

地謡 よしそれとても帚木に、よしそれとても帚木に、しばし宿るも月の光、雨露の恩にあらずやと、思へば尋ね来りたり。あらなつかしの海人びとやと、御涙を流し給へば、

シテ げに心なき海人衣《あまごろも》、

地謡 さらでも濡らすわが袖を、重ねてしをれとや、かたじけなの御事や。

地謡 かかる貴人《きにん》の、賤しき海人の胎内に、

「やあ、何ということ！ 自分こそその房前の大臣なのだ。ああそなたを懐かしく感じるぞ。海人よ、もっともっと教えてくれ」

「いやそれはまた、今まではこの場に関係ないことと思っておりましたのに、まさかあなたのお身の上のこととは失礼いたしました」

「私は大臣の御子として生まれ、藤原氏の一門として栄耀栄華の身。しかし心にかかっていたのは、この身は生き残っていても母上を知らないこと。ある時、側近の者が言うには、恐れながらお母様は讃州は志度の浦、房前という場所の海人……いやあまり申しても恐れ多い、と言葉を濁したのだ。さては自分は賤しい海人の子、身分の低い女の腹に宿ったのであったか」

たとえ身分は低くともまるで帚木《ははきぎ》を月が照らすように、帚木を照らすごとく、母の胎内にしばし宿った光は、万物を育てる雨露《うろ》のような恩愛によって育てられたのだ。そう思うからこそ私はここを訪ねてきた。ああ懐かしい思いのする海人よ、と御涙をお流しになると、

「わたくしは分別ひとつない海人ですのに」

宿り給ふも一世ならず、たとへば日月《じつげつ》の、潦《にはたづみ》に映りて、光陰を増すごとくなり。われらもその海人の、子孫と答へ申さんは、こともおろかやわが君の、ゆかりに似たり紫の、藤咲く門の口を閉ぢて、言はじや水鳥の、お主の名をば朽《くた》すまじ。

ワキ「いかに海人びと。此の度は海人の海に入り、玉取りたる所をまなうで御目にかけ候へ。

シテ「さらばそとまなうで御目にかけ候ふべし。

シテ「その時海人びと申すやう、もしこの玉を取り得たらば、この御子を世継の御位になし給へと申ししかば、子細あらじと領掌《りやうじやう》し給ふ。さてはわが子ゆゑに捨てん命、つゆほども惜しからじと、千《ち》尋《いろ》の縄を腰に付け、もしこの玉を取り得たらば、この縄を動かすべし、その時人々力を添へ、引き上げ給へと約束し、一つの利剣を抜き

ただでさえ海で濡らしている袖を、なお涙で湿らせろとおっしゃるのですか。なんともったいないこと。

　と女は返す。

　このような尊い方が賤しい者の腹に宿られたのも前世からの因縁あればこそ。例えば太陽や月が水たまりに映って、より光を増すようなものです。わたくしもその海人の子孫だとお答えするのは、まるで自分が我が君の縁者であると言うような愚かなこと。ゆかり色とも言う紫の藤が示す藤原御一門、その門を閉ざすように口を結んで言わず、見ず、水鳥と言えば鴛鴦《おし》だけれど、その音が導く御主《おしゅう》の名を汚すまい。

　そこで従者が言う。

「どうだ海人よ。この機会に海人が海へ入って珠を取りあげた様子をご覧にいれては」

「では、ちょっとお目にかけましょう」

「その時のこと、かの海人はこう申したのです」

　と女は語り始める。

「もし海中の珠を取ってきたなら、この御子を藤原家の跡継ぎにして下さいませ。もちろんだと御君は承知なさ

持つて、
地謡　かの海底《かいてい》に飛び入れば、空は一つに雲の波、煙の波を凌ぎつつ、海漫漫《かいまんまん》と分け入りて、直下と見れども底もなく、ほとりも知らぬ海底に、そも神変《じんぺん》はいさ知らず、取り得ん事は不定《ふぢやう》なり。かくて龍宮に至りて、宮中を見ればその高さ、三十丈の玉塔に、かの玉を籠《こ》め置き、香華を供へ守護神に、八龍並み居たり、そのほか悪魚鰐《あくぎよわに》の口、遁《のが》れがたしやわが命、さすが恩愛の、古里の方《かた》ぞ恋しき。あの波のあなたにぞ、わが子はあるらん、父大臣もおはすらん、さるにてもこのままに、別れ果てなん悲しさよと、涙ぐみて立ちしが、また思ひ切りて手を合せ、南無や志度寺の観音薩埵《さつた》の、力を合せて賜《た》び給へとて、大悲の利剣を額に当て、龍宮の中に飛び入れば、左右《さう》へばつとぞ退《の》いたりける、その隙《ひま》に、宝珠を盗み取つて、逃げんとすれば守護神追つかく、か

いました。それならば我が子のために捨てる命、露ほども惜しくはないと海人は端もわからぬほどの長さの縄を腰に巻き、もし珠を取ったならこの縄を動かしますから、皆さんで力を合わせて引き上げて下さいと約束し、一本の尊い剣を抜いて持ち」

　その海底に飛び入ると、空の雲が波とひとつになって煙る視界をくぐりゆき、漫々と湛える水を分け入るけれど、真下を見ても底には目が届かず、どこが果てかもわからない海の様子。神通力があるのならともかく、珠を取れるかどうかなどわかりはしません。

　それでも龍宮にたどり着き、宮殿の中を見れば、宝をちりばめた三十丈の高さの塔にあの珠がはめ込まれ、前には香や花を供えられ、居並ぶ八大龍王に守られております。その他にもおそろしい魚や鮫などが口を開けており、命が助かるとは思えません。

　さすがに恩も愛着もある故郷が恋しく、あの波を透かし見た向こうには我が子がいるだろう、そのお父上である大臣もいらっしゃるだろう。それなのにこのまま別れて死んでしまう悲しさよ、と涙ぐんで立っていた……。

ねて企《たく》みし事なれば、持ちたる剣を取り直し、乳《ち》の下を掻き切り玉を押し込め、剣を捨ててぞ伏したりける、龍宮の習ひに死人を忌めば、あたりに近づく悪龍なし、約束の縄を動かせば、人々喜び引き上げたりけり。玉は知らず海人びとは、海上に浮び出でたり。

シテ　かくて浮びは出でたれども、悪龍の業《わざ》と見えて、五体も続かず朱《あけ》になりたり。玉もいたづらになり、主《ぬし》も空しくなりけるよと、大臣歎き給ふ。その時息の下より申すやう、わが乳のあたりを御覧ぜとあり。げにも剣の当りたる跡あり、その中より光明赫奕《かくやく》たる玉を取り出す。さてこそ御身も約束のごとく、この浦の名に寄せて、房前の大臣とは申せ。今は何をか包むべき、これこそ御身の母、海人びとの幽霊よ。

地謡　この筆の跡を御覧じて、不審をなさで弔へや、今は帰らんあだ波の、夜こそ契

けれど思い切って手を合わせ、「南無志度寺の観音菩薩よ、力を合わせて下さいませ」と、観音さまの大慈悲心がこもった尊い剣を額に当てて龍宮の中へ飛び入れば、あたりの者は左右にぱっとしりぞく。

その隙に宝珠を盗み取って逃げ出すと、守護神は追いかけてくる。そこでかねてから企んでいた通り、持っていた剣を取り直し、乳の下をかき切って珠を中に押し込め、剣を捨ててうつぶせになったのです。龍宮の習わしで死者を忌み嫌うがゆえに、近づく悪龍もいない。と、約束の縄を引き動かす。人々は喜んで引き上げる。珠はどうなったかわからないながら、こうして海人は海の上に浮かび出たのです。

「浮かび出たはいいけれど、悪龍のしわざでしょう、五体はちぎれて血に染まっていました。大臣さまはそれを見て、珠も取り戻せず、命も失ってしまったのかとお嘆きになりました。と、その時、かすかな息で海人が申し上げたのです。わたくしの乳のあたりをご覧下さいませ。確かに剣の当たった跡があり、その奥から大臣は光り輝く珠を取り出したのでした。こういうわけで約束通りあ

れ夢人の、開けて悔しき浦島が、親子の契り朝潮の、波の底に沈みけり、立つ波の下に入りにけり。

[中入]

ワキ 「御追善ことごとく申し付けて候。又遺し置かれたる、御手跡を御披見あらうずるにて候。

子方 さては亡母《ばうも》の手跡かと、開きて見れば魂《たましひ》黄壌《くわうじやう》に去つて一十三年、骸《かばね》を白沙に埋《うづ》んで日月の算を経《ふ》、冥路昏々《こんこん》たり、われをとむらふ人なし、君孝行たらばわが冥闇《めいあん》を助けよ、げにそれよりは十三年。

地謡 さては疑ふところなし、いざとむらはんこの寺の、志ある手向草、花の蓮《はちす》の妙経、いろいろの善をなし給ふ、いろいろの善をなし給ふ。

[出端]

なた様を、この浦の名にちなんで房前の大臣とお呼びすることになったのです。さあ、今は何を包み隠すことがありましょう。わたくしこそがあなた様の母、海人の亡霊です」

そう言って海人は一通の手紙を渡し、どうぞこの筆の跡をご覧になって疑うことなくわたくしをお弔いなさいませと申し上げる。今は帰ろう。けれど儚い波の寄せ返す夜にだけ夢にあらわれるわたくしは、夜が明けるのが悔しい。と海人は玉手箱を開けて老いる浦島が悔やむように、朝潮の頃に親子の縁の浅さを恨みながら、波の底へと沈んでいくのであった。立つ波の下へと。

やがて従者が言う。

「ご追善、きちんと申しつけておきました。あなた様は残されたお手紙の、その様子をご覧になっては」

ふむ、ここに亡き母上の筆の跡が、と大臣がお開けになって見ればこう書かれてある。

我が魂が黄泉の国へ去って十三年、死骸を白砂に埋めたまま長い月日が経った。冥途は黒々と暗く、弔う者と

地謡　寂寞無人声《じやくまくむにんじやう》。

シテ　ありがたの御とむらひやな。この御経に引かれて、五逆の達多は天王記《てんのうき》別《べつ》を蒙り、八歳の龍女《りうによ》は南方無垢世界に生を享くる、なほなほ転読し給ふべし。

地謡　深達罪福相《じんたつざいふくさう》、遍照於《へんぜうお》十方《じつぱう》、

シテ　微妙浄法身《みめうじやうほつしん》、具《ぐ》相三十二《さうさんじふに》、

地謡　以《い》八十種好《はちじつしゆがう》、

シテ　用荘厳法身《いうしやうごんほつしん》、

地謡　天人所戴仰《てんにんしよだいがう》、龍神咸恭敬《りうじんげんくぎやう》。ありがたの、御経やな。

［早舞］

シテ　今この経の、徳用にて、

地謡　今この経の、徳用にて、天龍八部、人与《にんよ》非《ひ》人《にん》、皆遥見彼《かいえうけんぴ》、龍女成仏、さてこそ讃州、志度寺と号し、毎年八講、朝暮の勤行、仏法繁昌の、霊地となるも、この孝養《けうやう》と、承る。

てない。もしあなたが孝行者ならばこの光のない場所での迷いから救って欲しい。まさしくそれは十三年前のこと。

さては疑いない。早速弔わねば、と大臣は志度寺に志あふれた花をお手向けになり、花と言えば蓮華で妙法蓮華経など、華々しい追善、色々の供養をなさる。

すると、海人の幽霊は沙竭羅《しやがら》龍王の娘へと変化《へんげ》して再びあらわれるのだった。

寂寞無人声《じやくまくむにんじょう》——ひっそりとして他には声ひとつない、
と大臣は法華経の一節をお唱えになる。

龍女はその経文のありがたさを誉め称えて舞う。

ああ、ありがたいお弔いでございます。悪の限りを尽くした提婆《だいば》達多《だった》もこの経文に導かれて成仏し、未来には天王《てんのう》如来となることを許され、龍王の娘は八歳にして南方のけがれない世界に生まれ変わったという。さあ、ありがたい一節をもっともっとお読み下さい。

深達罪福相《じんたつざいふくそう》、遍照於十方《へんじょうおじっぽう》——ほとけは人の罪、人の福徳を深く知り、あらゆる方向を照らす。そう大臣たちは唱える。

微妙浄法身《みみょうじょうほっしん》、具《ぐ》相三十二《そうさんじゅうに》、以《い》八十種好《はちじっしゅごう》、用荘厳法身《ゆうしょうごんほっしん》——その言いようなく清らかな仏のお姿は、三十二の相をなし、八十もの細かい特徴を持たれて現れるのだ。天人所戴仰《てんにんしょだいごう》、龍神咸恭敬《りゅうじんげんくぎょう》——ゆえに天人も仰ぎ申され、龍神もうやうやしく敬うのである。なんとありがたいお経だろうか。

「今、この法華経の功徳によって」

と龍女は言って舞う。

大臣たちも言う。

今、この経の功徳によって、まさに『天龍八部衆《てんりゅうはちぶ》も、人も、人にあらざる賤しい者も皆、龍女が成仏するのを遥か遠くに見た』のだ。すなわち、女は成仏できないと言われていたが、こうして海人が龍女となって彼岸へ渡ったところをみなが見たのである。

こうしてかの寺は讃州の志度寺と名乗り続け、毎年八巻の法華経を四日にわたって読む八講の法会を欠かさず、毎日朝夕の勤行も絶えないような、仏法栄える霊地となった。

これも房前の大臣の孝行ゆえだと聞いている。

Whereupon the *ama's* ghost appears once more, transformed into the daughter of the Shagara Dragon King.

The minister intones a verse from the Lotus Sutra—JAKUMAKU MUNINJŌ: Chant the sutra where no voice breaks the solitude.

The dragon woman sings and dances in praise of the power of that passage from the Lotus Sutra.

Oh, how blessed I am to have these services performed on my behalf! Thanks to the power of the Lotus Sutra, even the deeply sinful Devadatta was told that he would attain Buddhahood and become a Heavenly King, and the eight-year-old daughter of the Dragon King was reborn in the undefiled world of the south. Please go on reciting these marvelous verses!

JINTATSUZAI FUKUSŌ, HENJŌO JIPPŌ: The Buddha deeply knows the marks of human sin and merit, and He illuminates everything in all directions. So intone the Minister and his men.

MIMYŌJŌ HOSSHIN, GUSŌ SANJŪNI, IHACHIJISSHUGŌ, YŪSHŌGONHOSSHIN: His subtle, marvelous and pure dharma-body has thirty-two features and appears with eighty unique characteristics.

TENNIN SHODAIGŌ, RYŪJIN GENKUGYŌ: Thus heavenly beings look up to Him in awe, while dragon spirits all honor and revere Him. Oh, how blessed is this sutra!

"Now, thanks to the power of this sutra,"

The dragon woman says, dancing.

And the minister and his men also say.

Now, truly, thanks to the power of this sutra, "All heavenly beings and dragons, all humans and lowly non-people, all from afar have seen the dragon woman become a Buddha." Yes, though women were said to be incapable of becoming Buddhas, all of us have seen the *ama* become a dragon woman this way and cross to the far shore of Buddhist enlightenment.

Thus has the temple in Sanuki continued to be known as Shidoji or Temple of High Purpose and become a sacred place where the Buddhist Law flourishes: each year without fail is held the Rite of Eight Discourses in which all eight volumes of the Lotus Sutra are expounded upon over four straight days and religious austerities are performed every morning and evening.

And this, we have heard, is owing to the filial devotion of the Fusazaki Minister.

（英語訳は196頁からです）

She used the momentary opening to seize the jewel and flee, the guardian gods in hot pursuit. As she had planned all along, the *ama* reversed her grip on the dagger, slashed herself open beneath the breast, and shoved the jewel inside. She then dropped the blade and collapsed face-down on the palace floor. Because of the dragon palace's customary abhorrence of the dead, none of the evil dragons dared approach her, whereupon she gave the rope the agreed-upon tug and was hoisted upward by the overjoyed people waiting above. She rose to the surface, but no one knew what had happened to the jewel.

"Yes, she made it to the surface, but her limbs were torn and bloody, no doubt the work of evil dragons. The great minister lamented that she had failed to retrieve the jewel and had lost her life in the bargain. But then the *ama*, barely breathing, said to him, 'Look beneath my breast.' Indeed, they found the wound there, and from it the minister extracted the sparkling jewel. Thus, in keeping with the *ama's* promise, you came to be called the Minister of Fusazaki after the name of this bay. And now why should I hide it any longer? I am the very ghost of that *ama*, your mother."

With that, she hands him a letter and says, "Please read what I have written and, your doubts dispelled, pray for me in the afterlife. Now I shall return to the world of spirits. But I shall come again the only way I can, in your dreams at night, when the ephemeral waves come and go on the shore and dawn's opening of the night is to be dreaded." And so the *ama* sinks beneath the waves, the crashing waves of the morning tide, regretting the shallow bonds of mother and child just as Urashima regretted opening the jeweled box that released all the years he had aged.

Before long, the retainer says to Minister Fusazaki:

"I have given orders for a proper memorial service, my lord. Perhaps you should examine the letter she left with you."

The Minister opens the letter to find these words:

Thirteen long years have passed since my spirit departed for the underworld and my corpse has lain buried in the white sand. Dark are the paths in the land of the dead, and no one comes to pray for me. If you are moved at all by filial thoughts, then save me from this lightless place. Truly, it was thirteen years ago.

Well, then, there can be no doubt—I must pray for her immediately, the Minister says, and with overflowing heart he offers flowers in abundance at Shidoji Temple, the flower of the Lotus Sutra ringing forth in florid memorial services for the repose of his mother's spirit.

Surely karmic ties from a former life explain how such a noble person could have been carried in the womb of such a humble woman, just as the brightness of the sun or moon increases when reflected in a puddle. For me to reply that I, too, am the offspring of *ama* would be as foolish as to claim that I am your own blood relative, my lord. The purple of the *fuji* flower may be the color of relationship, but I would never claim to be related to the noble Fujiwara. I will keep my mouth shut, close my eyes, and feign muteness rather than risk staining your lordship's noble name.

At that point, his retainer speaks up.

"What do you say, diver girl? Why not use this occasion to show His Lordship how the *ama* dove into the ocean and brought the jewel up?"

"Well, then, let me do so," she said and began to tell the tale:

"Back then, that *ama* said, 'If I succeed in bringing the jewel back from the ocean, please make this child the Fujiwara heir.' 'Yes, of course,' the lord replied. 'So, then,' said the *ama*, 'this life of mine means no more to me than a drop of dew if I lose it for the sake of my child.' She tied a seemingly endless rope around her waist and told them she would pull on it if she succeeded in taking the jewel, asking only that the others then join forces to haul her up. Drawing her precious dagger,……"

…… she plunged into the surf, its foam as one with the clouds above, obscuring her vision as she dove down and down, unable to see the ocean's floor below, the welling tide of undiscernible depth. Perhaps if she possessed divine powers she could retrieve the jewel, but without them it might be impossible.

Nevertheless, she arrived at the dragon palace, where she spied the missing jewel in a jewel-encrusted tower some three hundred feet tall. Before the tower were arrayed offerings of incense and flowers, and guarding it in phalanx were the eight great dragon kings surrounded by terrifying fish and sharks with gaping jaws. She doubted she would ever leave there alive.

The thought filled her with longing for the home she loved and to which she owed so much. Her son was surely up there beyond the waves, and so must be his father, the great minister. How sad to think I might never see them again! Tearfully, she stood there ……

But then she joined her hands with firm resolve and prayed, "Oh lend me your strength, mighty Bodhisattva Kannon of Shidoji Temple!" and, pressing the precious dagger, so full of Kannon's own great compassion, against her forehead, she leaped into the dragon palace with such force that the guardians scattered right and left.

there, Amano-no-sato, is where that *ama* lived. This island is called 'Shinju-jima' ('New Jewel Island') because it was where people first saw the newly retrieved jewel."

"And what was the jewel itself called?"

"Within the jewel reposed an image of Shakyamuni Buddha that faced the worshipper no matter which direction it might be viewed from. Thus, it was called 'the front-facing jewel that never turned its back' (*menkō-fuhai no tama*)."

"Why would the Tang Court have sent such a treasure across the sea to Japan?"

"The younger sister of the present Lord Tankai became the empress of the Third Tang Emperor, Kao-tsung, who presented her family temple, the Kōfukuji, with three treasures: the Hua-yüan stone gong, the Ssu-pin stone, and the front-facing jewel that never turned its back. The first two treasures arrived safely in Kyoto, but the jewel was snatched away off the coast here and taken to the dragon palace. Lord Tankai then came down incognito from the capital to these shores, where he pledged his love to a humble *ama*, a diver girl, who gave birth to a son. That son is the present Fusazaki Minister."

"How marvelous! I am none other than that Fusazaki Minister. Dear diver girl, please tell me more."

"Oh, Sir, do forgive me if I have said anything impertinent. I had no idea we were speaking of matters that concerned this place and you so personally."

"I may have been born a great minister's son and basked in the glory of the Fujiwara name, but what most weighed upon my heart was that, though I survived my mother, I knew nothing about her. Then one day a close retainer began hesitantly to whisper to me that my mother was from a place called Fusazaki on the Bay of Shido in the Province of Sanuki, but before he could tell me clearly that she was an *ama*, he muttered that he had said '*amari*' (too much) already and would say no more. So, then, was I the son of a humble diver girl? Was I carried in the womb of such a lowly woman?"

However low a mother's station in life may be, we must be grateful to her for the months she carried us, tenderly shedding her motherly love upon us like the glow of the moon on the broom tree or the life-giving rain and dew. Such thoughts are what have brought me here, dear diver girl, he says, moved to tears by the closeness he feels for her.

"Oh, Sir, I am but a simple *ama*," she replies.

Are you saying I should wet my sleeves with tears even more than I have already wet them in the ocean? How undeserving I am of such concern!

from the life-affirming ways of Buddhism. I am an *ama*: I kill the sea life I take by diving beneath the waves here in the village of Amano. True, if I were one of the famous divers of Ise, I would wait for the moon to rise above the hill of the inner and outer shrines when the evening waves slap upon the shore, and I would sense the coming of autumn by the breeze that sways the lowly reeds and call those reeds elegant beach grass.

Or if I lived on Suma's shore, where I have heard they gather young cherry boughs to feed their salt fires, I would have been able to enjoy the spring blossoms, but here on the Amano tidal flats, no flowering grasses grow to offer poetic comfort, and all I can do is harvest the drab *mirume* weeds.

Even if I didn't cut them like the *mirume*, the reeds would be swept along in the nearby stream and out to the salt sea. We may be like broken reeds, but we sea people have our ways of making our way through the world. *Ama* that I am, I shall go back to the village of Amano, where the sea people are.

"You there, woman, might you be one of the divers who live on this shore?" the retainer asks.

"Yes, indeed, sir. I am one of those *ama* who dive beneath the waves in search of prey."

"If you are an *ama*, I wish you to cut those *mirume* on the ocean floor for my lord."

"I am sorry to hear that his journey has made the young lord tired and hungry. Living as I do here in this remote and humble village, the mere sight of such a lofty personage seems miraculous to me. There is no need for me to harvest *mirume* for him. Simply eat what I have here."

"No no, that is not what I mean. The *mirume* grow so thickly here, they prevent his lordship from seeing the reflection of the moon in the water. He says he wants them removed, not that he wants to eat them."

"You say he wants me to cut the weeds to let him see the moon? The very same thing happened here long ago. When a brilliant jewel was snatched away and brought to the dragon palace beneath the waves, the one who dove down to retrieve it was none other than ……"

…… an *ama* from this shore. Now that the moon fills the heavenly plain, shall that *ama* cut the *mirume* at full tide and show the moon to you?

"Wait a moment. You say the one who dove in and retrieved the jewel was an *ama* from this shore?"

The woman replies, "Yes, that *ama* was from here, and the village you see over

Ama (The Diver Girl): A Mother's Power

The crescent moon fades into the night. Let us hurry west from the capital in pursuit of the swiftly vanishing moon.

Well now, young as I am, you see before you none other than the Fusazaki Minister, descended from the noble Fujiwara line which has been blessed by the gods ever since their divine ancestor, Ama-no-ko-yane-no-mikoto, helped lure the Sun Goddess from her cave at the beginning of time. Having heard that my sainted mother passed away in the place called Fusazaki on the Bay of Shido in the Province of Sanuki, I hurry there now to pray for her soul's salvation.

Unused to travel, I look back from Nara's northern slope to find Mikasa Hill "obscured by this deplorable spring haze," as in the poem.

Speaking of Mikasa Hill, the Kasuga god there once praised our family, the Fujiwara, singing, "This is the moment of Fujiwara glory, now that you have built a hall for the Bodhisattva Kannon on this sacred southern shore." Leaving from that shore, we hasten south across the sea toward Shikoku, soon afterward pass Koya in Settsu Province, on to Awaji Isle (the very birthplace of Japan itself), cross the straits, and our journey nears its end off Naruto. What sound do we hear? Merely the many little fishing boats we see plying the waves in all directions.

Our journey is hard, but knowing it is for my mother, we find ourselves speeding onward. The days pile up like falling snow as we move ahead night and day until we arrive at the Fusazaki shore in Sanuki Province, known to me only by name. Yes, we have arrived.

The Chief Retainer says to the Minister:

"Having traveled so quickly, we have arrived at Sanuki's Fusazaki shore. In the distance, I see someone coming toward us, though man or woman I cannot tell from here. Let us wait, my lord, and ask the person to tell us things about the place."

"Yes, a good idea," says another retainer.

"Please sit and wait here, my lord."

A woman nears them before too long.

"'My fault' is what they call the creature that lives in the seaweed we fisher people take, and though I am not one of them, I wet my sleeves with tears of regret for my faults," the woman says.

She continues:

I live near the Shidoji Temple on Sanuki's Shido shore, but my heart is far

その十　『山姥《やまんば》』

【解説】　五番目物　世阿弥作か

山姥の山廻《やまめぐ》りの曲舞《くせまい》を得意として「百《ひゃく》ま（万）山姥《やまんば》」と呼ばれた遊女が、善光寺詣での道中、険しい上路《あげろ》越えをしていると急に日が暮れる。宿を貸そうという女が現れ、遊女に「山姥の曲舞」を所望し、自分が山姥であることを告げて、夜に謡うなら自分も真の姿を見せて舞う、と言って去る。里の者が来て山姥とは何かを語っているうち、夜も更けた。月光の中を遊女が舞い始めると、本物の山姥が現れる。遊女を促して一緒に曲舞を舞い、春・秋・冬の「山廻り」の姿を見せて、どこへともなく消えるのだった。山姥とは何か。山とも自然そのものとも言われる、その山廻りの曲舞を軸にした雄大な能だ。

物真似芸人が誰かの真似で歌っていると、後ろから本物が出てきてスタジオ一同驚くという趣向は日本のテレビ番組で繰り返されてきた。今回の謡では物真似芸人が「百《ひゃく》ま山姥《やまんば》」、本物が「山姥」ということになる。

だが〝スタジオ一同驚く〟だけでは話は済まない。山の中に出現する人智を超えた女は「自分の功徳を讃えてくれ」と乞う。お前の芸はそこまで含んでこそではないのか、と迫るのだ。これは恐ろしい。

真似ても真似ても、それは私ではないと本人に否定されるとしたら、芸人の芸どころかアイデンティティそのものが崩壊してしまう。

本物の山姥はしかも、山岳の奥深くでの仏教修行の奥義らしきものへと話を進めてしまう。有名な禅語「**柳は緑、花は紅**」に至ってしまえば、すべてはそれぞれに全肯定されるのだが、もしも私が物真似芸人だったらそこで気が触れてしまうかもしれない。なぜ相手が唐突に世界を全肯定してくるか、半可通にはよくわからないからである。

私はあなたではない。それが物真似の基本であり、であるのに私があなたのように見えるところに芸の妙味があるというのに、山姥は私は私、あなたはあなた、それでいいと言い出す。そして自分は人間たちのために優しく生きてきたと話を継いでいく。

長らく仏法談義ととらえられてきたのだろうが、私はここに深い狂気しか感じない。哀れな山姥の物すさまじい狂気により、意味がつながっているようないないような説教がえんえんと続く。それを物真似芸人はじっと暗闇で聞いているしかない。

そんなテレビスタジオがあったとしたらどうだろう。見る者すべてが背筋の凍る思いをするのではないか。

それが私にとっての『山姥』だ。


（いとうせいこう）


『山姥』には大自然のスケールの大きさがある。そこに「鬼女」の怖さが加わって、広大で深遠な、それでいて複雑なイメージが観客の目の前に（そして脳内でも）展開される。

一方でいくつかの謎がこの曲には内包されている。例えば、山姥とはなにものなのか。怖いものなのか、やさしいものなのか。それとも悟りを開いたものなのか、いや、むしろ永遠に迷いの雲を曳いているものなのか。

他にも謎は尽きない。「本当」の山姥は女曲舞師《くせまいし》の「百ま山姥」という人物とどういう関係にあるのだろうか。こういう謎はすべて、卑小な人間が偉大なる風景に直面する時に感じる、足元が揺らぐような畏怖に帰着する。

例えばグランド・キャニオンのような、想像を絶する自然の光景を前にすると、一人の人間が無意味でちっぽけな虫に過ぎないと思ったり、自分が大自然と合体して、時間と空間を超えた境地に達したりする。立場が入れ替わるような、相反する感覚を経験することがありうるのだ。『山姥』はそれをよく表していると思う。


（ジェイ・ルービン）

『山姥』

［次第］

ワキ、ワキツレ　善き光ぞと影頼む、善き光ぞと影頼む、仏の御寺尋ねん。

ワキ　「これは都方《みやこがた》に住まひする者にて候。これにわたり候ふ御方は、都に隠れもましまさぬ百ま山姥と申す遊君にて御座候。山姥の山廻りするといふ事を、曲舞に作り御謡ひ候により、京童《きやうわらんべ》の付け申したる異名にて候。また当年は御親の、十三年に当たらせ給ひて候程に。善光寺へ御参りありたきよし仰せ候ふほどに、我ら伴ひ申し、ただいま信濃の国へと急ぎ候。

ワキ、ワキツレ　都を出でてさざ波や、志賀の浦舟こがれ行く、末は荒乳《あらち》の山越えて、袖に露散る玉江の橋、かけて末ある越路の旅、思ひやるこそはるかなれ。

【現代語訳】

仏の善き光に恵みを乞い、ありがたいその光に護られるよう、善光寺を訪ねよう。

そう言いながら、一人の遊女と従者たちが来る。

従者はさらにこう言う。

「わたくしは都のあたりに住む者。ここにいらっしゃるお方は、都で有名な『百《ひゃく》ま山姥《やまんば》』という遊女であられます。山姥が山を廻《めぐ》る姿を曲舞《くせまい》として作り、お謡いになるゆえ、京都の若い者らがお付け申し上げたあだ名でございます。また今年は親御さまの十三回忌につき、善光寺へ参拝なさりたいとおっしゃるので、わたくしどもがお供を申しあげ、ただいま信濃の国へと急いでおる次第であります」

都を出て、さざ波立つので名をなす志賀の入り江から舟を入れてこぎ、焦《こが》れゆく。行く末はあるものか、荒乳《あらち》の山を越え、袖に露の玉を散らしつつ渡る玉江の橋、橋を渡っては越えゆく越路の旅、前途を思えばはるかなこ

ワキ、ワキツレ　梢波立つ汐越の、梢波立つ汐越の、安宅の松の夕煙、消えぬ憂き身の罪を斬る、弥陀の剣《つるぎ》の砺波山。雲路うながす三越路《みこしぢ》の、国の末なる里問へば、いとど都は遠ざかる、境川にも着きにけり、境川にも着きにけり。
ワキ　「急ぎ候ふほどにこれは早、越後と越中との境川に着きて候。これより善光寺への道数多ある由申し候。何《いづ》れが本道ぞ所の人に尋ねうずるにて候。
ワキツレ　「もつともにて候。
ワキ　「まづかうかう御座候へ。
ワキ　「境川在所の人のわたり候ふか。
アイ　「境川在所の者とお尋ねは、いかやうなる御用にて候ふぞ。
ワキ　「これは都方の者にて候。これより善光寺への路次《ろし》の様体、教へて賜り候へ。
アイ　「さん候これより善光寺への道あまとである。

海へ低く伸びた松の梢に潮がかかる汐越《しおこし》、潮が松にかかるこの地を過ぎ、安宅《あたか》の松は夕方の靄にけむり、煙のようには消えないのが現世の身の罪、その罪を斬る鋭い剣は阿弥陀の名を唱えることのみと、やはり鋭くそびえる砺波《となみ》山を越え、雲の動きに促されて北陸の三つの国につながる道へ来て、国の果ての里でその名を問えばこんなに都を離れたかと思う、境川というのだから。その国境の川に着いたのである。

従者はそこでこう言う。

「急ぎましたので早くも越後と越中の境にある境川に着きました。ここから善光寺までは道がたくさんあると言いますので、どれが本道か土地の人に尋ねようと思います」

お供の者が答える。

「それがよいでしょう」

従者はさらに遊女に言う。

「まずこちらへ、さあおいでなさいませ」

た御座候。なかにも上道下道《かみみちしもみち》、上路越《あげろごえ》と申して御座候ふが、すなはち上路越と申すは如来の踏み分け給ふ道にて候。さりながら険難さがしき道にて候。見申せば女性上《にょしやうじやう》臈《らふ》を御供と見え申して候ふが、なかなか御乗物などはかなはぬ道にて候ふよ。

ワキ「ねんごろに御教へ祝着《しうちやく》申して候。御覧候ふごとく、女性を伴ひて候間、そのよし申し候ふべし。しばらくそれに御待ちあつて賜り候へ。

アイ「心得申して候。

ワキ「善光寺への路次の様体尋ねて候へば、上道下道上路越、この上路越と申すは、己身の弥陀唯心の浄土にたとへられたる道にて候ふが、ただし御乗物のかなはぬよし申し候。

ツレ「げにや常に承る、西方の浄土は十万億土とかや。これはまた弥陀来迎《らいかう》の直《ちよく》路《ろ》なれば、上路の山とやらんに参り候ふべ

そこに土地の者が来るので、従者は話しかける。

「境川に住む人はおいでになりますかな」

「境川に住む人とお尋ねになるのは、どんな御用でしょう」

「わたくしは都のあたりの者でありまして、ここから善光寺への道の様子を教えていただきたく」

「そうですな、ここから善光寺への道はたくさんございます。中でも上道下道《かみみちしもみち》、それに上路越《あげろごえ》という道がありますが、上路越とはすなわち善光寺ご本尊の阿弥陀如来が踏み入られた道です。しかしながら険しく難所の多い道でしてな。お見受け申し上げると高貴な女性をお連れのようでありますが、とてもお乗り物などでは行けない道ですぞ」

「ご丁寧に教えていただき、ありがとうございます。ご覧になられた通り女性を連れておりますので、その事情を申し上げてみましょう。しばらくそこでお待ちください」

「承知しました」

従者は遊女に申し上げる。

し。とても修行の旅なれば、乗物をばこれに留め置き、徒歩《かち》跣足《はだし》にて参り候ふべし。道しるべして賜《た》び候へ。

ワキ「さらばそのよし申し候ふべし。

ワキ「最前の人のわたり候ふか。

アイ「これに候。

ワキ「御申しの通りを女性に申して候へば、乗物をばこれに留め置き、徒歩跣足にて参らうずるとの御事にて候。とてもの事に案内者あつて賜り候へ。

アイ「もつとも御不知案内にてござあうずる間、案内者申したくは候へども、かなはざる用の事候ふほどに、なるまじく候。

ワキ「仰せはさる事にて候へども、ひらに案内者あつて賜り候へ。

アイ「さあらば用を欠いて参らうずる間、やがて御立ち候へ。

ワキ「心得申し候。

ワキ「さあらばやがて御立ちあらうずる

「善光寺への道の様子を尋ねてみますと、上道下道と上路越があり、この上路越とは『己身《こしん》の弥陀』、『唯心《ゆいしん》の浄土』にたとえられている道、すなわち弥陀も浄土もおのれの心の中にあるという教えをお示しになった道です。ただし、お乗り物は使えないということで」

　すると遊女は答える。

「まことに常々うかがっている通り、西方の極楽浄土は十万億仏土のかなた。そんな中で、上路越とは阿弥陀さまが直々にお迎えに来られるまさに浄土へまっすぐ通じる道であるからには、そちらにまいりましょう。なんにせよ修行の旅なのだから乗り物はここに置き、素足で歩いてまいります。道案内をしてくださいませ」

「でしたら、そう申し上げましょう」

　従者は土地の者に言う。

「さきほどの方はおいでですかな」

「ここにおります」

「あなたがおっしゃる通りをお伝えすると、乗り物をここに置いて素足で歩いてまいりましょうとのことであります。こうなりましたら道案内してくださいませ」

にて候。
アイ　「何と最前申したるよりも険難なる道にてはなく候ふか。
ワキ　「げにげに承り及びたるよりは険難にて候。
アイ　「かやうに候へばこそ、御乗物などはかなはぬよし申して候。や、何とやらん日の暮るるやうになりて候。
ワキ　「げにげに俄《にはか》に日の暮るるやうに候。このあたりに泊りはなく候ふか。
アイ　「なかなか、泊りはなき所にて候。
ワキ　「あら笑止や、真《まこと》に前後を忘じて候。
シテ　なうなう旅人お宿参らせうなう。
アイ　「や、お宿参らせうずるよし申し候。
シテ　「これは上路の山とて人里遠き所なり。日の暮れて候へばわらはが庵にて一夜を明かさせ給ひ候へ。
ワキ　「これは始めて善光寺へ参る者にて

「なるほど道をご存じないでしょうから案内は申したいのですが、出来ない事情がございまして」

「そうおっしゃるのもごもっともですが、どうかご案内くださいませ」

「それでは用事はやめにして行きますので、早速お発ちになってください」

「心得ました」

従者は遊女に呼びかける。

「ではすぐにお発ちなさいますよう」

こうして彼らは難所を歩き始める。

しばらくすると土地の者が言う。

「どうです、さっき申し上げたより険しくはありませんかな」

「いやはやまことに、うかがったよりも厳しい道ですな」

「このようなことですのでお乗り物では無理だと申したわけで。おや、どうしたことか、日暮れになってきました」

「まさにまさに、急激に日が暮れるかのようで。このあ

候が、行き暮れ前後を忘じて候ふ処に。嬉しくも承り候ふものかな。さらばこれへ参り候。
シテ 今宵のお宿参らする事、とりわき思ふ子細あり。「山姥の歌の一節謡ひて聞かさせ給へ。年月《としつき》の望みなり、鄙の思ひ出と思ふべし。
シテ そのためにこそ日を暮し、御宿をも参らせて候へ。いかさまにも謡はせ給ひ候へ。
ワキ 「これは思ひも寄らぬ事を承り候ふものかな。さて誰と御覧ぜられて、山姥の歌の一節とは御所望候ふぞ。
シテ 「いや何をか包み給ふらん、あれにまします御事は、百ま山姥とて隠れなき遊女にてはましまさずや。まづこの歌の次第とやらんに、
シテ よし足引の山姥が、山廻りすると作られたり、あら面白や候。「これは曲舞に

たりに宿はないのでしょうか」

「いえ、宿はない場所でして」

「ああ困ったことだ。どちらから来たのか忘れてしまいました」


すると、そこに一人の女があらわれる。

「もし、旅の方。お宿を貸しましょう」

土地の者はそれを聞いて従者たちに言う。

「お宿をお貸しすると申しております」

山の女はさらに言う。

「ここは上路の山と言って、人里遠いところ。日が暮れましたので、わたしの庵で一夜をお明かしなさいませ」

従者は答える。

「わたくしどもは初めて善光寺へお参りする者ですが、日が暮れて前後もわからなくなっておりましたから、お申し出はうれしいことです。それではうかがうことにいたしましょう」

従者たちは山の庵に着く。

主である女は言う。

よりての異名、さて真の山姥をばいかなる者とかしろしめされて候ふぞ。
ワキ 「真の山姥は山に住む鬼女とこそ、曲舞には見えて候へ。
シテ 「鬼女とは女の鬼とや。よし鬼なりとも人なりとも、山に住む女ならば、わらはが身の上にてはさぶらはずや。
シテ 年頃色には出《いだ》させ給ふ、言の葉草の露ほども、御心にはかけ給はぬ、「恨み申しに来りたり。
シテ 道を極め名を立てて、世上万徳《せじやうばんとく》の妙花を開く事、この一曲のゆゑならずや。しからばわらはが身をも弔ひ、舞歌《ぶが》音楽の妙音の、声仏事《こゑぶつじ》をもなし給はば、などかわらはも輪廻を遁《のが》れ、帰性の善所に至らざらんと、
シテ 恨みを夕山の、鳥獣《とりけだもの》も鳴き添へて、声を上路の山姥が、霊鬼これまで来りたり。
ツレ 不思議の事を聞くものかな、さては

「今夜宿をお貸ししたのは、とりわけ思うところあってのこと。山姥の歌をひと節謡ってお聞かせください。それが年来の望みで。田舎に住む者として忘れがたい思い出になるでしょう。そのためにこそ日が暮れるようにし、お宿も差し上げたのです。なんとしてもお謡いくださいませ」

従者は答える。

「これは思いもかけないことをおっしゃる。ではこちらの方を誰とお思いになって山姥の歌のひと節をお望みになるのですかな」

「いや、何をお隠しになる。あちらのお方は、百ま山姥という有名な遊女でいらっしゃるのではありませんか。まず山姥という歌の『次第』とやらでは、『よしあし引きの山姥が山廻《めぐ》りをする』、つまり『ああ葦《よし》や蘆《あし》のように草が生えた山で足を引きずり、善悪に執着した山姥が山をさまよう』とお作りになっている。これは面白いことです。百ま山姥とはその曲舞に基づく異名だが、さて本当の山姥をどんな者とお考えになっておられることか」

真の山姥の、これまで来り給へるか。
シテ「われ国々の山廻り、今日しもここに来る事は、わが名の徳を聞かんためなり。謡ひ給ひてさりとては、わが妄執を晴らし給へ。
ツレ　この上はとかく辞しなば恐ろしや、もし身のためや悪しかりなんと、憚りながら時の調子を、取るや拍子を進むれば、
シテ「しばさせ給へとてもさらば、暮るるを待ちて月の夜声に、謡ひ給はばわれもまた、真の姿をあらはすべし。
シテ　すはやかげろふ夕月の、さなきだに、暮るるを急ぐ深山辺《みやまべ》の、
地謡　暮るるを急ぐ深山辺の、雲に心をかけ添へて、この山姥が一節《ひとふし》を、夜すがら謡ひ給はば、その時わが姿をも、あらはし衣《ぎぬ》の袖継ぎて、移り舞を舞ふべしと、言ふかと見ればそのまま、かき消すやうに失せにけり、かき消すやうに失せにけり。

従者は言う。

「本当の山姥は山に住む鬼女と、曲舞にはありますな」

「鬼女とは女の鬼か。たとえ鬼でも人であっても、山に住む女であるならこのわたしの身の上ではありませんか。長い年月、そちらの方は思いを謡っていらっしゃるのに、歌詞にある言葉の上の露ほども、山姥がどんな者であるかにお心をかけていらっしゃらない。わたしはその恨みを申し上げに来たのだ。道をきわめ、名声を得、世にその徳を称えられて美しい花を開かせたのも、この一曲あるがゆえではないか。であればわたしの身を弔い、舞や歌の妙なる音や声で供養をなさるなら、こちらも輪廻を逃れ、迷いのない真実へ帰って極楽に至ることだろう」

女は続ける。

「こう恨みを言う夕暮れの山で、鳥もけものも鳴き声を添え、声を上げる上路に、この山姥の霊魂があらわれ来たのだぞ」

そこで遊女は答える。

「不思議なことを聞くもの。では本当の山姥がここまでいらっしゃったというのか」

［中入］

ワキ　「さあらばやがて御謡ひあらうずるにて候。

ツレ　あまりの事の不思議さに、さらに真と思ほえぬ、鬼女が言葉を違へじと、

ワキ、ワキツレ　松風ともに吹く笛の、松風ともに吹く笛の、声澄みわたる谷川に、手まづ遮る曲水の、月に声澄む深山かな、月に声澄む深山かな。

［一声］

シテ　あら物凄の深谷《しんこく》やな、あら物凄の深谷やな。寒林に骨を打つ、霊鬼泣く泣く前《ぜん》生《じやう》の業《ごふ》を恨む。深野《しんや》に花を供《く》ずる天人、返す返すも帰性の善を喜ぶ。いや、善悪不二、何をか恨み、何をか喜ばんや。「万箇《ばんこ》目前《もくぜん》の境界、懸河《けんか》渺々《べうべう》として、

シテ　巌峨々《いはほがが》たり。

「国々の山を廻るわたしが、今日まさにここに来たのは、我が名が持つ功徳を聞きたいと思ったからだ。お謡いになってわたしの妄執を晴らしてくださいませ」

　そう聞いて遊女は言う。

「こうなれば断るのは恐ろしいこと。自分の身に悪いことが起こらないようにと、遠慮をしながらこの場にふさわしい調子を取り、足拍子を踏んで舞い出し……」

　と、そこで山の女は言う。

「少しお待ちなさい。日が暮れきるのを待って、月夜に月のように澄んだ声でお謡いになれば、わたしもまた真実の姿をあらわしましょう。ほら、夕月がかげってきている」

　と、山の女は空をあおいでさらに言う。

「ただでさえ日暮れの早い深い山の中で」

　暮れるのが早い深山で、雲の行方、わたしの行方をも気にかけながら、この山姥を歌った曲舞のひと節を夜もすがら捧げてくれるならば、その時はわたしも姿をあらわし、衣の袖を重ねてあなたを真似て舞いましょう、と言うかと思えばそのまま消えるように女はいなくな

シテ　山また山、いづれの工《たくみ》か青巌の形を削りなせる。水また水、誰が家にか碧潭《へきたん》の色を染め出《いだ》せる。

ツレ　恐ろしや月も木深き山陰より、そのさま化《け》したる顔ばせは、その山姥にてましますか。

シテ　「とてもはや穂に出で初めし言の葉の、気色にもしろしめさるべし。われにな恐れ給ひそとよ。

ツレ　この上は恐ろしながらうば玉の、暗まぎれよりあらはれ出づる、姿言葉は人なれども、

シテ　「髪には荊棘《おどろ》の雪を戴き、

ツレ　眼《まなこ》の光りは星のごとし。

シテ　さて面の色は、

ツレ　さ丹《にぬ》塗りの、

シテ　軒の瓦の鬼の形を、

ツレ　今宵初めて見る事を、

シテ　何に喩へん、

った、かき消えるように姿をなくしたのだった。

　しばらくして従者が言う。

「それではそろそろお謡いなさいませ」

　遊女は答える。

「あまりに不思議なことで、まったく本当のこととは思えないけれど、鬼女の言葉にはそむくまい」

　松風に合わせて吹く笛の、松を過ぎゆく風と共に吹く笛の、音澄み渡る谷川の上に月の姿がとどまり、まるで曲水の宴で川に流れる盃を手でとどめているかのようだ。月も声も澄む山の奥である。月光の中で声も澄み渡る深山である。

　と、そこに山姥があらわれる。

「ああ恐ろしく深い谷、ぞっとするような谷であることだ。死者の霊は墓場で自らの死骸の骨に鞭打ち、生きていた時の悪行を泣きながら恨む。対して、奥深い野で我が死体に花を供える天人は、繰り返し繰り返し前世での善行をありがたく思う。いや、そうではない。善も悪も究極では変わらないのだ。何を恨み、何を喜ぶことがあ

ツレ　古《いにしへ》の、
地謡　鬼一口《おにひとくち》の雨の夜に、鬼一口の雨の夜に、神鳴り騒ぎ恐ろしき、その夜を思ひ白玉か、何ぞと問ひし人までも、わが身の上になりぬべき、憂き世語りも恥づかしや、憂き世語りも恥づかしや。
シテ　「春の夜の一刻《ひととき》を千金に代へじとは、花に清香《せいきやう》月に陰、これは願ひのたまさかに、行き逢ふ人の一曲の、その程もあたら夜に、はやはや謡ひ給ふべし。
ツレ　げにこの上はともかくも、言ふに及ばぬ山中《やまなか》に、
シテ　「一声の山鳥羽《さんてうは》をたたく。
ツレ　鼓は滝波、
シテ　袖は白妙、
ツレ　雪を廻らす木の花の、
シテ　何はの事か、
ツレ　法《のり》ならぬ、
地謡　よし足引の山姥が、よし足引の山姥

ろうか。あらゆる物はただ目の前にそのままある。傾斜のきつい急流がはるか遠くまで連なり、岩は険しくそびえているばかり」

　山姥は続ける。

「山また山、どのような名工がこの青々と苔むす岩の形を削り出したのか。水また水、この深い緑の淵の色を誰の家で染め出したというのか」

　そこで遊女は怯えて言う。

「恐ろしい、月の光も漏れないほど木々の茂る山のかげから奇怪な顔つきであらわれたあなたは、あの山姥でいらっしゃいますか」

「先ほどのわたしの言の葉から正体が穂となって生え出し、もはやおわかりになったことでしょう。どうかお恐れになりますな」

「こうなったからには恐ろしいけれども謡いましょうが、うば玉のように真っ黒な闇からあらわれ出たその姿、そして言葉は人、だけれど」

「茨《いばら》のような乱れ髪は雪がつもるように白くなり」

「目は星のように光り」

が、山廻りするぞ苦しき。

シテ それ山といつぱ、塵泥《ちりひぢ》より起つて、天雲掛かる千畳の峰、

地謡 海は苔の露より滴《しただ》りて、波濤を畳む、万水たり。

シテ 一洞《いつとう》空しき谷の声、梢に響く山彦の、

地謡 無声音《むしやうおん》を聞く便りとなり、声に響かぬ谷もがなと、望みしもげにかくやらん。

シテ ことにわが住む山家《さんか》の気色、山高うして海近く、谷深うして水遠し。

地謡 前には海水瀼々《じやうじやう》として、月真如の光りを掲げ、後には嶺松巍々《れいしようぎぎ》として、風常楽の夢を破る。

シテ 刑鞭蒲《けいべんかま》朽ちて蛍空しく去る、

地謡 諫鼓《かんこ》苔深うして、鳥驚かずとも言ひつべし。

地謡 遠近《をちこち》の、たづきも知らぬ山中に、おぼつかなくも呼子鳥の、声凄き折々に、伐《はつ》木丁々《ぼくたうたう》として、山さらに幽《かす》かなり。法性峰《ほつしやうみね》

「そして顔の色は」
「朱で塗ったように赤く」
「軒にある瓦の鬼のあの形で」
「今夜初めて見るこのことを」
「何にたとえたらよいか」

そこで遊女は答え始める。

「昔のこと」

鬼がひと口に女を食ってしまったと伊勢物語に伝えられる雨の夜には、鬼が女を食ったという雨夜には、雷が騒いで恐ろしかったという。まるでその夜がこうだったろうと思い知られる。白玉といえば真珠だが、露を見てあれは真珠かと聞いた女は、一緒にいた業平が露と答えることもできないまま鬼に食われてしまったそうな。我が身もそうやって食われるのではないか。人に語り伝えられるのも恥ずかしいこと、他人に語られるのは恥ずかしいことだ。

対して山姥は言う。

「春の夜のひとときは千金にもかえがたいとは、花に清らかな香りがあり、月に光があるゆえのこと。今はさら

聳えては、上求《じやうぐ》菩提をあらはし、無明谷《むみやうたに》深きよそほひは、下化《げけ》衆生を表《へう》して、金輪際に及べり。そもそも山姥は、生所《しやうじよ》も知らず宿もなし、ただ雲水《くもみづ》を便りにて、至らぬ山の奥もなし。

シテ しかれば人間にあらずとて、

地謡 隔つる雲の身を変へ、仮に自性を変化して、一念化生《いちねんけしやう》の鬼女となつて、目前に来れども、邪正一如と見る時は、色即是空そのままに、仏法あれば世法あり、煩悩あれば菩提あり、仏あれば衆生あり、衆生あれば山姥もあり、柳は緑、花は紅の色々。さて人間に遊ぶ事、ある時は山賤《やまがつ》の、樵路《せうろ》に通ふ花の蔭、休む重荷に肩を貸し、月もろともに山を出で、里まで送る折もあり、またある時は織姫の、五百《いほ》機《はた》立つる窓に入つて、枝の鶯糸繰り、紡績の宿に身を置き、人を助くる業をのみ、賤《しづ》の目に見えぬ、鬼とや人の言ふらん。

に、願いがたまたまかなえられ、出会うことが出来た人の一曲を聞くのであるから、なおさら時が惜しい。さあ、はやくお謡いなさい」

「こうなればあれこれ言っていられない、言葉に出来ないほど寂しい山の中で」

「曲舞の最初の『一声《いっせい》』を謡うように、ほととぎすはひと声鳴き、はばたきをする」

「滝の音は鼓となり」

「舞う袖は白く返って」

「雪が木《こ》の花のまわりを舞うようであり、木の花といえば」

「『難波津《なにわづ》に咲くや木の花』と歌われたものだが、なにはどうあれ」

「なにごとも仏の教えでないものはない」

謡は続く。

ああ葦や蘆のような草々の生えた山で足を引きずり、善し悪しに執着した山姥が山を廻り続けるのは苦しいこと。

山姥は言う。

シテ　世を空蟬《うつせみ》の唐衣、
地謡　払はぬ袖に置く霜は、夜寒の月に埋《うづも》れ、打ちすさむ人の絶え間にも、千声万声の、砧に声のしで打つは、ただ山姥が業なれや、都に帰りて、世語《よがたり》にせさせ給へと、思ふはなほも妄執か、ただうち捨てよ何事も、よし足引の山姥が、山廻りするぞ苦しき。
シテ　足引の、
地謡　山廻り。
［立回り］
シテ　一樹の蔭一河の流れ、皆これ他生の縁ぞかし。ましてやわが名を夕月の、憂き世を廻る一節も、狂言綺語《きぎよ》の道直《すぐ》に、讃仏乗の因ぞかし。あら御名残惜しや。
シテ　暇《いとま》申して、帰る山の、
地謡　春は梢に、咲くかと待ちし、
シテ　花を尋ねて、山廻り。
地謡　秋はさやけき、影を尋ねて、

「そもそも山というものは塵や泥から始まって、天空にかかる雲のような、幾重にも重なる峰となり」

海は苔の上の露がしたたって、大波の重なる巨大な水となる。

「うつろな洞穴に響く谷の音、梢に響くやまびこは」

声なき声さえ聞く悟りへのよすがとなり、声を出しても響かない谷のごとき境地を願った古の七賢女の一人も、このようなところを望んだのだろう。

「ことにわたしが住む山中の家はといえば、山は高く海は近く、谷は深く水は遠くに流れており」

目の前には海水がなみなみとたたえられ、月は真実の光を照らし、背後には松の峰がそびえ、風は迷いの夢を吹き破っている。

「天下おさまって久しく、罪人を打つ蒲《がま》の鞭も使わないまま朽ちて蛍となって飛び去り」

上の身分の方に訴えをするときの鼓も使うことがないので苔深くむし、鳥も音に驚くことがないと『和漢朗詠集』にもある通りの光景だ。

どちらがどことも手がかりのない山中で、たよりなく

シテ　月見る方《かた》にと、山廻り。
地謡　冬は冴え行く、時雨の雲の、
シテ　雪を誘ひて、山廻り。
地謡　廻り廻りて、輪廻を離れぬ、妄執の雲の、塵積つて、山姥となれる、鬼女が有様、見るや見るやと、峰に翔《かけ》り、谷に響きて、今までここに、あるよと見えしが、山また山に、山廻り、山また山に、山廻りして、行方も知らず、なりにけり。

鳴く呼子鳥《よぶこどり》の声がひどく寂しい折々、木を伐る音は響き、さらに寂しさは増す。真理を示す峰はそびえて、悟りを求めて向上する姿をあらわし、迷いの谷の深い様子は仏が人間界へと降りて教えを与える姿となり、それは地の底に及ぶ。そもそも山姥は生まれたところも知らず、暮らす場所もなく、ただ雲や水をたよってどのような山奥へも至る。

「であるからわたしは人ではなく」

空にある雲のような身を、仮に変化《へんげ》させて執念によって鬼女となり、あなたの眼前にこうしてあらわれたのだ。とはいえ、邪《じゃ》も正《しょう》も本来ひとつの心からなるという邪正《じゃしょう》一如《いちにょ》の考えからすれば、色即是空そのままにすべては空で、仏法があれば世俗の法があり、煩悩があれば悟りがあり、仏があるからすべての人間もあり、人間があるから山姥もある。ゆえに柳はそのまま緑であり、花は紅の色となってあらわれているのだぞ。

さて山姥が人と交わること、あるときはきこりが薪を背負って山道の花のかげで休む折、重荷に肩を貸してやり、月の出とともに山を出て里に送り届けることもある。

またあるときは機織《はた》りの女たちがたくさんの機を立てる部屋に窓から入っては、そうした家に身を置いて柳の細枝に鶯が飛び回るように糸を繰ってやる。こうやって人を助けてばかりいるが、賤しい女の目には見えず、人はわたしを鬼などと言っているようだ。

「世は物憂い、空蟬《うつせみ》のその抜け殻のような衣の」

払わぬままの袖に霜がつき、それも夜寒の月の光の白さで見えなくなる。布を打ち伸ばすのに疲れた人が手を休めている間にも、止まらぬ砧《きぬた》の音が打ち続くのは、ひとえに山姥が代わってやっているからなのだ。都に帰って人に語り聞かせて欲しいと、そう思うのはやはり妄執だろうか。ただただ何事もうち捨てなければならない。

ああ葦や蘆のような草々の生えた山で足を引きずり、善悪に執着した山姥が山を廻るのは、苦しいこと。

「そう、足を引きずるように」

山々を廻る。

山姥はそう言って激しく舞う。

「たまたまひとつの樹の下に休み、ひとつの川から水をくむのも、すべてこれは前世からの縁である。ましてやわたしの名を自分の名だと言う、夕月が廻るように憂き世を廻る人の曲舞のひと節もまた、遊戯のような芸の道ながらまっすぐたどるからには仏法を讃えるに等しい。ああ、お名残惜しいが」

と、山姥は言い、こう続ける。

「おいとまをして帰る山で」

春は梢に咲くかと待っては。

「花を尋ねて山を廻り」

秋は澄んだ光を求めては。

「月の見える方へと山を廻り」

冬はしんしんと冷え込む寒さで、時雨を降らせる雲が。

「雪をいざなうようにと山を廻り」

廻り廻って、輪廻から離れられずにいる。

その妄執の雲の塵が積もって、こうして山姥となったのだ。

この鬼女の姿、見ているか見えているかと峰を駆け上がれば、その声は谷に響き、今までここにいたと思われたのに、山また山へと山廻り、山また山へと廻りいき、山姥は行方も知れなくなったのであった。

"...... seem to invite the snow to fall on my mountain rounds."

Round and round I go, unable to escape the endless cycle of rebirth.

The dusty clouds of deluded attachment piled up to become this Yamamba.

No sooner do we wonder if we are seeing a she-demon soaring up a mountain peak than her voice echoes down in the valley, and though we thought she was here until a moment ago, Yamamba is off now on her rounds to mountain after mountain, her rounds to mountain after mountain, bound where we cannot know.

（英語訳は224頁からです）

Because there is Buddha, all humans exist, and because there are humans, Yamamba exists. Thus willows are green and blossoms appear red before us.

Now, says Yamamba, when I mingle with people, at times I might find a woodsman with a load of kindling on his back, resting on a mountain path beneath the blossoms, and I will help him shoulder his burden and leave the mountain with him as the moon rises, seeing him home to his village. Or when I find a room full of women weaving on their looms, I will go in through the window and take my place there, helping them feed their threads into the looms like a nightingale flitting among slender willow branches. Thus do I offer only aid to people, but, invisible to the eyes of the poor weaver girls, it seems I am called a demon.

"Sad and empty is this world, empty and forlorn as the cast-off husks of cicadas."

Frost forms, unswept, on the empty sleeves of garments, but it becomes invisible in the white light of the chill night moon. People tired of beating and stretching cloth rest their hands, but all the while the pounding of the fulling blocks continues, thanks entirely to Yamamba, who takes their place. I want to ask you to return to the capital and tell people how helpful I am, but are such thoughts mere worldly attachment? No, all I should do is detach myself from everything. How painful it is for Yamamba to make her mountain rounds, dragging her feet through brakes and reeds, attached to good and evil.

"Yes, dragging my feet ……"

…… on rounds through mountain after mountain.

So saying, Yamamba dances fiercely.

"For two people to rest by chance beneath one and the same tree, to scoop water from one and the same river: these are all predestined from a former life. How much more so that you should take my name as yours and make your own rounds through this sad world performing your *kusemai* about me. It may seem like a mere artistic entertainment, but because you follow it so unwaveringly, you might just as well be praising Buddha's Law. Oh, how I hate to part from you!"

Yamamba says, continuing:

"I take my leave and return to the mountains,"

Waiting for the trees to bloom in spring,

"I visit the blossoms on my mountain rounds."

Seeking out the clear light of autumn,

"I go where the moon shows on my mountain rounds."

In the piercing cold of winter, the clouds that drop the chilling rain ……

through such grasses as brakes (*yoshi*) and reeds (*ashi*), forever attached to good (*yoshi*) and evil (*ashi*).

Yamamba says,

"Mountains begin as dust or mud piling layer upon layer until their peaks are ringed by clouds in the sky."

Oceans start out as dew on moss dripping until it becomes gigantic water across which huge waves move in row after row.

"Valleys resounding with the reverberation of empty caverns and echoes resounding against the branches of the trees ……"

Remind us of Buddhist illumination in which we can hear even the voiceless voice. Surely this was the kind of place desired by one of the seven wise women in the ancient sutra who asked for a state of mind like a valley in which no voice would echo.

"Especially when it comes to the home where I live in the mountains, the mountains are high, the ocean is close, the valleys are deep, and the waters flow into the distance."

Before me wells the water of the ocean while the moon casts upon it the light of truth. Behind me soar the pine-covered peaks while the wind tears past, shattering dreams of delusion.

"Ever since peace came to the world so long ago, bullrush whips for flogging criminals have rotted, unused, their pieces turning into fireflies and darting away."

Unused, too, the drums used to appeal to the authorities have become overgrown with moss and can no longer frighten birds, as pictured in the poetry of the *Wakan rōei shū*.

When in the mountains with no way to tell near from far, a lonely cuckoo cry or woodsman's axe will echo now and then, adding to the loneliness. The peaks soar upward, showing the way to truth, giving form to upward aspirations toward enlightenment. Deep valleys of illusion, in showing us how the Buddha descended to the human world to impart his teachings, reach to the very bottom of the earth. Yamamba knows not where she was born and has no place to live but simply follows the clouds and water to every mountain fastness.

"Because of that, I am not a person."

Having briefly transformed my cloud-like self into a she-demon through sheer force of worldly attachment, I have made myself visible to you this way. Yet just as right and wrong are one and the same, form is emptiness, so all is emptiness—Buddha's Law and worldly law, worldly passions and transcendent enlightenment.

"Terrified though I am, I shall sing. Both her form and words, emerging from the black of night, are those of a person, but ……"

"…… hair like twisted brambles made white by piled on snow ……"

"…… eyes shining like two stars ……"

"…… and face the color of ……"

"…… a vermillion-daubed ……"

"…… demon gargoyle thrusting from the eaves,"

"I see her for the first time ever tonight."

"But to what can you compare this sight?"

The entertainer begins to answer:

"Long, long ago ……"

The Tales of Ise tells us that on a rainy night, a demon ate a woman in a single bite, ate a woman on a rainy night when the terrifying thunder roared—a night like this, I cannot help but think. Seeing dew drops, the woman had asked her lover, Narihira, 'Are those pearls?' and before he could reply 'They are dew drops,' she was devoured by the demon, they say. Might I not also be devoured like that and suffer the shame of having stories told about me? Oh, the shame of having people tell my tale!

To which Yamamba says,

"A single hour of a spring night cannot be traded for a thousand pieces of gold, so precious are the pure fragrance of blossoms and the light of the moon. Likewise now, by chance, my long-held wish will be fulfilled for I shall hear the song of her I happened to meet, and this time will be all the dearer to me. Hurry, now, and sing the song!"

"No more can I delay this moment, here amid these unspeakably lonely mountains."

"The cuckoo cries and flaps its wings as if singing the first notes of the *kusemai*."

"The pounding of the waterfall supplies our drums."

"Sleeves flash white in the dance ……"

"…… and snow seems to dance around the flowering trees—yes, 'flowering trees,' the phrase recalls ……"

"…… a poem that asked what, if anything, even song and dance ……"

"…… there might be that did not reveal the Buddha's Law."

The chant continues,

What pain for Yamamba to go on making her rounds of the mountains

early deep in the mountains."

Yes, the sun always sets early deep in the mountains, but if, concerned about where both the clouds and I are headed, you will sing all night the *kusemai* about this mountain crone, I, too, will reveal my true form and follow every move of your dance, sleeve against sleeve. No sooner has she said this than the woman disappears, vanishing in an instant.

A moment later, the attendant says,

"So, then, now is the time for you to sing the song."

The entertainer replies,

"This is all so strange, I can't believe it really happened, but I must not ignore the words of the she-demon."

Clearly ring the notes of the flute that join the wind sweeping through the pines, flute and wind sweeping together through the pines above the valley stream where the image of the moon lingers like a cup lifted from the meandering waters of a poetry banquet. Moon and voices clear within the mountains, clear voices in the moonlit mountain depths.

At which point Yamamba makes her appearance.

"Oh, the terrifying depth of this valley! Looking down into this valley sends chills up my spine. In burial grounds, the spirits of the dead whip their own bones, weeping in regret for the evil deeds they committed in life. In contrast, heavenly beings offer flowers to their own corpses in deep fields, thankful again and again for the good deeds they performed in their former lives. But no! Good and evil are ultimately one and the same. What is there to regret or be glad for? All things are as they are before our eyes. Swift streams plunge down sheer slopes far into the distance while dizzying crags tower above us."

Yamamba continues:

"Mountain upon mountain: what sculptor could have carved these moss-green boulders into such shapes? Water upon water: in the home of what craftsman was the dye made for these deep green pools?"

Shaken, the entertainer says:

"How terrifying you are, appearing with such a monstrous countenance from the mountain shadows beneath a forest so thick no moonlight can penetrate! Are you, indeed, Yamamba herself?"

"From the words I just spoke must have sprouted forth the shoot of my true identity for you to grasp. Do not be afraid!"

grasses as brakes (*yoshi*) and reeds (*ashi*), forever attached to good (*yoshi*) and evil (*ashi*).' How interesting! 'Hyakuma Yamamba' is a nickname based on her *kusemai* performances, but what do you think the real Yamamba—the real mountain crone—would be like?"

The attendant says,

"As the *kusemai* explains, the real Yamamba is a demon woman who lives in the mountains."

"Demon woman? Whether she is a demon or a human, if she is a woman living in the mountains, isn't the song about me? That person has been singing as she pleases for years, but never once have her words given a dew-drop's worth of thought to what the Yamamba might be. I have come here to give voice to the resentment I feel about that. Is it not thanks to this one song that you have been able to excel in your art, gain great fame, and be praised by all for your excellence, bringing flowers into bloom? If you were to say prayers for my salvation, performing sacred rites with dance and the wondrous sounds and voices of music, I would be able to escape from the endless cycle of rebirth, return to truth without doubts and arrive at paradise."

The woman continues.

"As I give voice to my resentment here in these evening mountains, the birds and beasts add their voices to mine, for now before you on this Steep Pass has come none other than the spirit of the mountain crone—Yamamba herself."

The entertainer replies,

"How wondrous! You mean to say the real Yamamba has come here?"

"That I have truly come here today while on my mountain rounds throughout the land is owing to my wish to hear of the spiritual force my name possesses. Please sing the song and clear away my blind clinging to the world."

When she hears this, the entertainer says,

"I am afraid even to think of refusing such a request. To be sure that nothing bad happens to me, with diffidence I strike up a rhythm well suited to this place and start my dance with steps in time ……"

Whereupon the woman says,

"No, wait a moment. If you will wait until the sun sets completely and sing with a voice as clear as the moon at night, I will reveal my true form. Look! The evening moon is disappearing behind the clouds!"

The mountain woman looks up at the sky and further says,

"Even when there are no clouds to be concerned about, the sun always sets

"Yes, we shall do so."

The attendant calls to the entertainer,

"Let us leave, then, right away."

And so they begin their walk up the difficult way.

Before long, the local man says,

"What do you think? Isn't it even steeper than I said?"

"Yes, truly, the path is even more difficult than I had imagined."

"This is why I said it would be impossible to carry the litter up here. Oh, what has happened? The sun has suddenly set."

"Truly, truly, it is as if the sun had set all at once. Are there no lodgings here?"

"No, there are no lodgings in this place."

"Oh, what a fix we are in! I have lost track of where we came from."

At that point, a woman appears.

"Ho, there, you travelers! I will put you up for the night."

Hearing that, the local man says to the attendant,

"She says she will put us up for the night."

The mountain woman speaks again:

"This place is called the Steep Pass through the mountains, far from human habitation. Because the sun has set, you may spend the night in my hut."

The attendant replies,

"We are making our first pilgrimage to Zenkōji and have lost our way following the sunset. We are delighted to accept your kind offer."

The attendant and the others arrive at the mountain hut.

The mistress of the hut speaks:

"I have a reason for offering you lodgings tonight. I wish you to sing the Yamamba song for me. I have longed to hear it all these many years. It would surely be an unforgettable memory for me as one who lives out here in the countryside. That is why I made the sun go down and offered to put you up for the night. Please be so good as to sing the song for me."

The attendant replies,

"This request is so unexpected! Who do you think this person is that you wish to hear her sing the Yamamba song?"

"What are you trying to hide? Is she not the famous entertainer Hyakuma Yamamba? The first lines of the song she wrote are so full of meaning! 'The mountain crone makes her endless rounds among the mountains, through such

When a local person comes along, the attendant speaks to him:

"Might there be someone here who lives in Border River?"

"What business might you have with someone who lives in Border River?"

"I come from the capital, and I wish to learn about the ways from here to Zenkōji Temple."

"Ah, yes, there are many ways to go from here to Zenkōji, among them the high road, the low road, and the Steep Pass. In particular, the Steep Pass was first trodden by Amida Buddha himself, Zenkōji's main object of worship. It is, however, a rugged path with many obstacles. I see that you are bearing a fine lady in that litter, but carrying such a conveyance over the Steep Pass would be out of the question."

"Thank you for your kind advice. We do have a lady with us as you have observed. Please wait here a moment while I tell her the situation."

"Yes, I shall do so."

The attendant speaks to the entertainer.

"Having inquired concerning routes to Zenkōji, I am told there are the high road, the low road, and the Steep Pass. The Steep Pass is a road that demonstrates the teaching that both Amida and his Pure Land are contained in the heart of each individual worshipper, but no conveyance can be carried over it."

The entertainer replies,

"Truly, as we have always heard, the Buddha's Pure Land western paradise lies many billion Buddha lands away from here, but insofar as the Steep Pass is the most direct route by which Amida comes to welcome us to paradise, let us take it. This pilgrimage of mine is meant to be a penance after all, so I shall leave the litter here and walk the rest of the way barefoot. Please guide us."

"If that is the case, I shall tell him so."

The attendant speaks to the local man.

"Is the man I just spoke to still here?"

"Yes, sir, here I am."

"When I told the lady what you told me, she said she would leave her litter here and proceed barefoot. Please show us the way."

"Of course you are unfamiliar with the route, so I would like to show you the way, but there are matters I must attend to that make it impossible for me to do so."

"I understand, but still I wish you would guide us."

"All right, then, I will leave my tasks undone and go with you. Please prepare to depart immediately."

Yamamba (The Mountain Crone): The Majesty of the Mountains

Let us make our way to Zenkōji, the distant Temple of the Good Light, to seek the blessing and protection of the Buddha's marvelous Good Light.

So saying, there appear a female entertainer and her attendants, one of whom says:

"I am one who lives near the capital. This person here is the entertainer famous in the capital as Hyakuma Yamamba. The young people of the city call her that because, as the latest in the line of *kusemai* dancers begun long ago by Hyakuma, she has made up a *kusemai* dance and song about the legendary Yamamba mountain crone making her rounds through the mountains. And because this year marks the twelfth anniversary of the death of her dear mother, she has said she wishes to make a pilgrimage to worship in her memory at Zenkōji Temple deep in the mountains of Shinano. We are here to accompany her and will travel there in all haste."

Departing from the capital, careworn, we launch a boat and row from the rippling Shiga Lake shore. Uncertain of our destination, we pass Mount Arachi. Jewels of dew fleck our sleeves as we reach Tamae Bridge and, crossing, we head northward on the Koshi road—how far the journey ahead of us!

The tide splashes on the low-hanging pine branches at Shiokoshi as we pass by. The Ataka pines are shrouded in the evening smoke, but unlike smoke our worldly sins fail to disperse, the only sword sharp enough to sever them from us being to call upon the holy name of Amida. Sharp indeed is the soaring Tonami Peak we pass and, urged on by the movement of the clouds, we come to the road that links the three provinces of Hokuriku. Asking the name of the village at the far end of the first province, we are shocked to learn how far we have come from the capital. "Border River," they tell us, for we have arrived at the river between two provinces.

Whereupon the attendant speaks:

"Having travelled in haste, we have arrived at Border River between the provinces of Echigo and Etchū. They say there are many routes from here to Zenkōji, so I will ask a local person which one is best."

Another attendant replies:

"That is surely a good idea."

The attendant then says to the entertainer:

"Please make yourself comfortable here."

【鼎談】

謡を英語にする醍醐味

柴田元幸
ジェイ・ルービン
いとうせいこう

能の十の演目について、作家、いとうせいこうが現代語訳し、その現代語訳からジェイ・ルービンが英語訳する、という前人未踏の試みが『新潮』誌上で連載された。その英語訳のいくつかを自身が主宰する『MONKEY』（英語版）にて掲載、紹介したのが、柴田元幸だった。その背景、そして、六五〇年の間、謡い継がれてきた言葉を英語で読むことの意味とは何か。
訳者二人と柴田で語り合ってもらう。なお、鼎談は日本語と英語を交えて行われた。

能を「読むもの」として最初から

柴田　ジェイは、能と夏目漱石と村上春樹に特化した日本文学者であるわけだけれども、そもそも能とはどうやって出会ったんですか。

ルービン　大学時代にアジア系の授業を選ぼうと「日本文学講義」の授業を受けて能のことを知り、興味を持ちました。

アメリカでは能舞台がなく、能の上演を実際には見られないので、最初から全て「読むもの」として能の詞章を読みました。実際の舞台を見ないまま、文学として、文字で能に親しみ始めました。文章だと短時間で読めるしね（笑）。

いとう　能は舞台で見ても聞き取りにくい。というよりも、二重三重に言葉に意味を持たせているから、音楽的に鑑賞するならいいのですが、文学的には耳からすべてを把握しにくい。僕は気が短いから、読む方が早い（笑）。

柴田　京都の国際日本文化研究センターにいたときも、能を文学として研究していたんですか。

ルービン　能についての勉強会を一年間、代表者として開いていました。十五人ほど、西野春雄さんのような学者や、小鼓の大倉源次郎さんなど囃子方（音を奏でる笛、小鼓、大鼓、太鼓などを指す）、装束や舞のことに詳しいモニカ・ベーテさんといった外国の方も参加されていました。

柴田　西野さん、『日々の光』（ジェイ・ルービンの小説。柴田・平塚隼介訳、新潮社刊）の中に出てくるよね。

ルービン　そうそう。田代慶一郎さん（筑波大学名誉教授、故人）と西野さん（法政大学名誉教授）に登場してもらいました。この二人とは若い頃からの付き合いですが、彼らのように能を文学として研究している人は案外少ないんです。

なぜ能の詞章を英語にしたか

柴田　僕は二〇一一年から英語の文芸誌をほぼ毎年出していて、ジェイにも毎回何かを訳してもらっています。『monkey business』時代（2011〜17）には芥川や国木田独歩などを訳してもらっていたけど、『MONKEY』になってから（2020〜）はもっぱら「能十番」からですね。

三〇年前なら、能の詞章を『MONKEY』に載せはしなかったと思います。日本と言えば富士《フジ》山《ヤマ》芸者《ゲイシャ》という時代で、そこから出たいという気持ちが強かっただろうから、能楽のような伝統的なものは自動的に排除してしまったと思う。ですが、村上春樹や宮崎駿といった人たちの活躍で、そうじゃない日本が見えるようになったので、伝統的なものでもいいものは排除することはない、という気にいまはなれる。

いとうせいこうさんの現代語訳から英語に訳すことになったのは、どういう経緯だったんですか？

ルービン　それは、頼まれたから（笑）。というのも、宝生流の宗家、宝生和英《ほうしょうかずふさ》さん（二十世宗家。1986年生まれ）が、『羽衣』を上演する際に、舞台の前に半透明のスクリーンを張り、そこに日本語と英語訳を載せることにしたのです。私に英語訳の依頼がきたんですが、私よりも適任のロイヤル・タイラー（1936年生まれ。元オーストラリア国立大学日本

センター所長・教授。多くの謡曲の翻訳を通し、能を世界に紹介してきた）に頼んではどうかと最初はお断りしました。彼は、『源氏物語』や『平家物語』はもちろん、謡曲についても素晴らしい英訳をしていますから（『源氏物語』の英語訳では、1925〜33年のアーサー・ウェイリーと1976年のE・G・サイデンステッカーに続きロイヤル・タイラーが2001年に完訳、書籍を刊行している）。そうしたら宝生さんは、中世の謡曲の詞章からではなく、作家のいとうせいこうさんが訳す現代日本語から翻訳してほしいのだという。詩的表現の美しさや言葉のイメージを観客にくみ取ってもらうために、今回はその方が良いだろうということでした。私は大興奮、なんと、それはいいぞ、テキストに回帰できるぞ、と引き受けたわけです。

柴田　テキストへの回帰、とは？

ルービン　まさにそこです。能の詞章は意味の密度が濃く、文学的に豊かな言葉遊びにもなっていて、韻を踏んでいたり、例えば掛詞のようにひとつの言葉から引き出される意味が複数重なることもある。世阿弥も他の能作者も、意図して密にその意味を詰め込んでいます。

もちろんその全てを瞬時に理解する人もいますが、現代の日本でどれくらいの人ができるでしょうか。謡本を見ながら舞台を鑑賞する人も多いですが、視線が上下してしまうので舞台に集中するには難しい。舞台上の価値を認識しつつ、テキストの意味を理解するには、視界内にスクリーンを置き、現代語訳（言葉を浮き彫りにするデザインも工夫されていた）の方が良いと考えたのだと思います。

私は、能をずっと「文学」と捉えていたので、テキストに重きを置くやり方はあっぱれだと思いました。日本では実は珍しいことですが、テキストの意味やイメージを大切にできます。ほとんどの場合は、耳に入れても、聞いてそのまま通り過ぎてしまう。ただ、その上演の試みは二〇一八年の東京と二〇一九年の堺での『羽衣』の上演だけで終わっていて、他の曲ではやっていないのが残念なくらいです。大成功だったと思うので、またやって欲しい。

それに、せいこうさんと会ったら「話が合う」というやつだったんです。せいこうさんが「文学」として能を捉えているからです。しかも、その後に私が東京でギターを大勢で弾くパーティをしたら、来てくれた。

いとう　そうそう、ギターパーティで再会した（笑）。

ルービン　それで意気投合して、連載に繋がったんです。

柴田　ジェイは謡曲の詞章そのものは長年読んでいたわけだよね。せいこうさんの現代語訳に出会って、どう思ったんですか？

ルービン　せいこうさんと私が翻訳者としてやりたかったのは、自身の日本語理解を通して、すべてを投入して、テキストから得られる感動を伝えるということなんです。

私にとって日本語は、学んで得た言葉であって、生まれつき話していた母語ではありません。意識的に日本語の文章には対峙してきましたが、まだまだ難しい。それでも、私自身が言葉に分け入って情感のある言葉に震えたいのです。テキストに感動し、興奮したその心の動きを伝えられるか、それをいつも考えます。

だから、謡曲に出会って、私は感動したけれど、それをまさか自分が訳せるとは思わなかった。でも、せいこうさんの現代語訳になら私にも近づけると思ったし、その文学性は私にも翻訳できると思ったんです。

柴田　現代語訳にしてアクセスしやすくするというよりは、本来のスピリットに迫ったということですね。

掛詞、音楽性

ルービン　一方で、せいこうさんの現代語訳を訳す際に、いつも元の（古典の）詞章を参照したんです。

柴田　やっぱりそうなんだ。

ルービン　はい。単に現代語訳を英訳するのではな

く、どうしてその現代語訳になったのかを元の詞章に立ち返って、せいこうさんが何を強調して抽出し、訳しているかを確認しました。ひとつ挙げれば、せいこうさんは終始、掛詞の言葉のパフォーマンスを大切に訳していました。英語訳でいちばん難しかった点でもあります。例えば、「春」と「晴れ」が一つの言葉に含まれる場合がある。

柴田　せいこうさん、掛詞を残すんだという決意は、どこから来ているんですか?

いとう　なにしろ古典が文学として面白いのは、まずその形式だと思ってるので。それとテキストがどういうリズムで成り立ってるのか。そこを現代語でも再現したいんです。特に自分がラップをやっていることも関係していると思いますが、例えば日本文学全集で近松門左衛門を訳す際も(『日本文学全集』河出書房新社刊、第10巻で『曾根崎心中』を新訳した)、五七五の文字数まで、字余り字足らず含めて合わせました。ジェイさんには今回ご苦労をおかけしましたが、ジェイさんの英語訳を読むと、掛詞をその箇所で全ては訳していなくても、違うところで頭韻(歌や文章の語頭に、同じないしは似た音を繰り返すこと)を踏ませて韻文として全体で帳尻を合わせているのがわかりました。それが素晴らしいと思ったんです。気が合うということなんでしょうね。

ルービン　そうそう。

いとう　最近気が合う理由もわかったんです。ジェイさんは音楽のイメージを持っていますよね。息子さんがミュージシャンでしょう、僕も音楽をやっています。おそらく、リズムやメロディ的な感覚が合っている。世阿弥が持つ音楽性を、世阿弥の詞章から一緒に持ってこようとした。それが今回の挑戦だったんです。

ルービン　そうです、その通りです。

柴田　ゲン(息子さん)が音楽的な遺伝子を証明したよね。

ルービン　そう、私は仕事を間違えたと思う(笑)。

柴田　翻訳者には音楽好きが多いですね。そもそもミュージシャンになれなかったから翻訳やってる人ってけっこう多いと思う。この「能十番」の翻訳も、どうやら音楽性というのがキモみたいだね。

いとう やっぱり能は韻文ですからね。でもこれまでの訳は、僕にとっては音楽的ではなくて、何か違うな、もっとカッコいいのにな、と思っていたら、それをジェイさんがわかってくれたということです。

掛詞に見えてきた同志愛

柴田 ここ三〇年くらいかな、文章の音楽性というものをみんなが考えるようになっていますよね。

ルービン 一番大切なのは、リズムや、なんらかの詩的な感情だと思うけれど、重要なパーツであることはまちがいないですね。でも、いまだから白状すると、訳しながら自分自身の英語訳にとてつもなく感動していたんです。今回も読み直していたら、自分の訳した『善知鳥《うとう》』で泣いてしまった（笑）。

一同 （爆笑）

ルービン だって『善知鳥』は素晴らしいでしょう。示唆に富んでいて、感動的でもある。親鳥の「うとう」と鳴く声に「やすかた」と鳴いて子鳥が反応する性質を利用し、狩人は赤ちゃんの鳥を捕獲し、殺す。親子の愛を裏切る、この残酷な猟をしてきた狩人の霊が生前の殺生を懺悔し、我が身を嘆き語る能です。この曲はすべてのテキストが本当にすばらしい。自分の翻訳にも大満足できました。

柴田 例えばこの一節など、気迫を感じます。芥川の『地獄変』のルービン訳を思い浮かべました。

たとえ紅蓮《ぐれん》地獄、大紅蓮《だいぐれん》地獄の極寒で身が裂け、
血が蓮華のような形に開くという場所であっても、
仏たちの名号やお知恵の火で氷は消えるだろう。
また焦熱《しょうねつ》地獄、大焦熱《だいしょうねつ》地獄で猛火に焼かれても、
仏の法という水には勝てまい。

The holy names of the Buddha and the flames of His wisdom will melt the ice even in such frozen places as the Hell of the Crimson Lotus or the Great Hell of the Crimson Lotus, where the intense cold splits the body

open and freezes the blood into the shape of open lotus blooms. And even if one is burned by the fierce flames of the Hell of Scorching Heat or the Great Hell of Scorching Heat, those flames cannot conquer the water of Buddha's Law.

柴田　『山姥』も素晴らしいと思いました。例えば、最後の箇所のここです。

No sooner do we wonder if we are seeing a she-demon **soaring up** a mountain peak than her voice **echoes down** in the valley, and though we thought she was here until a moment ago, Yamamba is off now on her rounds to mountain after mountain, her rounds to mountain after mountain, bound where we cannot know.

この鬼女の姿、見ているか見えているかと峰を駆け上がれば、その声は谷に響き、今までここにいたと思われたのに、山また山へと山廻り、山また山へと廻りいき、山姥は行方も知れなくなったのであった。

日本語のテキストでは上下の動きをはっきり表現していないけれど、太字にした箇所の英語の方ではそれをごく自然にやっていて、コントラストやリズムが無理なく浮かび上がる。シンプルな技術で効果を出しているよね。やっぱりジェイの訳は素晴らしい。『MONKEY』では、最初に、送られてきた翻訳を原文と比べて、正確さをチェックするのが僕の仕事なわけです。でも、ジェイの翻訳は直すところがほとんどないからチェックするのが退屈。いちばん退屈で、いちばん面白い（笑）。

ルービン　柴田さんに直接に言われてみると、いい気持ちだなあ（笑）。私を褒めるのが自分自身だけじゃないとわかったのも、嬉しいです（笑）。

柴田　（笑）。村上春樹や芥川を翻訳するのと比較して、現代語訳とはいえ能の詞章を翻訳するのは、何が違いますか？

ルービン　比べると、シンプルに能の方が作業が多いので、翻訳するのは格段に大変。ですから、これだ、とハマった時の満足感は大きいです。これだけの数の謡曲を訳した今は、以前よりも古典の言葉やイメージに慣れてきたなと感じます。

柴田　せいこうさん、どうですか？

いとう　現代語においても、詩を訳す作業は散文よりも厄介だと思いますが、「能十番」の場合は、その詩を訳す作業を全体にやっていることになるから大変ですよね。

現代語訳で僕は掛詞を残しましたが、意味と音が鎖みたいに繋がっているから、文脈としては浮いてしまったりする。それでも僕がそれを訳したいという部分をそのまま英訳で残してくださった。

ルービン　どうにもならなかった箇所もありました。

いとう　主語が変わっていくような箇所（人物が主語とされていたのが、いつの間にか風景が主語になっているような箇所）や曖昧になる箇所（主語がはっきり書かれていない）で、校閲の疑問が多かったと後で聞きました。

ルービン　確かにそれはあったかもしれませんね。

いとう　能の詞章では、シテが主語として発していた言葉を、いつのまにか地謡コーラスがそのまま継いで謡い出すところがあって、そうなると主語は明確ではなくなり、誰のものでもない世界になって行くんです。人間の存在が環境に溶けて行く感じ、それが音楽的にも、現象としてもたまらなくカッコいい。

これを訳したい、伝えたい、と思ってやっていたのですが、主語を明確にして伝わる英語に翻訳するのは、至難の業だなとも思っていました。申し訳ないことで、ジェイさん、大変だったと思う。自分自身も今までの翻訳だったらそこは主語を置いて訳したと思うんです。自分が残した掛詞がそのまま英語になって出てくる時の、叫ぶほどの感動と言ったらなかったです。

ブルシット探知機、テキストに寄り添う

柴田　これを英語圏で出版するとなったら、英語を

母語とする人の校閲を通ると思うけど、そこでどういう戦いが起こるか興味が湧きますね。クォーテーションマークの付け方をあえて統一していないとか、英語なら普通he saidとかshe saidとか入れるところで入れていなかったり、引っかかりそうな箇所がところどころあるよね。

ルービン　そのあたりは意識しましたね。

柴田　きちんと考えてやっているとわかるから、余計気になります。一般的に言って、ジェイはアクロバットはやらない翻訳者。ジェイは同意しないかもしれないけれど、言語は違っても、僕が英語から日本語に訳すときのアプローチも、ジェイが日本語から英語に訳すときと似ていると思います。

ルービン　私と柴田さんの？

柴田　できる限り直訳して、それが無理なら最低限、意訳を施す。『山姥』のタイトルで言えば、ロイヤル・タイラーは『Granny Mountains』ですが、ジェイは『The Mountain Crone』。ジェイの方がおとなしい。ロイヤル・タイラーの方が、マザーグースのようになっていて、思い切って変えているという印象です。もちろんこれはどちらがいい悪いの問題ではない。小さな例に過ぎませんが、傾向は伝わってきますよね。

いとう　それがテキストに寄り添うということですよね。だから、僕も極力意訳しないようにしました。その意訳しない現代語訳をジェイさんに渡すと、またできる限り意訳しないようにした英語訳が仕上がってくるという、すごい連携でしたね。直接的にテキストに寄り添った形で返ってくるから、ジェイさんとの同志愛が海を越えて生まれていました。

柴田　先ほど話された校閲の指摘には、どんなものがあったのですか？

いとう　「これは誰の言葉なのでしょうか」というのが多かったですね。そこは曖昧にしたいんだよな、という箇所もあれば、確かに普通の人が読む場合はこれじゃわからないよな、と思う箇所もありました。

ルービン　英語訳でも、同じように最初のうちは校閲からの疑問が多かったのですが、だんだん減っていったように思います。

いとう　僕らの頑固さが伝わったんですよ（笑）。でも世阿弥は喜んでいるのじゃないですかね。一番彼がやりたかったことでしょう。こういう方法で言葉遊びもして、感動も伝えて、ということ。それでも、ジェイさんから何か「これは違うのでは」というご意見はほとんどなかったです。

ルービン　いや、ありましたよ。ただ、一、二度だけでしたし、解釈というよりも勘違いというところでしたよね。まったく違う世界の読者に対して、テキストの持つ情感に寄り添って、難解な言葉を時代や言語の壁を超えて理解してもらうようにする。そこに揺るぎない同意があったと思います。

柴田　最終的に掲載されていた翻訳を読んでも、今日聞いたようなジェイの苦労は見えてこない。これは大事だよね。たまに、翻訳の苦労ばかりが見えてしまう文章があって、それは原文の精神にたどり着く邪魔になるから。

いとう　確かに聞かれて話すから今でこそ経験談が出てきますが、ワクワクしながらやっているから、苦労の感はなかったかもしれません。

柴田　『善知鳥』に戻ると、自分の罪のために自分の子供が安らげない、と考える場面もいいですよね。「やすかた」という鳥の鳴き声を文字どおり再現することよりも、my great sins weigh down upon meとmy heart can have no peaceという対の美しさに力点を置いて、心に残る響きになっている。

とはいいながら、この身には重い罪科があり、心
はいつやすらぐことか、やすかたのような鳥や獣
を俺は殺したのだ

Yet, for all that, my great sins weigh down upon me, and
my heart can have no peace, for I have killed many
peaceful creatures, among them the gentle birds that cry
'Yasukata.'

ルービン　それを読み取ってくれる柴田さんがいる

という幸せも、今はあります。日本語話者だけが捉えられる六五〇年前の中世の言葉の深みを、現代の英語にできる喜びは、果てしない。

柴田　人を喜ばせるには、自分が喜んでいないと無理ですよね。いい作品との出会いは大前提ですが、その良質なテキストを満足感と共に翻訳できればハッピーな翻訳になります。

ルービン　単なる文法で訳すなら機械の仕事になってしまうから、ハッピーに行かないとね。それに、「翻訳のコツは何ですか」と聞かれることが多いけれど、とにかく、とことん訳してみるしかないよとしか言えないです。

柴田　ジェイはあるとき「ブルシット（たわごと）探知機」を自称したけどほんとにそうだと思う。人がもったいぶった偉そうなことを言うとすぐにビーッと鳴る（笑）。その対極が、テキストに寄り添う姿勢だと思う。能の面白さに近づきたいという気持ちは決して、権威主義的なものではない。こんなにもったいぶったこと言わずに、よくハーバードで大丈夫だったなと思うけど（笑）。

いとう　『羽衣』では冒頭の一行目から、やってくれていますね。頭韻を踏んでいて、韻文の世界をこうして表現されているんだなと感慨深く読んだ箇所です。

Swift are the winds that sweep the shore at Mio.

柴田　「S」と「W」の連鎖が生きているよね。

ルービン　こういうところは凝ってしまいます。

いとう　ジェイさんの凝った箇所をむしろ、逆に英語訳から韻を踏んで日本語にしてみたくなりますね。ジェイさんの英語から僕が邦訳にしてみるかな。刊行記念で「訳し返し」にトライするのはどうでしょう。新作能とは違うジャンルです。

ルービン　どうぞやってみてください（笑）。

柴田　それをジェイがギターで弾き語りすればいいかも。

ルービン　やりますよ！

【対談】

世阿弥に学び、「芸人実感」で謡を考える

酒井雄二（ゴスペラーズ）
いとうせいこう

著者ふたりが意気投合したのが能の謡における音楽性なら、古典芸能以外の、音楽のプロの耳にその音はどう聴こえているのだろう。

いとうせいこうに誘われ、すっかり謡の世界に夢中になっているのがゴスペラーズの酒井雄二さんだ。結成三〇周年を迎える人気ボーカルグループのメンバーでありつつも、音楽番組で解説役として出演したり、漫画文章本を刊行したり、才能は幅広い。

謡を習うことは何をもたらすのか。地謡はコーラスのようなものなのか、音楽性についての解説として、ふたりに語ってもらった。

いとう　能の謡の会「流れの会」は始めてもう十一年目だって。酒井くんは少し後からだけど、それでも何年目くらい？

酒井　「酒井くん、興味あるんじゃないの？」と誘ってくださって、そこからもう七年とは、早い！

いとう　びっくりだよね。

酒井くんと話したかった理由

いとう　そのだいぶ前から、酒井くんとは話す機会が多くありましたよね。

酒井　ラジオ番組のゲストに呼んでいただき、そのあと、ゴスペラーズのファンクラブ会報に登場いただき、で、毎回、古典芸能の雑談をけっこうしてきて。

いとう　何か、古典芸能でないと摂取できない栄養分があるんだよね。それを酒井くんは欲していると思ったんですよ（笑）。ゴスペラーズは、比較文化論を音楽で実践しているところがあるからかな、洋楽やゴスペルで、アメリカの語りと謡の間を比較しつつ、つなげてくれると思いました。

でも、ジェイ・ルービンさんのご子息がミュージシャンで、ゴスペラーズに楽曲を提供されている、なんていうご縁もあるんだよね。柴田元幸さんも交えて鼎談をしたのだけど、三人に共通するのが音楽性だぞ、ってことになった（二三〇頁参照）。この本は「新しい能の読み方」とサブタイトルにあるように、読んで面白い能の詞章がテーマなのだけど、音楽劇の側面も語っておくべきだと考えました。

それは日本の古典芸能全般に言えて、三味線が軸になる江戸時代以降も、あまり音楽劇としてのエンターテイメント性は語られていない。文学としてももちろん読めるのだけど、まず音楽があってこそ、ですからね。文字だけでもこう読めたら面白いですよ、と提案をする本ではあるけど、世阿弥の頃に冷凍保存された解凍前の原形は音楽劇だ、ということを語るとしたら酒井くんだなと、お呼び立てしました（笑）。

ゴスペルと能には共通点がある

いとう　ゴスペル教会での説教を聞くと、歌いながら、穏やかなところから盛り上がって熱を帯びて沸点に達していき、渾然一体でまとまっていきますよね。日本にこのソウルフルなものがないのか？と探してみるんだけど、なかなかない。で、ゴスペルのように興奮とともに現場に連れて行ってくれる感じだったのが、僕にとっては、まず文楽だったんです。義太夫節。
酒井　大阪がルーツの文楽は、関西弁のイントネーションの高低がいつしか歌になっていきますね。それをせいこうさんと話そうと思っていたら、すでに浄瑠璃を習っていらした（笑）。これは俺もやらなくちゃと相談をしたら、「能をやるけど、やる？」と聞かれて（笑）。
いとう　すいません。で、会でも、発声のことは酒井くん担当だよね。
酒井　決して、クラシカルな音楽教育を受けた正統

派の発声ではないのですが、能には能なりの発声、例えば呼吸を全員でタイミングを合わせてから入る「コミ」があって、特徴的ですよね。

いとう　みんなで息を飲み込んで始める感じは、ゴスペルでもあるわけでしょう？

酒井　似た状況はあっても、概念が西洋にはないですよね。日本の古典芸能にはそれがある。ただし、文字で丁寧に書かれていることは少ない（笑）。

いとう　師事している下掛宝生流では、「謡本にはこう書いてあるけれど無視していいです」とか、実際にはそのままではないことも多くて、全体に能は、中央集権型ではなくて、個々人に解釈を委ねるところがありますね。

酒井　確かに、各人のバラエティを大切にしていて、解決はそれぞれで、というスタンスですね。全員がこの解決法で謡う、ではなく。

いとう　分散型ですね。それぞれバラバラだからこそ全員で謡うと出てくるグルーブ感がある。能では、そこがカッコいい仕上がりになっていく。

酒井　それぞれ気持ちを込めて熱く歌い、カッコいいものを足し算する。手前味噌かもしれませんが、ブラックミュージック、あるいはゴスペルの持つ魅力を込めようと、ゴスペラーズ命名の際に考えたのと同じ土台です。

いとう　多少はみ出すくらいの熱のこもり方がいいよね。声の質が違うからこそ楽しめるというか。

酒井　仏教の説経に節がついた、説経節と似ている気がします。普通のお経でも、聞いていると、お坊さんそれぞれの発声や息継ぎは違います。息がなくなったところで勝手に出て、また勝手に入っても大丈夫です。能でもそうですよね。

いとう　何人かでやることの醍醐味ってありますね。文楽の浄瑠璃を習い始めていちばん驚いたのは、太夫と三味線と人形遣いがお互いに合わせたらだめ、というところです。安易に合わせることは幼稚だ、という考え方なんですよね。全員が違っても合うくらいの幅を持て、という方法論なのかな。

酒井　太夫と三味線と人形遣い、これはそれぞれが違うことをやりつつ合わせます。バンドやセッションのような合わせで、能はこれに近い。アカペラと同じですよね。

いとう　そうね。アカペラがひとつの空間に束になっている。

酒井　均質なものの合計って実はつまらない。能で言えば、笛と小鼓と大鼓と太鼓という囃子方、これにシテ方、ワキ方、それぞれにツレがいる場合もあって、そして地謡がいて、と質が違う音を合わせていけますよね。

　ゴスペラーズも、声が違うことが悩みでもあり強みでもあります。例えばジャクソン5は家族だから声質が似ていてぴたりときれいにハモれる。でも、声の質が違う人がハモった時の方が、粒の立ち方が違って面白い結果にはなるんです。

いとう　ツアーでは、よく最後にマイクなしでハモるんですよね。

酒井　和田アキ子さんがライブの最後にマイクなしのアカペラ独唱をやっているのをメンバーで見たのが発端なんです。マイクを通さない生声のほうが、むしろ耳に飛び込んできた。驚きました（笑）。五人でやってみると、その場で混ざる自分たちの声を聴きながらバランスを取る、その空気ごとお客さんにスリリングに伝わるのがわかりました。

　もちろん、音響機材できちんと整えるのは大事なことだし、ひと粒ひと粒が裸になっているのを見せるのはけっこう恥ずかしいんですけどね。

いとう　能舞台も同じで、音のまとまりに耳を澄ませるように出来てますね。世阿弥の頃にはなかったようですが、能舞台の背景にいまでは必ずある、松が描かれた鏡板《かがみいた》が音響装置となって、生声の謡を補完しているのだと思います。アメリカのフェスが大きな場所での音響装置を発明していったように、日本の芸能でも舞台という装置が生まれた。

酒井　能舞台が屋内に入ったのは明治に入ってからで最近だそうですが、近代化で周囲の音が増大した背景があるのかもしれませんね。六五〇年の長い時間の間に、音響調整が極致に至った、とも言えます

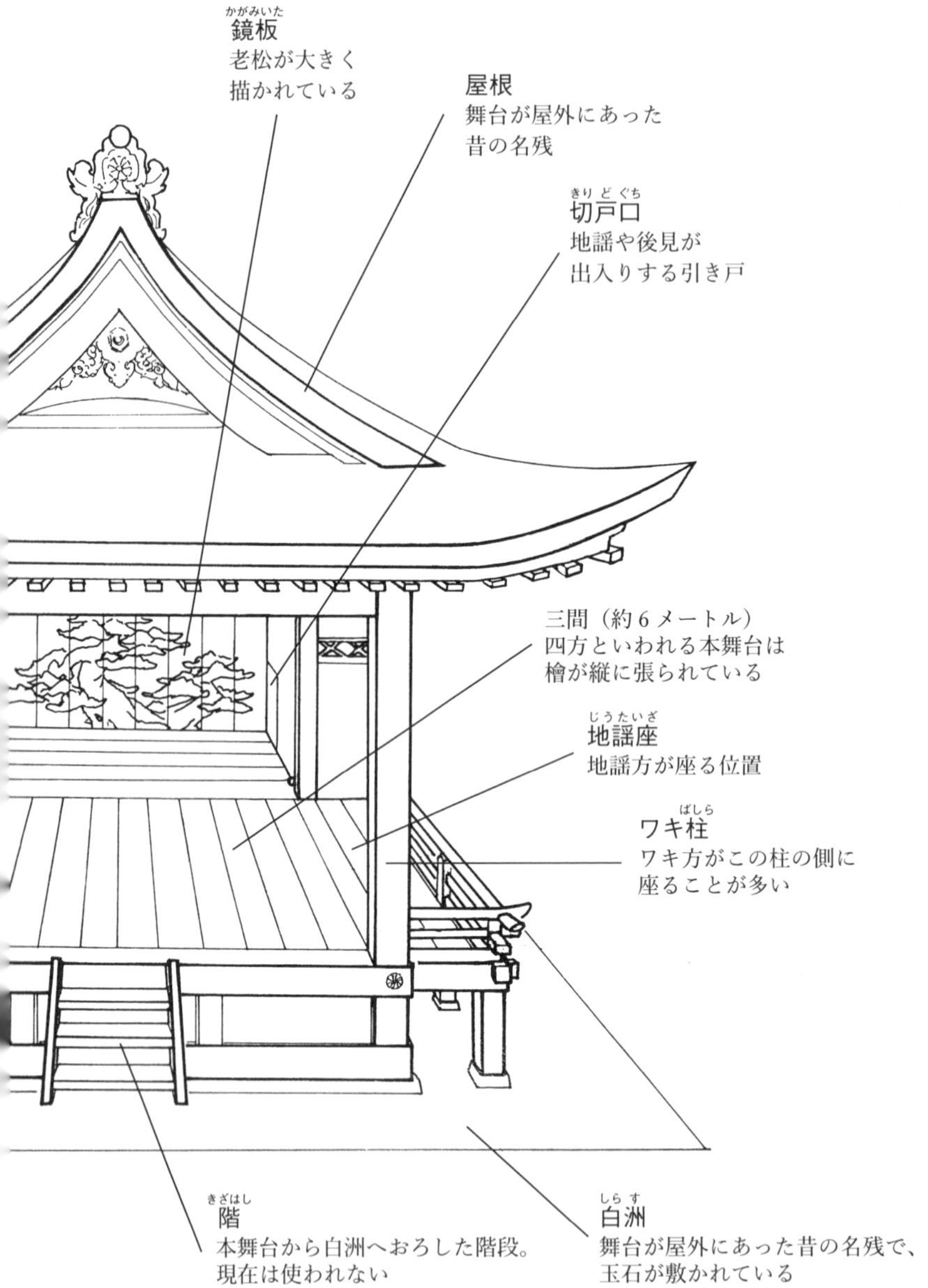
鏡板《かがみいた》
老松が大きく
描かれている
屋根
舞台が屋外にあった
昔の名残
切戸口《きりどぐち》
地謡や後見が
出入りする引き戸
三間（約6メートル）
四方といわれる本舞台は
檜が縦に張られている
地謡座《じうたいざ》
地謡方が座る位置
ワキ柱《ばしら》
ワキ方がこの柱の側に
座ることが多い
階《きざはし》
本舞台から白洲へおろした階段。
現在は使われない
白洲《しらす》
舞台が屋外にあった昔の名残で、
玉石が敷かれている

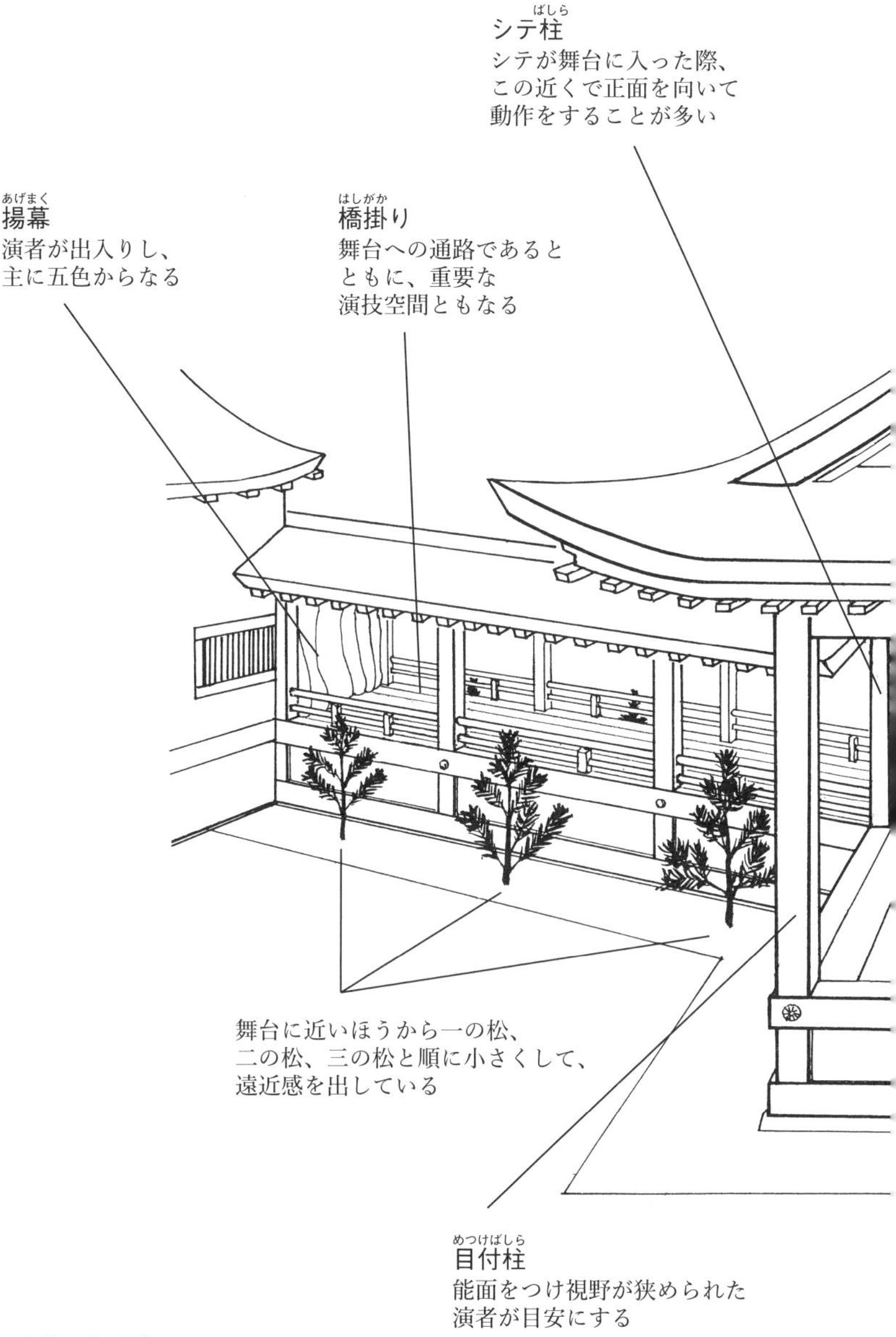

『まんがで楽しむ能・狂言』
（檜書店）より

ね。

いとう　薪能《たきぎのう》とか野外だと、全く違う音になるよね。しかも縁起のいい松が描かれてるし（笑）、ビジュアルも完成した。

酒井　屋外でのライブは、音が周囲へ逃げて行ってしまうので、壁やトンネルのような、音を反射させる構造がある方が助かるんです。

いとう　確かにナスカの地上絵を見に行った時に、四方八方何もない場所で降りたら、音が吸われて自分の声さえ聞こえなかったよ。

酒井　そういう舞台装置の効果までわかると、音として面白くなりますね。

いとう　野村萬斎くんは、能舞台では後ろに向かっても声を出す、と言ってました。喉だけではなく、身体全体を震わせるくらい使って。

わからなくても情景が浮かぶ翻訳

酒井　この現代語訳は、スッと情景が浮かぶのが、ありがたいと感じました。たとえば、二人の人物が一つの文章や関連事項を各々語る、割台詞《わりぜりふ》のような箇所や掛詞がよくわかったんです。読んでわかる日本語になっているから、能に触れたい人の間口が広がると思いました。

いとう　もともと謡のテキストにはほぼト書きがないですし、現代的な意味での舞台脚本とはまったく違うので、そのト書きを最小限足して、読み物としてもわかりやすく作りました。

旅人や僧侶であるワキ方が新しい土地に行き、そこで不思議な人物（シテ方）と出会う前半に対して、同じ人物が後半には幽霊などとして登場する（それぞれ前シテ、後シテ、と呼ぶ）、といった物語構成が多い中で、間狂言《あい》は、能の曲の中で狂言師が受け持つ部分で、シテの中入の間に登場してテーマや流れの説明をする語りが多い。伝える内容は同じですが、これもト書きとはまた違います。たとえば『海人』でも、「シテ方、水に入る」といったト書きがないのにいきなり水辺で何か喋っているような状況になっている。

酒井　けっこう自由に動いてますもんね（笑）。

いとう　そう（笑）。だからこそそのままでは読み物になりにくかった。謡われる言葉がただ並んでいる形式だったからですね。ト書きは読む人に必要なかった。謡のテキストは舞台をすでに知っている人、あるいはそれを伝えてもらう人が使うメディアだったから。謡って楽しむ人にとってもそうです。英語訳の方ではもちろん「その男はどこどこに行った」と動きや主語が、必要最低限ですが補われてて、それは現代日本語でも同様に必要だったわけです。

酒井　掛詞などで意味が圧縮されている箇所を、現代語訳では開いて表現されていますね。

いとう　意味とか音が掛かってる部分は徹底的にわかるようにしたんだよね。基本的に日本の古典文学は掛かった部分、つまりライミングをひとつにする。「遠く鳴尾の沖過ぎて」には、「なる」と「鳴尾」が圧縮されている。欧米の韻がふたつに分けて重ねるのと逆です。ラップが典型的ですね。一回目と二回目がある。日本ではそれを一回で済ませるんです。一文の中で読み取る快楽を選択している。そして現代人にはもうラップ型でないとライミングの妙が理解出来ない。なので韻があればすべて分解して、なおかつ意味が通るようにしました。

その上、困ったことに（笑）、謡だとシテとワキがひとつの文をかわるがわる言ったりするし、地謡がコーラスになって入ってくるし、それが誰の言葉か、話の筋もわかりにくくなる。師匠の安田登さんが「共話《きょうわ》」とおっしゃってる構造ですね。初心者が特に理解しづらいのはそこかもしれません。

酒井　最初のそこを抜けるとすごい世界が待っているんですけどね。

いとう　そう。一方で、そこが能の詞章の面白いところで、日本の古典の妙なんです。主語を気にしない、というか誰の発言か明確にすることを必要としていない。互いが溶け合って大筋を運んでいけばそれでいい。

酒井　ぼくらもコーラスグループなのでそこをよく考えるんです。声を揃えて何かを言うことは、普通

の会話では起こりません。むしろ、同時になるとあれ？と驚くくらいです。だからこそサビの部分で、同時に歌うことで起こる力を効果的に利用するわけです。一人で歌うよりも、二人でハモる力をいただいてしまう。主体が個人でなくなってもよい。

いとう　詞章と共に、例えば大自然の描写なら、何か嵐が来たり、月に雲がかかったり、幽霊が登場したり、とイメージが韻によって重なります。おかげで、景色が変わっていくスペクタクルを頭の中で絵巻物を動かして楽しむようにフェイドイン、フェイドアウトしていける。「遠くなる舟」から「鳴尾」へと景色が溶けながら変化する。言葉の主体が溶け合うのにも、この絵巻物的な横スクロールは関係していると思ってます。それと掛詞や枕詞の連想イメージや、『源氏物語』など有名な物語や和歌のイメージを昔は共有していたから、脳内の情景も共有できたでしょうね。つまり「共話」は観客にも及んでいた。

酒井　謡う人数によってそのイメージの中を自在にズームして、アップで切り替わる対話から、空から見下ろすような壮大な視点まで表現できたり。時の流れから離れたト書きのようにも聞こえます。

いとう　ゴスペラーズも割台詞的な歌い継ぎはよくやってますよね。コーラスグループの特徴でもある。

酒井　そうですね。もしかしてゴスペラーズは能をやっているのかな（笑）。詞章の言葉の連想や喚起力を共有していない人でも、この現代語訳では、言葉をひらいて、わかるようにされているからこそ、イメージが喚起されていますね。

いとう　研究者目線で見たらお叱りを受けるかもしれないけれど、文学としての面白さを伝えるにはこうするしかないと思いました。

本書の詞章についても、説明をどこまで入れるか、どの流派のもの、どの校註のものを土台にするか、など多々ありましたが、結局は吟味して、必要なとこ取り、この本のオリジナルなものになりました。

「共話」でイメージを強固にする

酒井　安田さんに教えていただいた「共話」は、まさにイメージ共有の一助ですね。「いい天気だけどこの後雨かな」「これは降るね」「けっこう来るね」なんて会話があったとして、どちらが何を話しているかよりも、複数でつなげてひとつの会話が出来上がっていけばいいんですよね。

いとう　だけど、シェイクスピアにはそれが一つもないそうです。ジェイさんもそこで苦労をされていた。現代語訳ではあえてそのままにしたので、その意味で、現代語訳と英語訳が、演劇における文化比較になっているのかもしれない。

酒井　英語を読むと納得いくのはそのおかげですかね。

いとう　そうですね。複数の立場の言葉が入り乱れることができるのが能の不思議なセリフの構造なんだけど、その構造が成立するのはやっぱり音楽劇ならではじゃないかと思うんですよね。音楽なら、全員で歌ったって、誰の言葉かを考えずに音に乗っていけばいいってとこ、あるでしょ？

酒井　誰の言葉かわからなくなるのが肝なんですね。そういえば、同じ理由でコーラスにすることがあります。一人の主張にしては強すぎるけれど、複数で歌えば主体がなくなります。

いとう　江戸時代に入ると、大まかに、主体が出てきますね。日本の芸能で見ると、共話は室町に成立した能までらしくて、文楽では太夫が主体をはっきりさせます。中世の能では、地謡の視点も、神様目線だったり、自然の何かだったり、ナレーションのようだったり、自在です。

酒井　確かに、ぼくも最初はナレーションなのかと思いましたが、それだけではないですよね。地謡に近いのかな、ゴスペラーズの五人でアカペラをすると、歌ううちに意識が変容するんです。誰が歌っているのか、お前か俺か。伴奏がないと全員で音程が上がったり下がったりしますが、何が正しいのか誰も言えなくなってもくる。西洋音楽に耳が慣れてい

る人には、ずるずると音程が垂れ下がっている、と聴こえるんですけどね。

いとう　「垂れ下がる」っていうの？　何それ？

酒井　昔のぼくなら、目くじらを立てて「お前低いよ！」なんて軌道修正しましたが、最近はあえてそのまま待つようになりました。最終的には成り行き、お互いの感覚であって、正解なんてないから。一対一だと、お互いに合わせる合わせないの話になりますが、五人だとそうはなりませんし。

いとう　能の舞台は一期一会で、流派の違う演者が毎回変わります。入れ替えがある中では、バラバラでも構わないという考えで進めるしかないとも言える。

酒井　まさにライブの醍醐味はそこですよね。

いとう　むしろ、合わせちゃいけないんでしょうね。

酒井　ですね。それぞれが持ち味を出した方がいいんじゃないか、ってことですよね。

よくわからないからこそ、自由

酒井　言葉の持つイメージ喚起力、これも詞章でよくわかりますね。能は土地について語り、言祝《ことほ》ぐ言葉が多い。例えば『杜若《かきつばた》』という曲は三河の出身のぼくには印象が強いんです。在原業平と言われる人物が主人公の歌物語、『伊勢物語』にまつわる和歌が出てくるので、高校の授業では「すごいぞ！」と盛り上がったものです。ずっと遊んでいた神社のそばのあの街道か、とブワッと広がるんです。

いとう　土地の力が言葉に乗ってくるんだね。

酒井　いろいろなものが呼び起こされますよね。平安の歌人はすごい。イメージの重ね合わせがあるほど、ぼくはビリビリと興奮します（笑）。せいこうさんの訳はそこを生かしていますよね。

いとう　意味が掛かってたり、地名が隠れていたり、そこに説明的に傍点を振るべきかとか、結局それはやっていないのだけれど、方法は悩みました。

　ただ、さっき言ったような韻のあらわしかたにはどうかしてるほどこだわってます。自分の中のラッパー成分がそうさせるんでしょうね。僕は出てないけど、ラッパーの飲み会に行くと、当然会話の中でひとつの言葉でどれくらい韻を踏みあうかってその場でバトルになって、「俺は今、八音踏んだ」「俺九音」なんてやってるらしいんだけど、能でも実は同じかもしれない。神をその音の重なりで喜ばせていたりする感覚がありますね。だから相手とのバトルじゃなくて、言葉が供え物になってる感じ。それで、訳しているモードでいると、自分の他の書き物にもさりげなくそれを入れ込む工夫をしたくなる。

結果、現代の世界にこれがなんでないの？って思うからこその現代語訳挑戦でしたね。

酒井　確かに、ラップの世界にはあっても、現代の普通の文章にはないですよね。掛詞のように、みんなが共有できるイメージがなくなったことが大きいのかもしれませんね。だって、サザエさんはどの世代まで通じるのか、とか、スラムダンクは？とか、みんなが「ああ、あれね」と膝を打つ、何かを象徴するようなイメージって今はないですよね。

いとう　明治の頃までは「高砂や」と謡いはじめたら、続けて「この浦舟に」と周囲の人が余裕で唱和していけたわけですよね。歩きながら謡っていたら、通りすがりの人が同じ道を行きながら唱和してきて、一緒に謡ったなんてことがあったと安田さんがおっしゃってました。

それが、「令和のピンク・レディー」って例えで言ったとして、今どこまで通じるのか。きっと、ライブのMCで言ったら、客の半分はポカーンとしますよね。みうらじゅんさんは、逆に平安時代まで戻せば大丈夫なんだって言ってます。安全策で広く取って、そこまで遡れば大丈夫だろうって（笑）。大丈夫じゃないけど。

酒井　紫式部まで遡ればよかったのか（笑）。

いとう　遡るといえば、日本の音楽はかつてネットが発達していない時代までは、海の向こうから入ってきたものを時間をかけて取り入れて、ゆえに文化障壁や情報格差があった。いち早くレコードを手に

入れたミュージシャンだけがそれを日本語化して、そこでリスナーにも合わせるがゆえに日本的な新たなポップスを生み出せた。でも現代になってくると、同時代のアメリカ音楽がリリースされた瞬間にすぐに聴けるから、貿易や差が生む何かがなくなったんだよね。外がなくなった。それならどこから新しい音楽を持ってくるかって言ったら、「昔」からなのかもしれないんですよね。

酒井　なるほど、古典から、ということですね。みんなが知らないという点では六〇年代の洋楽と同じですもんね。

いとう　古典を読んで興奮した面白い箇所を翻案して、現代語にして読んでもらったら、時代の断絶を超えて、あるいは含めて、楽しめるかもなと思ったんです。財産の蓄積は無限にあるので、時間を超える貿易をすればいっぱい輸入できる。

酒井　古典から摂れる栄養分というのはそのことですね。土地や民族に伝わる根っこのあるものだから、シンプルにいい感動が湧きます。ピンク・レディーよりも「いろはにほへと」の方が通じるってことですね。そういえば、セサミストリートの『ABCソング』に着想を得て、「いろは」ソングを作ったことがありますよ（笑）。

いとう　それだね（笑）。かつては日本に取り込むのが早過ぎると、リスナーに理解されないし、どうしても取ってつけた感じに聴かれちゃうんで、音楽家たちはコメディ要素を入れざるを得なかった。エノケンとかクレイジーキャッツとかドリフとか、意識的にそれをやった大瀧詠一さんとかね。

　で、たぶん僕がその最後の世代じゃないかなと思ってるんですよ。最初のラップを微妙にコメディ的に、かつシリアスにやった。そうせざるを得ないという判断の上で。でももうコメディ要素は要らなくなった。まあスチャダラパーが本当の最後かな。彼らが出てきた瞬間、僕は楽になりましたから（笑）。

　そもそも能の元になった散楽は中国からという話がありますし、曲芸もやる雑技団のような内容だったとも聞きます。そうなるともろに海外のエンターテイメントを輸入した形で、世阿弥ももちろんその芸人の視点を持っていたでしょうね。つまりわかりやすさも入れなければならない点で、僕くらいまでがやってきたことの初期に位置する。

酒井　いつの時代も同じ苦労があったんですね（笑）。

自分の実感で換骨奪胎する

いとう　僕のいつもの癖なんですけど、こういう自分の実感で核心を理解しようとするところがあって、ラップとここが同じかな、音楽劇だからこうだなとか、根っこの部分にまで戻って考えれば大事なことは同じに違いない、と思うんですね。乱暴に言えば「これがウケる」「カッコいい」「しみじみする」と思う感覚を大切にしたい。芸人実感とでも呼んだらいいですかね。

酒井　ぼくの場合は「いい声を鳴らしたい」が芸人実感の土台かもしれません。カラオケでも、自分の持ち味が出るキーに調整して狙っていく（笑）。

いとう　いいですね。芸事で大切なもののひとつは、この芸人実感でしょう。それを忘れると花がなくなる。世阿弥の『花伝書』を読んでいても、「偉い人が遅れて来たら、最初のネタの感じに戻しなさい」とか「素人に難しいネタはだめ」とか、普通の芸人の教えだったりするんですよ（笑）。しかも、けっこうベタな内容なんです。客が幕府の将軍だとしたら、命をかけてベタをかすめつつ、非ベタを突き詰めなくちゃいけないんだから、気の毒なくらい。

酒井　失敗したら首が飛ぶ世界ですもんね。

間狂言が出てきたのは江戸時代だと聞きましたが、能の詞章が古くなってきて、時代に合わせた解説で柔らかくしているんですよね。

いとう　そうですね。解説はすでに江戸で必要だった。しかも折口信夫が言うように、芸能の基礎は繰り返しであって、そこで真面目さをひっくり返す。「もどく」ってやつですね。換骨奪胎。そこに芸の源があるのだ、と。

酒井　古典には多いですよね。有名な和歌の一句か

二句を取り入れて歌を作る、本歌取《ほんかどり》もそうですし。

いとう　パクりとは違って、芯を捉えつつ新しい形にする。

酒井　杉本博司さんが富士山の屏風に写真を使って本歌取とされていましたけど、浮世絵のようでいて写真、写真のようでいて浮世絵、という新しさがあって、こういうのをできないかなと羨ましく見ました。だから、せいこうさんの「序」の最初の二行には痺れました。能とジャズを避けてきた、という言葉です。

いとう　「うるさ型」が苦手なんですね（笑）。そして、能に対して今後自分が「うるさ型」にならないようにしたいとも切に思う。

酒井　能の詞章は特に、聞きどころや理解のしどころが高密度にぎゅっと詰まっていてハードルが高いのは確かですしね。

いとう　だから、僕の訳はわかりやすい歌詞カードだと思って欲しいです。英語の歌で、わからないなりに音だけを聞いてもいいけれど、歌詞を読んだらさらに情景が浮かんで意味が入ってくる、あの感じですね。

「わかるやつだけわかればいい」とは言いたくないんですよ。わかるようにぎりぎりのところまで「もどき」ました。だからこれを読んで、実際に能を舞台で見てくれたらいいねと、ジェイさんとも話しています。

酒井　触れてみるとわかることがありますね。謡で歌も広がります。

本書は『新潮』2020年4月号から、2022年2月号まで隔月連載した原稿に加筆修正している。
鼎談は2024年5月号に掲載、対談は書き下ろしである。

ブックデザイン　仁木順平
写真　青木登（新潮社写真部）
組版　新潮社デジタル編集支援室

装幀について解説を加えておく。

「光悦謡本《こうえつうたいぼん》」は、江戸の慶長の頃、人気曲を百番選んで木活字で印刷し、一曲一冊に仕立てたもの。美しい書体や料紙を使い、装幀にも工夫を凝らした豪華本となる。

印刷・出版文化を伝える極めて貴重な資料として、また、謡本の造本を紹介するため、本書では、法政大学鴻山《こうざん》文庫所蔵の二点から着想を得た装幀とし、本文については、小口を袋綴じとした和本の綴じ方、つまり多くの謡本の造本を模している。

光悦謡本：綴帖装《てつじょうそう》半紙本。慶長期に刊行された観世流の古活字謡本。光悦流の書体を用いることから、光悦謡本の通称を持つ。角倉素庵《すみのくらそあん》によって刊行された嵯峨本の一つ。異なる装幀で刊行された数種の光悦謡本のうち、本書で取り上げた特製本と色替り本は、光悦謡本の中でも最も装幀が美麗なもので、特製本は表紙と本文料紙の両方に雲母模様を摺り、色替り本は表紙に雲母刷模様、本文部分には色替り料紙を用いる。

法政大学鴻山文庫：宝生流謡本の刊行者であった江島伊兵衛が蒐集した能楽資料コレクションで、光悦謡本をはじめ、数多くの貴重な蔵書で知られる。同文庫を管理する野上記念法政大学能楽研究所は、夏目漱石門下の英文学者で、『能　研究と発見』などの著書によって知られる野上豊一郎の功績を記念し、一九五二年に創設された。

本書装幀　函：光悦謡本（特製本）「江口」より
表紙：光悦謡本（色替り本）「自然居士」を基に今回の本の仕様とした
以上二点、法政大学鴻山文庫蔵

能十番《のうじゅうばん》　新《あたら》しい能《のう》の読《よ》み方《かた》

発行　二〇二四年十二月十五日

著者　いとうせいこう　ジェイ・ルービン

発行者　佐藤隆信
発行所　株式会社新潮社
〒一六二-八七一一　東京都新宿区矢来町七一
電話　編集部（〇三）三二六六-五六一一
　　　読者係（〇三）三二六六-五一一一
https://www.shinchosha.co.jp

印刷所　錦明印刷株式会社
製本所　加藤製本株式会社

価格は函に表示してあります。
乱丁・落丁本は、ご面倒ですが小社読者係宛お送り下さい。
送料小社負担にてお取替えいたします。

ISBN978-4-10-355911-5 C0091